NICOLA FÖRG
Hundsleben

Buch

Kaum hat Kommissar Gerhard Weinzirl auf dem Weihnachtsmarkt in Weilheim einen Glühwein geordert, muss er auch schon erkennen, dass Frieden auf Erden eine Utopie ist und geruhsame Festtage für ihn einfach nicht drin sind. Von einer aufgeregten Kollegin wird er nämlich nach Steingaden zu dem abgelegenen Gut Sternthaler beordert. Was er dort vorfindet, bricht Weinzirl das Herz: Ein Großteil der Hunde der engagierten Tierschützerin und eigenwilligen Malerin Leanora Pfaffenbichler, die ein Tierasyl für Straßenhunde betreibt, hängen feinsäuberlich auf selbst gezimmerte Galgen geknüpft und sind mausetot. Leider ist Frau Pfaffenbichler telefonisch nicht zu erreichen, sie weilt in Berlin, wo sie in der Bayerischen Vertretung eine Ausstellung ihrer Kunstwerke eröffnen soll. Doch dazu kommt es nicht, denn die Künstlerin wird erschlagen auf der Damentoilette gefunden. Gemeinsam mit seinem Berliner Kollegen Volker Reber ermittelt Weinzirl in alle Richtungen und entdeckt bald, dass es beim Tierschutz zugeht wie in einem Haifischbecken ...

Autorin

Nicola Förg ist im Oberallgäu aufgewachsen, studierte in München Germanistik und Geographie und ist ganz im Westen Oberbayerns der alten Heimat wieder näher gerückt. Sie lebt mit fünf Pferden, zwei Kaninchen und einer wechselnden Zahl von Katzen in einem vierhundert Jahre alten, denkmalgeschützten Bauernhaus im Ammertal – dort, wo die Natur opulent ist und wo die Menschen ein ganz spezieller Schlag sind. Als Reise-, Berg-, Ski- und Pferdejournalistin ist ihr das Basis und Heimat, als Autorin Inspiration, denn hinter der Geranienpracht gibt es viele Gründe (zumindest literarisch) zu morden.

Von Nicola Förg im Goldmann Verlag außerdem lieferbar:

Schussfahrt. Ein Allgäu-Krimi (46913)
Funkensonntag. Ein Allgäu-Krimi (47018)
Kuhhandel. Ein Allgäu-Krimi (47015)
Gottesfurcht. Ein Oberbayern-Krimi (47014)
Eisenherz. Ein Oberbayern-Krimi (47017)
Nachpfade. Ein Oberbayern-Krimi (47016)

Nicola Förg
Hundsleben

Ein
Oberbayern-Krimi

GOLDMANN

Dieses Buch ist ein Roman.
Handlung, Personen und manche Orte sind frei erfunden.
Ähnlichkeiten mit lebenden oder toten Personen sind rein zufällig.

Verlagsgruppe Random House FSC-DEU-0100
Das FSC®-zertifizierte Papier *Holmen Book Cream* für dieses Buch
liefert Holmen Paper, Hallstavik, Schweden.

1. Auflage
Taschenbuchausgabe April 2012
Wilhelm Goldmann Verlag, München,
in der Verlagsgruppe Random House GmbH
Copyright © der Originalausgabe
by Hermann-Josef Emons Verlag, Köln
Von der Autorin aktualisierte Ausgabe des gleichnamigen Romans
Umschlaggestaltung: UNO Werbeagentur, München
Umschlagmotiv: FinePic, München
mb · Herstellung: Str.
Druck und Bindung: GGP Media GmbH, Pößneck
Printed in Germany
ISBN 978-3-442-47591-9

www.goldmann-verlag.de

Für Maxi
Freundschaft ist keine Frage der Quantität
der zusammen verbrachten Tage,
sondern der Qualität der Stunden.

Eins

Es war wieder so weit. Es war unvermeidbar, und es griff um sich wie eine Seuche. Am ersten Tag nur einmal, bald schon im Zweistundenrhythmus, um sich im furiosen Finale des vierten Advents dann so zu steigern, dass man es nahezu minütlich ertragen musste. »Last Christmas I gave you my heart, but the very next day you gave it away.« Es whamte wieder, und unweigerlich drängten sich da Bilder von George Michaels Achtziger-Jahre-Föhn-Inferno-Frisur auf und jedes einzelne Bild dieses Videoclips, der Aliens – sollten Außerirdische Jahrmillionen später auf der Erde landen und die Überreste einer Zivilisation entdecken – in schiere Bestürzung treiben würde. Es war wieder so weit: Die stufenweise Weihnachtswahnsinnseskalation hatte die Endzeit erreicht.

Es war Weihnachtsmarkt in Weilheim, der entgegen der üblichen Terminierung ausnahmsweise am letzten Adventswochenende stattfand. Gerhard musste nicht arbeiten und hatte sich zu einem Frühschoppen auf dem Markt eingefunden. Erfolgreich hatte er ein Gespräch mit den Bürgern von Weilheim abgeblockt und seiner Vermieterin Gundula glaubhaft versichert, dass er leider gar keine Zeit für ein Referat bei der Hausaufgabenbetreuung von sozial schwachen Kindern habe. Er hatte sich auch dem Eine-Welt-Laden verweigert, wo er eine Petition für einen Mann im fernen Sezuan hätte unterzeichnen sollen, etwas von »als Polizist keine politischen Äußerungen machen« murmelnd. Sezuan, war das nicht irgendwas mit Gulasch? Ach nein, das war Szeged, Sezuan hatte doch meist mit Schweinefleisch süßsauer zu tun. Was ihn daran gemahnte, dass er Hunger hatte. Um sicherzugehen und nicht in die kulinarische Vegetarierfalle bei den Betroffenenständen zu tappen, orderte er eine Leberkassemmel in der Metzgereifiliale, unweit von deren Eingang zwei Schafe ein lebendes adventliches Bild abgaben, was Gerhard so, Tür an Tür mit der Metzgerei, doch eher bizarr fand. Er schlenderte rüber zu den blauen Jungs, schneidigen Burschen der Marine, die alljährlich hier waren. Immerhin gab es ja das Küchenminensuchboot Weilheim. Die blauen Jungs mit dem hervorragenden Glühwein, die ihrem Namen alle Ehre machten! Er hatte seinen Glühwein zur Hälfte leer getrunken, als sein Handy, dem er die bayerische Kulthymne »Vogelwiese«, eingespielt von den Schönberger Musikanten, als Klingelton verpasst hatte, sich meldete. Es war Melanie Kienberger, eine Kollegin, mit der er in diversen Sokos zu tun gehabt hatte. Gerhard lauschte mit zunehmender Beunruhigung.

»Melanie, was habe ich damit zu tun? Das ist wohl kaum Sache der Mordkommission«, sagte er. Das Schluchzen am anderen Ende war so laut, dass er unwillkürlich das Handy vom Ohr weghielt.

»Die sind doch alle krank. In Schongau haben alle die

Magen-Darm-Grippe, die Füssener können wegen Glatteis nicht fahren, da ist das in Weilheim gelandet. Bei mir und Felix. Ich schaff das nicht, ich schaff das nicht, da hab ich Sie angerufen.« Der Rest ging in einem erneuten Schluchzen unter.

»Melanie, beruhigen Sie sich! Ich komme!« Na, das war ja toll. Nun musste er in die Einöde fahren, sozusagen als Freundschaftsdienst. Er überlegte noch kurz, den Kollegen in Schongau zu informieren, beschloss dann aber, erst hinterher vorbeizufahren. Das klang nicht gut, gar nicht gut. Das klang nach Ekel und, so viel war klar, nach verdammtem Medienrummel, sofern Melanie nicht übertrieben hatte. Und es klang nach einer Scheißfahrerei an irgend so einen Weltenarsch. Dieser Landkreis Weilheim-Schongau war für Gerhard noch immer ein Buch mit gewissen Siegeln, und von dem Ort, an den er nun berufen wurde, hatte er wahrlich noch nie gehört.

»Hinter der Wieskirche«, hatte Melanie gesagt, »aber nicht über die Wieskirche zu erreichen.« Da Gerhard sich immer geweigert hatte, ein Navi zu verwenden, und auf seine alten Landkarten bestand, würde das ein echter Spaß werden, denn seine Karten stammten aus den achtziger Jahren und waren zumeist wegen Colaüberflutungen verpappt. So wie sich das allerdings anhörte, brauchte man in dem Fall eher eine Wanderkarte.

Es nieselte vor sich hin, Gerhard nannte so ein Wetter »hohe Luftfeuchtigkeit«. Er war nun mal Optimist. Er hastete durch die Fußgängerzone, sein Auto stand auf dem Parkplatz des *Weilheimer Tagblatts.* Weil er so ein netter

Bulle war, hatte er mal von einem Redakteur ein paar der Ausfahrtsmarken erhalten, in einer retsina- und ouzoseligen Verbrüderungsaktion im Dionysos, beim kleinen Griechen Toni.

Das Wetter war wirklich eins für viel Weihnachtsmarktglühwein oder für Bettdecke über den Kopf – oder beides. Keines für eine Ausfahrt. Wie fuhr man eigentlich auf dem schnellsten Weg nach Steingaden?, fragte er sich und registrierte, dass er nach über drei Jahren im Oberland immer noch weiße Flecken auf der inneren Landkarte hatte. Zumindest wusste er seit seinem letzten Fall, wie man von Schönberg nach Echelsbach gelangte, wo Jo und Kassandra nach wie vor ihre Wohngemeinschaft hatten. Und von der unseligen Selbstmörderbrücke gleichen Namens ging es ab nach Steingaden. Jo und Kassandra – mit all ihren Viechern –, für die beiden musste, was ihn nun erwartete, der Alptraum sein. Sofern Melanie nicht übertrieben hatte.

Als er auf Höhe Wildsteig war, wurde es stürmischer. Der Wind zerrte an seinem Bus, aber auch an den Wolken, die ab und zu einer blauen Lücke Platz machten. Gerhard stellte fest, dass auf einmal Schnee lag und gar nicht wenig. Plötzlich war Winter, Schneewinter, Sturmzeit. In Steingaden bog er nach links ab, ganz durch den Ort müsse er fahren und am Schild mit den vielen Namen abbiegen. Was damit gemeint war, ging Gerhard am Ortsende auf: So schnell konnte man gar nicht lesen, zu viele Namen standen da: Fronreiten, Schlatt, Gogel – Hiebler war auch dabei gewesen. Das Sträßchen war eng und kurvig, und es wand sich unmerklich bergauf. Und als wolle Steingadens wildes

Hinterland Werbung für sich machen, riss der Himmel auf. Der Blick ging über einen zugefrorenen Tümpel und hinein in die Allgäuer Alpen – alles wie im Bilderbuch.

Gerhard kam an eine Abzweigung, aha, da ging's nach Hiebler. Hier war er definitiv noch nie gewesen; er bezweifelte, dass hier überhaupt je Fremde gewesen waren. Das war ja eine … Er stutzte: gottverlassene Gegend? Nein, das eigentlich nicht, es war wohl vielmehr so, als hätte Gott hier eine gute Lobby: Feldkreuze, Kruzifixe an den Häusern, Lüftlmalerei mit biblischen Motiven.

Die Straße führte in ein kleines Tal hinab, wo jemand augenscheinlich ein Bauernhaus mit viel Liebe renovierte, und wieder hinauf nach Hiebler. Ein paar Höfe, eine enge Ortsdurchfahrt, ein Hund bellte, eine rote Katze huschte über die Straße. »Weiter auf der Teerstraße«, hatte Melanie gesagt, »vielleicht fünfhundert Meter, dann geht's rechts in den Wald. Aber da steht dann eh ein Schild.« Da stand ein Schild, zweifelsfrei: »Gut Sternthaler«. Der blaue Himmel hatte soeben den Kampf gegen die Wolken verloren, schlagartig wurde es dunkler.

Gerhard rüttelte über einen Schotterweg und hielt, stieg langsam aus und sog die Atmosphäre mit einem langen Blick in sich auf. Es ging ein wirklich frischer Wind, so einer, der augenblicklich durch alle Klamotten kroch. Fröstelwetter, zumal einem das Haus da im Wald unwillkürlich Schauer über den Rücken jagte. Es war von einer hohen Mauer umgeben, gekrönt mit Stacheldraht. Kameras richteten ihre neugierigen Augen auf jeden Ankömmling. Das Tor stand offen. Das Haus selbst war ein altes Gutshaus oder besser ein großes Bauernhaus, das unter wild wucherndem Efeu zu ersticken drohte. Ein typisches Einhaus, westseitig der ehemalige Stalltrakt, der vor sich hin bröselte. Einige wie zufällig platzierte Schuppen und Nebengebäude wirkten, als hätte ein Riese Bauklötzchen auf den Boden geworfen. Im Sommer, bei schönem Wetter, mochte das romantisch wirken, momentan hatte es was von der »Rocky Horror Picture Show«, irgendjemand von der »Addams Family« würde gleich auftauchen oder der »Hund von Baskerville«. Nebel war nun auch aufgezogen.

Und das Hundebellen klang schauerlich. Es kam von der Ostseite des Hauses, wo sich Hundehäuser mit davorliegenden Zwingern anschlossen; in Reih und Glied standen sie, das Ganze wirkte mehr wie eine Ferienhaussiedlung als wie ein Tierasyl. Die Hundehäuschen waren in weit besserem Zustand als das Haus, und Gerhard lief es eiskalt den Rücken runter. Er sah schnell weg und richtete den Blick wieder auf das Haupthaus. Auf dem gekiesten Hof standen ein Sanka, ein Notarztwagen und ein Polizeiauto. Melanie lehnte am Wagen, weiß wie eine frisch gekalkte Wand. Felix Steigenberger stand abseits, er hantierte mit einer Tempopackung, offensichtlich hatte er sich übergeben müssen. Melanie kam einen Schritt auf ihn zu, sie wirkte wie ferngesteuert.

»Ist gut, Melanie. Warum ist der Notarzt hier?«, fragte Gerhard.

»Die Frau dahinten ist komplett zusammengebrochen. Das ist so, so …« Melanie begann wieder zu weinen.

»Ist gut, Melanie«, sagte Gerhard nochmals und reichte

ihr einen Flachmann. »Kräftiger Schluck, ich nehm das auf meine Kappe. Geben Sie Steigenberger auch einen.« Er fummelte wieder in der Jacke. »Pfefferminz, kann er vielleicht auch brauchen.«

Gerhard ging auf den Sanka zu, in dem eine Frau lag, die völlig apathisch wirkte. Eine Infusion tropfte, der Arzt sprang elastisch aus dem Wagen.

»Haben Sie die Schweinerei schon gesehen?«, fragte er.

Gerhard schüttelte den Kopf.

»Das ist widerlich, die einzige Bestie im Tierreich ist der Mensch. Kennen Sie Nietzsche? Der hat mal gesagt: ›Ich fürchte, die Tiere betrachten den Menschen als ein Wesen ihresgleichen, das in höchst gefährlicher Weise den gesunden Tierverstand verloren hat.‹« Der Arzt zog angewidert die Mundwinkel hoch.

»Die Dame?«, fragte Gerhard.

»Ist, glaube ich, die Zweite Vorsitzende des Ganzen«, sagte der Arzt.

»Ansprechbar?«

»Keine Chance, wir mussten sie stark sedieren. Sie war völlig hysterisch, hat hyperventiliert, dann ist ihr Kreislauf kollabiert. Wir bringen sie nach Schongau. Ich denke, am Abend sollten Sie mit ihr reden können.«

»Danke«, sagte Gerhard und wandte sich nun doch den Hundezwingern zu. Zögerlich ging er näher. Das Gebell wurde wieder lauter, ein junger Mann war dabei, Hunde aus ihren Zwingern zu holen, um sie anzuleinen. Wobei »Zwinger« ein sehr tiefstapelnder Terminus war. Das waren

Luxusherbergen. Jeder der Hunde hatte eine Art Ferienhaus mit davorliegender Betonterrasse und einem Wiesenstück. Gerhard sah den jungen Mann fragend an.

Der junge Mann streckte Gerhard die Hand hin. »Moritz Niggl. Ich will die einen ...« Seine Stimme brach. »Sie sind total verstört, sie müssen doch die anderen nicht so sehen.« Tränen traten in seine Augen.

»Haben Sie sie entdeckt?«, fragte Gerhard.

»Ja, ich trete jeden Morgen um acht meinen Dienst an, heute war ich erst um zehn da. Ich hatte verschlafen. Wenn ich früher da gewesen wäre, wer weiß ...« Er starrte zu Boden, um seine Tränen zu verbergen. »Normalerweise hören die Hunde schon mein Auto. Es ist ein Gebelle, eine Freude. Heute Morgen war es totenstill.«

»Was haben Sie dann getan?«

»Die Frau Eisele angerufen und die Polizei.« Moritz kämpfte immer noch mit den Tränen.

»Frau Eisele?«

»Die Zweite Vorsitzende, die Frau im Sanka. Sie war keine echte Hilfe. Sie ist total zusammengeklappt, ich musste mich um sie kümmern. Ich hab dann gleich noch den Notarzt verständigt.«

»Sonst haben Sie alles gelassen, wie es war?«, fragte Gerhard.

»Ja, war das nicht gut?«

Er sah Gerhard mit seinen rehbraunen Augen an. Hundeaugen, lange Wimpern, ein hübscher Kerl, dieser Moritz Niggl. Trotz seiner fünf Millimeter kurzen Haare oder gerade deshalb.

»Doch, sehr gut. Sehr umsichtig von Ihnen. Ist Ihnen irgendwas aufgefallen, war irgendwas anders?«

»Nein, alles wie immer, nur diese Stille, es war so unerträglich still!« Er wischte sich kurz über die Augen.

»Wie kommen Sie denn durch das Tor? Das Haus wirkt auf mich sehr gut gesichert«, sagte Gerhard.

»Ich habe eine Steckkarte und muss einen Code eingeben.« Niggl fummelte in seiner Latzhose und reichte Gerhard die Karte.

»Aha, wer kann denn noch das Tor öffnen?«

»Frau Pfaffenbichler, Herr Eicher, Frau Eisele und ich.« Tränen rannen ihm noch immer übers Gesicht, er hatte die Hand auf den Kopf eines Schäferhundmischlings gelegt.

»Können die Hunde irgendwohin?«, fragte Gerhard.

»Ja, ich habe mit einer unserer Gönnerinnen gesprochen. Sie nimmt sie auf. Es sind ja nicht mehr so viele.« Nun begann er richtig zu weinen.

Gerhard legte ihm linkisch die Hand auf die Schulter. Weinende Frauen waren ihm schon ein Gräuel, aber heulende Männer? »Kann ich Sie irgendwo erreichen?«

Der junge Mann nickte und holte noch eine Karte aus seiner Arbeitslatzhose. »Handy steht drauf.«

Dann ging er, sieben Hunde an der Leine. Große und kleine, er wirkte wie einer dieser Walker, die in Großstädten wie München die Hunde viel beschäftigter Berufstätiger ausführten. Aber das war kein netter Spaziergang an der Isar oder im Englischen Garten, das war eine Flucht, die Vertreibung aus dem Paradies. Der größte Hund war ein schlaksiger Irish Wolfhound, der auf einmal stehen blieb und zurücksah. Über die Zwinger blickte er, und dann schaute er Gerhard an. Lange. In den Augen des Tieres lag ein so tiefer Schmerz, dass Gerhard versucht war, wegzusehen. Aber er hielt dem Blick stand. In dem Moment zerbrach etwas in ihm, aber es erwachte plötzlich ein neuer Wille in ihm. Der Wolfhound hatte die Rute ganz kurz gehoben, das war kein Wedeln, aber ein Lebenszeichen. Dann drehte er sich um und trottete neben den Seinen her.

»Ich erwische sie. Für dich, Kumpel!«, sagte Gerhard leise, und dann musste er den Blick auf das richten, was er bisher nur aus den Augenwinkeln registriert hatte. Insgesamt gab es zwanzig dieser Luxushundezwinger. Sechs schienen leer gewesen zu sein, sieben Hunde zogen mit dem jungen Mann von dannen, sieben waren noch da. Sie hatten Galgen errichtet, alle akkurat gleich hoch, zwei Meter, schätzte Gerhard, Querbalken, Stützbalken – Galgen aus hellem Holz, sie sahen brandneu aus. Eine Galgenparade wie im Holzfachmarkt. Sie hatten die Hunde aufgeknüpft, große und kleine. Das Schlimmste war ein Jack Russell. Er hing da seltsam verdreht, die Zunge aus dem Maul ... Hatte er noch verzweifelt um sein kleines Hundsleben gekämpft? Gerhard fror, ihm war übel, und dann auf einmal stieß er einen Schrei in die neblige Dämmerung hinaus. Es war wie Wolfsgeheul, und Gerhard sah nochmals die Augen des Wolfhounds. Das hier war anders. Das hier war Frevel. Ein Massaker an Schwachen.

Zwei

Ein Mann war neben ihn getreten. Er trug eine Latzhose, ein Thermohemd und Lodenstiefel, eine Mütze mit Fendt-Aufdruck.

»Des san Irre«, sagte er nur.

Als würde ihn das retten, als würde ein Mensch, ein klarer Mensch ihn heilen können, fühlte Gerhard sich gleich besser.

»Eicher, Flori, ich bin der Nachbar, ich helf ab und zu aus, ich liefer Fleisch und so«, sagte der Mann.

»Weinzirl, Gerhard, Kripo«, sagte Gerhard. Dann standen die beiden Männer nur da. Eicher stopfte sich bedächtig eine Pfeife.

»Seit wann sind Sie da, Herr Eicher?«, fragte Gerhard nach einer Weile.

»Ich bin dazugekommen, als der Notarzt durch den Ort fuhr. Blaulicht und so. Wir waren grad beim Aufräumen, hatten ein Fest am Hof, meine Frau hatte Geburtstag. Ich hatte so ein ungutes Gefühl, dass was auf dem Gut los ist. So viel kommt ja dann nicht mehr dahinten.« Er machte eine Bewegung in Richtung des Hohen Trauchbergs, der wie ein bedrohlicher schwarzer Dinosaurierrücken den Himmel verdeckte und die Sicht auf die Alpen abriegelte.

»Wann war das?«, fragte Gerhard.

»Gegen elf. Ein Mordsaufzug. Wollte sehen, ob ich was helfen kann. Sie sind ja dann auch bald danach gekommen.«

Das glaubte ihm Gerhard sogar, der Mann wirkte nicht wie ein Schaulustiger, der neugierig war und Maulaffen feilhielt. Gerhard hätte so viel fragen können, ja müssen, aber er fühlte sich wie gelähmt. Die Worte kamen ihm nur sehr zähflüssig über die Lippen. »Können Sie sie abhängen?«, fragte er schließlich.

Der Mann nickte bedächtig. »Soll ich sie begraben? Ich mein, ist das erlaubt, bei so vielen?«

»Sicher ist das erlaubt«, sagte Gerhard und wusste, dass er log. »Ich würde gerne mal in das Haus gehen. Können Sie bitte dableiben, damit ich dann noch mit Ihnen reden kann?«

»Sicher, ich warte. Ich häng sie jetzt mal ab.«

Wie das klang, nach Waschgluppen und »Keiner wäscht reiner«-Werbung. Gerhard vermied es zurückzuschauen. Melanie und Felix sahen beide etwas frischer aus, und obgleich Gerhard hier wahrlich nicht zuständig war, spürte er, dass die beiden auf eine Weisung warteten, darauf, dass jemand den Überblick hatte, Struktur in den Irrsinn brachte. »Fahrt ihr jetzt mal ins Büro, Protokoll und so, ich klär das mit Schongau. Verschwindet!«

Als das Polizeiauto gefahren war, senkte sich eine ungute Stille über den Hof. Die Haustür stand offen, eine schwere Holztür war das, die in einen dunklen Gang führte. Gerhard fand einen Lichtschalter, der augenblicklich die Welt in gleißende Helle tauchte. Halogenlichtobjekte tanzten über dem blütenweiß gekalkten Gang, italienische Terrakottafliesen lagen zu seinen Füßen. War das Anwesen von außen auch marode, innen hatte jemand beim Renovieren weder Geld noch Aufwand gespart. Gleich rechts gab es eine Art Empfangsraum, Wartezimmer, Stüberl – wie immer man das nennen wollte. Ein schwerer Holzschreibtisch, der allein wahrscheinlich ein Vermögen wert war, stand da, dazu waren eher moderne Sessel in Türkis arrangiert. Hier wurden wohl Interessenten empfangen. Ein dicker Ordner lag auf dem Tisch. Gerhard begann zu blättern. Die Schicksale der einzelnen Hunde waren detailliert beschrieben. Zu detailliert, wie Gerhard fand. Einer hieß Pueblo und war ein Galgo, eine spanische Rasse für Hunderennen.

Langsam begann Gerhard zu lesen:

»Win«, englisch für »gewinnen« – das sollen die Windhunde auf den Rennbahnen auf der ganzen Welt, und viel Geld sollen sie einbringen. Dem Besitzer, dem Wetter und dem Staat, denn der verdient am kräftigsten an den schnellen Hunden. Bloß sind sie nicht alle schnell, oder sie waren mal schnell und kommen dann in die Jahre – und das ist beim Windhund schon mit drei oder vier Jahren der Fall. Dann sind sie nutzlos und werden entsorgt, im besten Fall gehen sie in sogenannte Dog Pounds, in denen sie ein Tierfreund binnen einer Woche abholen könnte, was selten geschieht. »Glück« haben die, die eingeschläfert oder erschossen werden, weniger Glück jene, die ertränkt werden

oder einfach irgendwo angebunden, wo sie qualvoll verhungern und verdursten. Tierversuchslabors sind erfreut, wenn ihnen abgetakelte Windhunde verkauft werden. Und Restaurants, denn die Hunde, die zum Beispiel auf Südkoreas Bahnen ausgemustert werden – pikanterweise von einem großen Autohersteller und einem Elektronikkonzern dorthin geschafft –, werden gegessen. Auch pikant: Hunderennen wurden in der EU aus dem Landwirtschaftsetat finanziert, bis nicht zuletzt Tierschützerproteste aus Deutschland mit etwa 42.000 Unterschriften dem Ganzen 1999 ein Ende machten. Die EU fand ein Schlupfloch, nun ist der Etat für »Kunst, Sport und Tourismusförderung« zuständig. Am schlimmsten ist es in Spanien: Viva España, das Urlaubsland voller Kultur und Badespaß – so präsentiert sich Spanien den Touristen. Und dann stellen Sie sich vor, Sie gehen in einem lichten mediterranen Wald spazieren und sehen einen Baum, an dem ein Hund aufgehängt ist. Genügt der Hund den Anforderungen des Besitzers nicht mehr, wird er hingerichtet. Wenn er am Ende seiner Rennkarriere ungehorsam war oder schlechte Rennen lief, wird er nicht »einfach aufgehängt«, sondern so, dass er mit den Zehenspitzen noch trippeln kann, vier Tage lang kann der Todeskampf dauern, »tanzen« nennen das die Spanier!

Pueblo war so einer gewesen, eine Touristin hatte ihn gerettet, und nun war er hier in der trügerischen Sicherheit aufgeknüpft worden war. Er hatte neben dem Jack Russell gehangen. Gerhard spürte eine nie gekannte Machtlosigkeit, dann brandete eine Welle von Wut heran. Er machte sich nicht viel aus Tieren, aber er machte sich viel aus Fairness.

In einem Aufsteller an der Tür gab es Postkarten mit Hundefotografien, jeder der Hunde sah direkt in die Kamera. Große Augen, viel zu große Augen. Auf diesen Postkarten waren Zitate schlauer Menschen abgedruckt.

»Das Mitgefühl mit allen Geschöpfen ist es, was Menschen erst wirklich zum Menschen macht.«
    ALBERT SCHWEITZER (EV. THEOLOGE, ARZT U. PHILOSOPH, 1875–1965)

»Wir schenken unseren Hunden ein klein wenig Liebe und Zeit. Dafür schenken sie uns restlos alles, was sie zu bieten haben. Es ist zweifellos das beste Geschäft, das der Mensch je gemacht hat.«
    ROGER ANDREW CARAS (1928–2001, PRÄSIDENT DES BRITISCHEN TIERSCHUTZVEREINS)

»Die Größe und den moralischen Fortschritt einer Nation kann man daran messen, wie sie ihre Tiere behandelt.«
    MAHATMA GANDHI

Es war nicht gut um den Fortschritt bestellt, dachte Gerhard bitter. Und auch nicht um diese Nation, wenn er das Massaker da draußen bedachte. Er begann durch die anderen Räume zu streifen: Küche todschick, die Speis nur spärlich gefüllt, ein Wohnraum: pure Chrommoderne inmitten alter Mauern. Dann eine Art Wintergartenanbau, der als Atelier diente. Die Bilder auf den Staffeleien waren schreiend bunt, es waren schrille, laute Bilder, nichts, was Gerhard auch nur eine Sekunde zu lang hätte betrachten wollen.

Im Obergeschoss gab es fünf Zimmer, zwei waren zu Abstellräumen verdammt, zwei waren Schlafzimmer, auch hier teures Mobiliar, und ein Raum diente als begehbarer Kleiderschrank. Im Gegensatz zur leeren Speis war das hier mehr als opulent. Jede Boutique war weniger gut sortiert, und auch wenn Gerhard kein Spezialist für Damenoberbekleidung war – das Zeug sah teuer aus. Spätestens hier, in diesem Raum, verdichtete sich eine vage Idee zur Gewissheit: Hier hatte jemand alles durchwühlt, ein anderer hatte wieder aufgeräumt. Aber so, als wäre er in großer Eile gewesen, hatte so aufgeräumt, dass es nicht gleich ins Auge stach, dass hier Vandalen gehaust hatten.

Von unten war eine Stimme zu hören. »Herr Weinzirl, ich wär's dann.«

»Komme.«

Gerhard löschte die Lichter und stapfte die Treppe hinunter. Eicher stand im Gang, irgendwie verloren unter den Halogenstrahlern.

»Haben Sie?«, fragte Gerhard.

Er nickte. »Ja, ich hab noch ein kleines Kreuz, ich mein ... Ich bin sonst nicht so, in der Landwirtschaft verrecken dauernd Viecher ...« Er brach ab.

Gerhard verstand ihn, verstand ihn zu gut. »Können wir uns irgendwo setzen?«

»In Moritz' Büro?«, fragte Eicher, der sich im Haus sichtlich unwohl fühlte.

»Sicher. Kann man hier irgendwie absperren?«, fragte Gerhard.

»Ziehen Sie einfach zu, das ist ein Sicherheitsschloss. Die Frau Eisele hat auch 'nen Schlüssel, das ist die Frau, die im Sanka ...«

Eicher neigte dazu, seine Sätze nicht zu beenden, aber warum sollte er auch, es war ja alles gesagt, was nötig war. Draußen war es stockdunkel, doch ein Bewegungsmelder tauchte den Hof augenblicklich in gleißendes Licht.

»Ganz schön viel Sicherheitsbedürfnis«, meinte Gerhard.

»Sie hatte wenig Freunde. Aber diese Sauerei hat sie auch nicht verhindern können. Da huift koa Stacheldraht ned«, brummte Eicher.

Gerhard war Eicher gefolgt; eines der Nebengebäude war so eine Art Kommandozentrale: Computer, Fütterungslisten für die Tiere, es gab einen Lagerraum für Futter, fast schon eine kleine Metzgerei, wo Frischfutter zubereitet wurde, alles nur vom Feinsten. Eicher hatte aus dem Kühlschrank zwei Bier von der Aktienbrauerei Kaufbeuren geholt. Dieselross hieß das Bier mit Bügelverschluss.

»Passt zu Ihrem Käppi«, meinte Gerhard.

»Sie kennen sich mit Bulldogs aus?« Eicher strahlte.

»Na ja, mein Onkel sammelt Veteranen, er hat ein Fendt Dieselross, einen alten Aicher, einen Allgeier und 'nen 52er Kramer mit Schwungrad.«

Nachdem die beiden eine Weile über Traktoren geplaudert hatten und sich eine gewisse konzentrierte Ruhe über Gerhard gesenkt hatte, hob er an: »Sie sagten, sie hätte wenig Freunde. Sie?«

»Ja, die Frau Pfaffenbichler, der gehört das Ganze.« Und nach und nach erfuhr Gerhard, dass Frau Pfaffenbichler sehr vermögend war und »Zeit hatte für Gekrakel und das Ehrenamt«. Aus jedem anderen Mund hätte das gehässig geklungen, bei Eicher hörte sich das völlig neutral an. Frau Pfaffenbichler war Künstlerin, hatte diesen Hundeschutzhof initiiert, beschäftigte den Tierpfleger Moritz und hatte in der Zweiten Vorsitzenden des Vereins, Erika Eisele, eine Art rechte Hand.

»Die Pfaffenbichlerin war mehr so mit den Großkopferten und den Schauspielern bekannt, die Eisele hat die Arbeit gemacht.«

Wieder lag keinerlei Wertung in Eichers Stimme. Gerhard erinnerte sich vage, schon mal über den Schutzhof gelesen zu haben – immer im Zusammenhang mit Prominenten. Er hatte das Anwesen nur nie verorten können, das die Reichen und Schönen dazu animierte, die Geldbörsen zu zücken und Schecks auszustellen.

»Und wo ist die Dame Pfaffenbichler?«, fragte Gerhard.

»Die Leut sagen, sie sei weggefahren, mit Bildern. Zu 'ner Ausstellung, irgendwas mit Werni..., hat meine Frau gesagt.«

»Eine Vernissage, wo denn?«, fragte Gerhard.

»Keine Ahnung, weg eben«, sagte Eicher. »So, ich müsst jetzt dringend in den Stall. Brauchen Sie mich noch?«

»Nein, vielen Dank. Ich find Sie, wenn's nötig wär ...?«

»Glei mitten in Hiebler, der Hof mit dem neuen Laufstall. Pfia Gott, Herr Weinzirl. Da können Sie auch einfach die Tür zuziehen.«

Sie waren beide nach draußen gegangen, es war stockfinster, aber als Eicher nur einen Schritt tat, gingen wieder Lichter an. Nebel waberte in den Lichtkegeln, es war kalt. Kalt wie in einer Gruft, nasskalt, eine Grabeskälte. Er selbst würde jetzt erst mal klären müssen, wie das hier weiterzugehen hatte. Das war ein Vergehen nach dem Tierschutzgesetz, kein siebenfacher Mord. Das waren eben nur Tiere. Siebenfache Sachbeschädigung und nicht Gerhards Ding. Da waren die Uniformierten zuständig.

Schließlich fuhr er nach Schongau, wo die PI wirklich so was von notbesetzt war. Der Kollege Fischle hielt die Stellung.

»Sie trotzen dem Virus?«, fragte Gerhard und sah den Kollegen mitfühlend an.

»Ja, Unkraut vergeht nicht. Herr Weinzirl, was machen Sie hier?«

»Sie wissen ja, dass Weilheim zu diesem Hundehof gefahren ist. Die Kollegin hat die Szenerie nur schwer aushalten können, ich bin dann ebenfalls rausgefahren.«

Fischle runzelte die Stirn. »Was ist denn da draußen passiert?«

Gerhard umriss kurz das Geschehene, berichtete von seinen Gesprächen mit Moritz Niggl und Florian Eicher. »Wirklich scheußlich«, schloss er, »aber ich will mich da nicht in Ihre Zuständigkeiten einmischen. Das war sozusagen nur Erste Hilfe.«

»Sie sehen meine personelle Situation: Mischen Sie ruhig. Der KHK in Weilheim wird ja wissen, dass Sie da sind?«, fragte Fischle.

»Ja, der bin ich momentan selber. Der Kommissariatsleiter ist im Urlaub. Karibik, er hasst den Winter.«

Beide blickten aus dem Fenster, Karibik – das wäre jetzt was.

»Kennen Sie denn diese Frau Pfaffenbichler? Und den Hof?«, fragte Gerhard.

»Ja, ich war fast schon versucht zu sagen: Leider. Da gibt es immer wieder mal Probleme, vor allem wegen Verkehrsdelikten. Die Besucher des Guts nehmen allzu oft die gesperrte Straße hinter der Wies, die Anlieger sind ziemlich schlecht auf die Dame zu sprechen.«

»Na, dann wird sich ja bald einer finden, der für diese Sauerei zuständig ist. Ich beneide Sie nicht, Herr Kollege.« Gerhard verabschiedete sich und versprach noch, einen Bericht zu schicken.

Drei

»Sozusagen die Transzendenz des Naturalismus«, sagte die Dame in einem Kleid im Stil der siebziger Jahre gerade und blickte tief beseelt durch ihre schwarzrandige Brille. Einige Blitze zuckten auf, Journalisten schrieben eifrig mit. Jo hatte den Blick auf das angesprochene Bild gerichtet und unterdrückte ein Schmunzeln, denn es war ja schließlich nicht irgendeine Vernissage in einer namenlosen Galerie, auch kein fröhliches Malen nach Zahlen, sondern die Bayerische Vertretung in Berlin. Bis 1989 hatten hier die Devisen der DDR gelagert, nun war es bayerische »Botschaft«, wie Jo scherzhaft formuliert hatte.

Sie war etwas überrascht gewesen, als die Einladung gekommen war. Sie war mit einer Abordnung bayerischer Touristiker hier, eingeladen vom Bundespresseamt. Mit von der Partie war der Zitherklub aus Peißenberg, dessen Oberzitherer definitiv nicht der politischen Richtung des Abgeordneten anhing, selbigen aber als Menschen und Peißenberger nicht unrecht fand. Geladen waren auch einige Honoratioren des Skiklubs Partenkirchen und des Trachtenvereins Huglfing, der bereits im Zug in vollem Trachtenornat angetreten war. Jo fand die Größe der Gepäckstücke der männlichen Teilnehmer höchst faszinierend: Halbe Überseekoffer waren das, die bald ihr Innenleben offenbarten. Biertragerl und Speck – so eine Zugfahrt konnte ja lang werden.

In Berlin hatte sie dann ein Bus namens Bayern Express aufgelesen und gleich in die Bayerische Vertretung gefahren. Den ersten Abend saßen sie in der rustikalen Bierstube, wo unter der Decke die Wappen aller bayerischen Landkreise aufgemalt waren. Es gab Buletten. Jawohl, die gab es auch an jedem weiteren Tag – mal mit Püree mit Sägemehlgeschmack, mal mit öligen Bratkartoffeln, mal mit fadem Kartoffelsalat. Wahrscheinlich war die Parole ausgegeben worden, dass das Essen günstig zu sein hatte. Immerhin ließ sich der bayerische Staat den Trip ja sonst was kosten. Wie gut, dass der Trachtenverein den Speck dabeihatte! Sie waren am Wannsee gewesen, in just jenem Raum, wo die Wannseekonferenz die »Judenfrage« erläutert hatte. Mittags Buletten mit Leipziger Allerlei. Sie hatten die Gedenkstätte Berliner Mauer besucht, abends Buletten. Andertags war es in Stauffenbergs Arbeitszimmer gegangen und ins Untersuchungsgefängnis Hohenschönhausen. Die Führung hatte ein ehemaliger Häftling gemacht, die anschließenden Buletten wollten da sowieso niemand so recht schmecken.

Heute nun die Vernissage. In der Weinstube Franken, wo ein umlaufendes Fresko Tiere als Menschen mit all ihren Eitelkeiten karikierte. Und ebendiese »tierische Location« sei ein »Brückenschlag zum Werk der Künstlerin«, hatte die Laudatorin gleich zu Anfang geschwafelt. Einige der Bilder hingen hier, andere in der Bierstube, die sie ja schon kannten. Diese Leanora Pia Pfaffenbichler war ja so produktiv und galt bei Insidern als die progressivste Tiermalerin nach Picasso. Die Transzendenz des Naturalismus, nun ja ... Jo erkannte in dem Bild weniger den »gepeinigten rumänischen Straßenhund, dessen Blick das Wehklagen der Kreatur auf eine solch eindrückliche Weise zeigt, dass Schauer des Entsetzens den Betrachter beuteln«, sie erfasste eher Durst, es war heiß und stickig hier drin. Und gebeutelt fühlte sie sich durch die Unsäglichkeit der Veranstaltung.

Sie ließ den Blick schweifen: Die Huglfinger Trachtler waren auch keine richtigen Kunstfreunde, wie es schien. Einer der jüngeren popelte in der Nase. Er hatte gestern einem wildfremden Mädchen vor dem Reichstag seine Hosenträger verkauft, für hundertfünfzig Euro; seine Oma, die daran wahrscheinlich tausend Stunden gestickt hatte, würde ihn dafür lieben – und enterben. Der Oberzitherer gab sich interessiert, aber immerhin hatte ihn gestern eine Japanerin ungefähr tausendmal in Tracht fotografiert und »*I love you*« geflötet. Die Antwort hatte »Ei ju a« gelautet. Doch, dieser ganze Trip trug ein gewisses Amüsement in sich – bis auf das hier.

Sie hatte bereits eine Lesung von bayerischen Mundartgedichten im Franz-Sperr-Raum erduldet – begleitet von einer Panflöte. Mit Panflöte assoziierte Jo eigentlich eher peruanische Jungs mit bunten Ohrenklappenmützen in deutschen Fußgängerzonen. Vor den Fronten der immer gleichen Modekettengeschäfte, die es von Flensburg bis Garmisch gab, schlimmer noch: in ganz Europa. »El Cóndor Pasa«! Aber Panflöte war eben multikulti und *politi-*

cally correct, und ein Hackbrett wäre einfach zu bayerisch gewesen. Schließlich präsentierte man sich als Laptop-und-Lederhosen-Bundesland, als Mundart-und-Mandolinen-Country.

Gemessen an Pfaffenbichlers »transzendentem Hund« und den anderen Schauerlichkeiten war die Lesung ein echtes Gedicht gewesen. Jetzt hatte Jo Hunger, es war später Nachmittag, die letzten Buletten lagen lange zurück, das Mittagessen war ausgefallen. Kein normaler Mensch veranstaltete eine Vernissage am Nachmittag!

Frau Pfaffenbichlers Bilder, die sie überdies mit »Lepipfa!« signierte, waren eine echte Zumutung, mehr noch die Dame, die die Laudatio hielt. Nachdem sie zu jedem der fünfzig (!) Bilder etwas schwadroniert hatte, brandete Applaus auf, und mit Jubelgeschrei schmetterte sie nun: »Und da ist sie – meine liebe Freundin Leanora Pia Pfaffenbichler. Berlin ist stolz, dich hier zu haben!« Der Applaus wurde stärker, dann wieder schwächer, und in die Gesichter trat Ratlosigkeit. Denn mit einer schwungvollen theatralischen Geste hatte die Laudatorin auf die geöffnete Tür gewiesen, doch niemand trat ein. Nochmals plärrte sie hinaus: »Und da ist sie – meine liebe Freundin Leanora Pia Pfaffenbichler. Berlin ist stolz, dich hier zu haben!« In den Überschwang hatte sich leise Beunruhigung gemischt. Der Türrahmen blieb leer. Alle Blicke hatten sich an dieser Tür festgesogen, und auf einmal passierte etwas. Applaus, der gleich wieder erstarb. Ein Mädchen mit Sekttablett stand im Türrahmen und lief knallrot an, von Hunderten von Augen angestarrt.

Die Laudatorin zwängte sich an der Kellnerin vorbei,

und man hörte ihre Stiefel durch den Eingangsbereich klappern.

Die Leute hatten wieder zu reden begonnen, Sekt wurde herumgereicht, irgendjemand servierte nun auch Kanapees – streng vegan. Jo biss in ein Vollkornplätzchen mit Kürbiscreme (garantiert ohne Ei und Sahne); das Plätzchen war beinhart, die Creme zäh wie Buna, aber es waren keine Buletten. Sie verfluchte den Tag, als ein schriller Schrei zu hören war.

Irgendjemand von den Veranstaltern rannte zuerst los, Leute drängten in Richtung Gang; Jo, die direkt an der Tür stand, hielt kurz inne. Dann sauste auch sie los und gelangte bis zum Piano, das in der Eingangshalle stand. Die Tür zur Damentoilette stand offen. Die Laudatorin stand an den Türrahmen gelehnt und fächelte sich Luft zu. Am Boden vor ihr lag eine Gestalt, weiblich, dünn, sicher über sechzig, schwarz gewandet, dazu ein dramatisch um den Kopf gewundenes Tuch. Lila geschminkte Augen, die weit aufgerissen ins Leere sahen. Frau Lepipfa, sie war tot.

Einer der beiden Security Guards, die die Einladungen kontrolliert hatten, ein großer Typ im nachtschwarzen Anzug, der aussah wie ein Bruder der Klitschkos, packte Jo am Arm.

»Sie haben da nichts verloren, gehen Sie umgehend zurück in die Weinstube Franken!«

Jo war noch versucht zu sagen: »Aber wenn ich aufs Klo muss«, ließ dann die Bemerkung doch besser sein.

Der Klitschko-Bruder drängte sie zurück, und irgendwie brach völliges Chaos los. Auf einmal wurde es augenscheinlich: All die jungen Herren in den unauffälligen Anzügen, die nun in ihre Headsets zischten, waren Bodyguards, ganz klar. Immerhin war einiges an Politprominenz geladen gewesen; der Wissenschaftsminister, der ja auch für Kunst zuständig war, hatte vor der Laudatorin ein paar Worte gesprochen, und auch der Landwirtschaftsminister hatte kurz geredet. Den hatte Jo schon öfter gehört, und sein Lieblingszitat war wie das Amen in der bayerischen Barockkirche gekommen: »Keine Zukunft ohne Herkunft.« Die Polizei war aufgelaufen, Polizeiautos parkten nun hinter den schwarzen Limousinen.

Jo war wieder in Franken, wo die Menschen wie bei einem Viehtrieb in der Mitte des Raumes standen; und je nach Persönlichkeitsstruktur reichten die Reaktionen von leiser Genervtheit bis zu Ich-bin-aber-wichtig-Aggression. Am lautesten maulten die Journalisten, der Mann von der *Bild am Sonntag* schrie in einer Tour: »Sie behindern mich, ich habe einen Termin, ich schreib Sie in Grund und Boden!« Die Politiker und Angestellten der Vertretung waren vergleichsweise stoisch; der Abgeordnete aus Peißenberg, der sie alle eingeladen hatte, versuchte mit gerunzelter Stirn klar und sachlich ein paar völlig Erregte zu beruhigen. Wahrscheinlich wurde man abgehärtet, wenn man in endlosen Plenarsitzungen gefangen war.

Jo war an ein Stehtischchen getreten, wo ihr niederbayerischer Kollege, der den ostbayerischen Verband vertrat, aus einer vom Servicepersonal verlassenen Proseccoflasche unentwegt nachschenkte.

»Frau Dr. Kennerknecht, auch einen?«, fragte er.

Jo nickte. Trank das Glas in einem Zug leer. Hielt es ihm erneut hin. Ihr war auf einmal übel. Lepipfa war ihr auf den Magen geschlagen.

»Haben Sie was gesehen?«, fragte Herr Ostbayern.

»Ja, ich befürchte, die Künstlerin ist tot.«

»Aha, na ja, die Bilder können einen schon zu Mordgedanken treiben. Na dann!« Kollege Ostbayern schenkte nach. Sich selbst und dann Jo.

Der Wissenschaftsminister trat hinzu.

»Schöne Krawatte«, sagte Herr Ostbayern, worauf der Herr Minister sie lockerte, vom Hals zupfte und mit einem Strahlen überreichte.

»Schenk ich Ihnen.«

Einer der Bodyguards war herangetreten, flüsterte ihm was ins Ohr, und mit einem »Auf Wiedersehen« war er weg.

»Na, das ist ja ein Ding, das glaubt mir meine Frau nie.« Vorsichtig, als handle es sich um einen Schatz, beförderte Herr Ostbayern die Krawatte in seine Jackentasche. Und trank zwei weitere Gläser Prosecco auf ex.

Während im Raum die Stimmen flirrten, während Schimpftiraden an Jos Ohr vorbeiflogen, Anwälte gerufen, Aussagen verweigert wurden, lehnte Jo an der Wand und fühlte wenig. Außer einer gewissen Übelkeit.

Vier

Im Haus schien sich etwas zu tun. Vielleicht war das Polizeiaufgebot verstärkt worden. Eine neue Stimme, eine, die bisher nicht zu hören gewesen war, schuf Ordnung. Der zur Stimme gehörende Mann, wohl eine Art Vorgesetzter und Entscheider, war dabei, Räume im Obergeschoss zu Befragungszimmern umzufunktionieren. Denn das wurde Jo auf einmal klar: Jeder, der die Vernissage besucht hatte, war nun verdächtig. Das war wie bei einem Mörder-Dinner, wie bei Agatha Christie, und gleich würde der große Poirot eine brillante Rede halten.

Für einen Moment war Jo versucht, das Ganze für eine Inszenierung zu halten, allein – die Tote im Klo hatte so ... tot ausgesehen.

Jo richtete ihren Blick auf den zur Stimme gehörigen Mann, den Durchblicker, den Checker. Sie sah ihn nur von hinten. Aber diese Stimme? Sie hatte den Ton schon mal gehört. Diese schwäbische Einfärbung der Sprache, diese leise Arroganz. Der Mann drehte sich um, Jo heftete ihren Blick auf sein Gesicht, und auch er sah zu ihr hin. In seinen Augen lag für Bruchteile von Sekunden Ungläubigkeit, dann Erkennen. Langsam kam er auf sie zu. Es waren vielleicht fünf Meter, bis er sie erreicht hatte, aber auf dieser kurzen Distanz lief in Jos Kopf ein Film im Zeitraffer ab.

Er war es wirklich. Der Augsburger, der das R wie Carolin Reiber rollen konnte; sieben Jahre war es her, dass er im Allgäu den Fall um den toten Bauunternehmer Rümmele aufgeklärt hatte. Der Schicki, der Schnösel mit den Wildlederhosen, der Mann, der ins Allgäu gepasst hatte wie eine Moschee aufs Nebelhorn. Den sie verabscheut hatte – und er sie. Der ihr im Laufe der Ermittlungen dann doch sympathisch geworden war.

Volker Reiber! Es war Volker Reiber. Er war dann nach München gegangen, sie hatte ihn aus den Augen verloren. Es war Volker Reiber, keine Frage. Reiber in Berlin. Reiber in der Bayerischen Vertretung. Als er auf sie zukam, bemerkte sie, dass er gut aussah, eigentlich sogar sehr gut. Wahrscheinlich hatte er das damals im Allgäu auch schon getan, aber da war er ihr einfach zu geschleckt gewesen. Heute trug er Jeans und einen grob gestrickten Rollkragenpulli, darüber eine Lederjacke. Teure Designerstücke, das war klar, das war Reiber, aber er trug sie mit neuer Lässigkeit. Er war für Jos Geschmack zu dünn, marathonläuferdünn, aber er war ein schöner Mann. So eine Mischung aus George Clooney und Richard Gere.

»Frau Dr. Kennerknecht, Johanna, Jo, ich ... Sie sind es doch?«

»Herr Reiber, Volker! Waren wir eigentlich per Du?« Jo lächelte ihn an.

»Äh, keine Ahnung, dann sind wir es eben heute. Jo, was machst du hier?« Er gab ihr die Hand und lachte.

»Die unerträgliche Schwere des Seins über mich ergehen lassen. Ich gehöre zur Delegation, und wir hatten das Vergnügen, die Kunst der Frau Pfaffenbichler bestaunen zu müssen.« Jo verdrehte die Augen. »Allein, die Dame ist nicht aufgetaucht.«

Reiber hatte sie aufmerksam angesehen, Jo spürte seine Präsenz, seinen starken Willen. Es ging etwas von ihm aus, das er früher nicht gehabt hatte. Er war erwachsen und selbstbewusst. Ein Mann in den Dreißigern war neben sie getreten, und Reiber stellte ihn vor. »Akim, mein Kollege, das ist Frau Dr. Johanna Kennerknecht, wir kennen uns von früher.«

»Angenehm«, sagte der Mann, der so orientalisch aussah, wie man es nur konnte. Es war wie in einem TV-Krimi. Der grau melierte Deutsche und der junge Türke. Schon wieder so was von *politically correct*: Dem Fernsehkommissar wurde der Quotenausländer zur Seite gestellt. Aber das hier war Realität.

Jo lächelte ihm zu, er lächelte zurück aus Augen, die so was von schwarz waren.

»Soll ich schon mal mit der Fragerei anfangen?«, fragte er Reiber. »Dieses Journalistenvolk wird langsam immer renitenter, zudem haben wir hier Minister und Abgeordnete und auch einen Bürgermeister und Tourismusdirektor in Personalunion von irgend so einem Hintertupfing-Dorf in Bayern, der will die Bundeskanzlerin sprechen oder mindestens den Außenminister.«

»Keiner verlässt dieses Haus, bevor wir nicht jede Aussage aufgenommen haben. Schließlich kann einer der Mörder sein. Du fragst einen nach dem anderen, immer mit der Ruhe und ohne Prominentenbonus. Egal ob Zitherklub, Trachtenverein oder Dorfoberhaupt.«

Aha, das wusste er also alles schon. Er nickte Akim zu und sagte dann: »Ich entführe Frau Dr. Kennerknecht mal in den Nebenraum, sie kann mir sicher etwas über diese Delegation erzählen, oder? Überhaupt, Oberbayern, was hat das mit dem Allgäu zu tun?«

Während Jo Reiber in die Bierstube folgte, in der die zweite Charge der Bilder hing, gab sie ihm einen knappen Abriss ihres Werdegangs. Dass sie im Allgäu Haus und Job verloren hatte, dass sie kurzzeitig beim Kaltenberger Ritterturnier die Pressearbeit gemacht hatte und nun eine Festanstellung als PR-Frau in den Ammergauer Alpen hatte.

»So ganz ohne Allgäu und Hexenhäuschen, geht das überhaupt?«, fragte Reiber.

»Ja, auch die Oberbayern haben Berge. Die seh ich vom Garten aus und vom Schlafzimmerfenster. Nur der Misthaufen des Nachbarn türmt sich zwischen mir und der Bergsehnsucht. Das Haus ist uralt, ehrwürdiger als das im Allgäu, und rüber ins Ostallgäu sind es ja nur wenige Kilometer. Ich klebe sozusagen an der Grenze zum gelobten Allgäuer Land.« Jo grinste ihn an.

»Na dann …« Reibers Blick schweifte umher, er zeigte auf die Bilder. »Muss ich das verstehen?«

»Keine Ahnung, die Laudatorin sprach vom gepeinigten rumänischen Straßenhund, dessen Blick das Wehklagen der Kreatur auf eine solch eindrückliche Weise zeige, dass Schauer des Entsetzens den Betrachter beuteln.« Diesen

Schmarren hatte sie sich doch wirklich wortgetreu merken können! Jo zog die Stirn kraus.

»Das haben Sie früher auch gemacht«, sagte Reiber.

»Was?«

»Die Stirn in Falten gelegt und die Nase gekräuselt.« Reiber lachte.

»Im Unterschied zu damals bleiben die Falten. Waren wir nicht beim Du?« Jo grinste.

»Ja, stimmt. Also – was war das für eine Veranstaltung?«

»Nun, das weißt du ja schon. Wir sind zwanzig Vertreter von Tourismusverbänden in Bayern, dazu einige vom Vorstand des Skiklubs Partenkirchen, die Huglfinger Trachtler und der Peißenberger Zitherklub. Es handelt sich um eine typische Einladungsreise: Besichtigungsprogramm, Führung durch den Bundestag, launige Gespräche mit dem Bundestagsabgeordneten über die Stellung des Tourismus.«

»Und die Künstlerin?«, fragte Reiber. »War die Teil der Delegation?«

»Ja, ich habe sie auch erst auf der Herfahrt kennengelernt. Ich kannte ihren Namen allerdings vom Hörensagen und aus der Zeitung. Sie ist sozusagen eine multiple Persönlichkeit: Sie hat ein Atelier mit Malschule, und dann ist sie noch Geschäftsführerin eines Hofes namens ›Gut Sternthaler – für ein Leben ohne Furcht‹. So der komplette Name.«

»Sternthaler, um was geht's da? Managerschulung, missbrauchte Kinder?«, fragte Reiber und runzelte die Stirn.

»Tierschutz, Volker, Tierschutz! Das ist eine Auffangstation für Hunde, die aus Spanien und dem Ostblock kommen.«

»Ach so, sie malte im Dienst des Tierschutzes?«

»Ja, gewissermaßen. Sie nutzte ihren Bekanntheitsgrad aus, sie hat es anscheinend immer wieder geschafft, neue Foren zu finden, wo sie Bilder zeigte und damit auf das Elend der Hunde aufmerksam machte.« Jo zuckte mit den Schultern. »Wenn's was hilft.«

»Na, das müsste Ihnen, äh, dir doch gefallen, oder? Du warst doch, wenn ich mich recht erinnere, Pippi Langstrumpfs legitime Erbin.«

Jo musste lachen. »Bloß weil mein Kaninchen deine Schuhe angefressen …«

»… und ein Kater seine Pfote in meinem Wasserglas gebadet hat«, unterbrach sie Reiber. »Du hattest einen Tiertick, und da wundere ich mich, dass in deiner Stimme so ein Unterton liegt. ›Gut Sternthaler‹, das klingt doch.«

Jo überlegte kurz. »Wie gesagt, ich kannte die Dame nicht, aber bei uns in der Zeitung war sie immer wieder zu sehen, an der Seite von abgetakelten Schauspielerinnen, die es nicht mehr in die Medien und nicht einmal ins Dschungelcamp geschafft haben und zumindest mit einem Straßenhund auf dem Arm abgelichtet werden wollten.«

Reiber lachte laut heraus. »Na, dein diplomatisches Geschick ist genauso ausgeprägt wie früher! Immer ein klares Wort zur falschen Zeit.«

»Ja, danke für den Hinweis. Dabei finde ich, dass ich mich gebessert habe, und die Dame Pfaffenbichler war mir einfach suspekt, weil ich mal unterstelle, dass es da weniger um Tierschutz als um Selbstbeweihräucherung gegangen ist. Aber wie gesagt, persönlich hatte ich noch nicht das Vergnügen; und der Hof liegt hinter meterhohen Mauern. Das gibt natürlich Anlass zu Spekulationen, wie du dir vorstellen kannst. Es kursieren die wildesten Gerüchte, angeblich haben nicht nur die Zwinger Fußbodenheizung, sondern auch die Spielwiesen. Man sagt, da läge im Winter kein Schnee.«

»Wo befindet sich der Hof denn genau?«, fragte Reiber.

»Unweit von Steingaden, bei der Wieskirche. Sehr idyllisch gelegen und ein totaler Fremdkörper inmitten der kleinen Weiler da draußen. Und gar nicht so weit weg von meinem Haus, aber wie gesagt: hohe Mauern rundum, Kameras, ein Stahltor: das Fort Knox des Tierschutzes. Ein Alcatraz für Hunde. Einblicke gab es immer nur, wenn im Fernsehen etwas ausgestrahlt wurde oder in der Zeitung Fotos zu sehen waren. So oder so: Ich war noch nie dort, das waren nicht meine Sphären. Ich gehöre ja nicht zu Hochadel und Hochfinanz. Die Leute ringsum finden das alles sehr dubios. Tja!« Jo nickte und wiederholte: »Sehr dubios.«

»Du meinst also, die Dame hatte nicht nur Freunde?«, fragte Reiber, der sich Notizen machte.

»Bestimmt nicht, aber nix Genaues weiß ich nicht.«

Reiber betrachtete wieder die Bilder, setzte noch ein paar elegante Krakel in seinen Block und seufzte: »Und nun ist sie ermordet worden.«

»War es wirklich Mord?«

Er zwinkerte ihr zu. »Aha, Frau Neugier! Da das morgen

eh in der Zeitung steht: Ja, es war Mord, es sei denn, sie hat sich selbst den Schädel eingeschlagen.«

»Ich hab sie nur kurz liegen sehen, ich wollte aufs Klo. Und was, wenn sie nur dumm gestürzt ist, aufs Waschbecken oder so? Vielleicht geriet sie, berauscht von der Rede, die sie gleich halten wollte, ins Taumeln, vielleicht …?«

»Ja, an Ihre Begeisterung für laienhafte Mordermittlungen kann ich mich auch noch erinnern, bitte nicht schon wieder!«

»Deine«, sagte Jo.

»Was, deine?«

»Deine Begeisterung, wir waren beim Du.«

Er lachte. »Stimmt, das geht mir etwas schwer von den Lippen. Also Klartext: Der kurze Augenschein hat genügt. Kein Unfall, sie wurde erschlagen.«

Jo sah zu Boden, das Bild noch vor Augen. Beide schwiegen. Aus den Nebenräumen waren leise Stimmen zu hören. Weit weg brandete leise der Verkehr. Die Welt war wie ausgesperrt. Beide schwiegen.

»Wieso hat man sie nicht bei euch da draußen in Bayerisch-Kongo ermordet? Warum hier, warum in Berlin?«, fragte Reiber schließlich.

Jo sah ihn überrascht an. »Gute Frage. Weil sie auch in Berlin Feinde hatte?«

»Hm, wenn das was Politisches ist, dann gnade uns Gott. Das wird ein Affentanz, denn hier müssen wir alle mit Glacéhandschuhen anfassen und haben es mit Heeren von Anwälten zu tun. Mir wäre weit lieber, ein Nachbar hätte sie gemeuchelt, weil der Canis zu laut bellt. Die meisten Mordopfer werden zu Hause eliminiert. Was soll diese Dramatik eines stillen Örtchens im Bundestag? Was für eine Location!«

Jo schwieg kurz, dann grinste sie. »Du kannst es noch.«

»Was?«

»Fremdwörter häufen!«

»Ach, ich dachte, ich hätte mich gebessert?« Reiber lachte, was ganz reizende Fältchen um seine Augen spielen ließ. Er sah wirklich gut aus!

»Musst du denn dann bei uns ermitteln?«, fragte Jo plötzlich.

»Womöglich, ich werde da unten mal um Amtshilfe ersuchen.«

»Ja prima, und da wirst du ein zweites Déjà-vu haben.« Jo lachte laut auf.

»Wie?«

»Gerhard ist Hauptkommissar in der Region, Evi arbeitet auch dort.«

»Weinzirl hat auch sein geliebtes Allgäu verlassen? Himmel, das ist ja eine Massenflucht.« Reiber überlegte kurz. »Seid ihr gemeinsam … ich meine …«

»Nein, i wo, das hat sich so ergeben, wir sind halt nur alte Freunde.«

»Aha, Freunde«, sagte Reiber, und Jo hatte irgendwie den Eindruck, dass sein Ton komisch war.

Er bat sie, ein Protokoll mit den Kollegen zu machen, verabschiedete sich, und als er schon halb im Türrahmen stand, fragte er: »Gehst du heute Abend mit mir essen, falls das dein Programm hier zulässt?«

Jo wartete ein paar Sekunden. »Gerne, hier ist, glaub ich, etwas die Luft raus. Holst du mich am Hotel Abion ab? Das ist irgendwo im Spreebogen. Modern, viel Glas, Vierundzwanzigstundenrezeption, sehr hauptstädtisch. Kennst du das?«

»Ja, passt halb neun?«

»Hm, da bin ich Landei zwar sonst schon im Bett, aber für die Metropole an der Spree mach ich eine Ausnahme!« Jo zwinkerte ihm zu.

»Das freut mich. Ich …« Reiber kam nicht dazu, seinen Satz zu beenden, weil die Laudatorin hereinstürmte, in einer Geschwindigkeit, die angesichts ihrer Stöckel zumindest auf langes Training und immense Körperbeherrschung schließen ließ. Ihre Stimme hingegen war weniger beherrscht, sie überschlug sich regelrecht.

»Sie sind weg. Sie sind weg, jetzt tun Sie doch was!«

»Gnädige Frau, wer ist weg?«, fragte Reiber, und Jo erinnerte sich, dass er das schon vor sieben Jahren draufgehabt hatte, dieses modulierte »Gnädige Frau«.

»Schauriges Schattenreich, Düsterer Donnerhall und Orgiastischer Orkus. Sie sind weg!«

Reiber hatte die Stirn gerunzelt. Er sah die Dame durchdringend an. »Gnädige Frau, Schauriges Schattenreich?«

»Ja, das Bild. Schauriges Schattenreich war ein Höhepunkt ihres Schaffens, die anderen beiden auch. Eine Trilogie gewissermaßen.«

»Und diese Werke sind weg?«, fragte Reiber.

Die Laudatorin packte Reiber plötzlich am Arm und zerrte ihn in den Nebenraum, zurück in die Weinstube.

Zwischen anderen pfaffenbichlerischen Farborgien war da nur eine weiße Wand. Zettelchen mit den Titeln waren mit Stecknadeln an die Wand gepinnt. Sie nahmen sich nun seltsam einsam aus wie aufgespießte Insekten.

»Da hingen sie, oh mein Gott, das überlebe ich nicht.« Die Laudatorin fächelte sich mit einem imaginären Fächer Luft zu.

»Sie meinen, die Bilder sind just eben verschwunden?«, fragte Reiber.

»Just eben! Sie machen mir Spaß. Weil Ihr Kollege uns festgehalten und eingekerkert hat, konnte jemand hier eindringen und diese Werke von unschätzbarem Wert entwenden. Unter den Augen der unfähigen Polizei, Sie sind …«

Reiber unterbrach sie. »Gnädige Frau, zügeln Sie Ihre Worte, bevor Sie etwas formulieren, was Ihnen eine Klage wegen Beamtenbeleidigung einbringen könnte! Also, wann haben Sie die Bilder zuletzt gesehen?«

»Na, vorhin, als ich meine kleine Ansprache gehalten habe und meine bescheidenen Worte dem großen Werk von Leanora einfach nicht haben gerecht werden können. Oh mein Gott, und nun ist sie tot! Wie grauenvoll. Wer macht denn so was? Leanora war ein Engel, wie sie sich um all diese armen Hunde gekümmert hat, wie sie gerungen hat mit dem Elend, wie sie …«

»Gnädige Frau«, unterbrach Reiber sie erneut, »ich verstehe Ihren Schmerz, der Tod eines lieben Menschen …«

Jo versuchte wegzusehen, denn es war angesichts der toten Frau – Ausrufezeichen – wirklich ungeziemend, zu grinsen, aber wie Reiber die Sprachmelodie der Dame auffing und in ihren Ton einfiel, war wirklich großes Kino. Großes Kino, das Wirkung zeigte. Die Stimme der Dame verlor das Schrille, sie schien ihr Energiedepot aufgebraucht zu haben, eine Aufziehpuppe, die sich leer gelaufen hatte. Sie sah Reiber an, als wäre er der Messias.

Der fragte: »Waren die Bilder denn wertvoll? Verstehen Sie mich nicht falsch: Natürlich sind sie wertvoll, aber hatten sie einen Wert auf dem Kunstmarkt? Was hätte ich für einen echten Pfaffenbichler denn zahlen müssen?«

»Ja nun, ich meine, unter uns Tierfreunden, also …«

»Gnädige Frau, was haben ihre Bilder denn so eingebracht?« Reiber hatte den Blick fest auf die Dame gerichtet.

»Oh, wir hatten letztes Jahr eins auf einer Vernissage am Tegernsee, bei der Britt Göttlöber die Schirmherrschaft übernommen hatte, das hat tausend Euro erzielt.«

Jo überlegte. Britt Göttlöber, das war diese Schauspielerin, die früher in irgendwelchen zweitklassigen Humorfilmchen mitgemacht und schauerliche Sketche in einer Siebziger-Jahre-Serie verbrochen hatte. Nach der kein noch so toleranter Hahn mehr krähte. Die als Gönnerin des »Gut Sternthaler« in schöner Regelmäßigkeit in der Zeitung zu sehen war. Ja genau, das war jene Frau, die Jo in der Zeitung gesehen hatte: altersunpassende Hüftjeans und Krähenbeine, opulente Oberweite in der geknoteten Leinenbluse, blond gefärbt, Lippen aufgespritzt, Falten unter Dauerbotoxbeschuss.

»Und sonst, ich meine, im Durchschnitt, was haben die Bilder so eingebracht?« Reiber sprach leise und geduldig.

»Nun ja, vierhundert Euro, mal dreihundert, mal fünfhundert, sehen Sie, unter Tierfreunden …«

»Will meinen, die Bilder wurden weniger wegen ihres künstlerischen Werts als wegen des karitativen Gedankens gekauft?«, fragte Reiber und gab sich ganz wertneutral.

Jemand musste wieder an der Schraube gedreht haben, denn nun schoss die Dame regelrecht nach vorne.

»Das können Sie so nicht sagen, ihre Bilder sind großartig, eine Zierde für jeden Salon.«

Jo war froh, dass sie nur eine Bauernstube und keinen Salon hatte, sonst hätte sie womöglich über den Erwerb einer solchen Schauerlichkeit nachdenken müssen.

»Gnädige Frau, worauf ich hinauswill: Warum hat jemand die Bilder gestohlen, und steht der Diebstahl in Verbindung mit dem Mord?« Reiber sah sie besorgt an.

Sie brauchte ein paar Sekunden, dann brach es aus ihr hervor: »Sie meinen, Leanora wurde ermordet, damit man ihre Bilder entwenden konnte?«

»Genau das ist die Frage!«, bestätigte Reiber. »Und dazu ist es nicht uninteressant, den materiellen Wert der Werke zu kennen. Der, wie Sie mir nun sagen, nicht exorbitant war.«

»Kunst ist ein launisches Kind, sie hätten im Wert steigen können …

»Nun, tote Künstler verkaufen sich oft besser«, sagte Reiber und runzelte die Stirn. »Jemand ermordet sie, damit die Bilder im Wert steigen. Wäre das eine Option?«

»Aber das wäre ja erschütternd und …«

»… eher unwahrscheinlich«, ergänzte Reiber. »Sagen

Sie, warum eigentlich diese drei Bilder, waren die irgendwie besonders?«

»Jedes ihrer Werke war besonders, anrührend in seiner Art, fragil in …«

Reiber stoppte ihren Promotionszug für Lepipfas Bilder. »Das glaube ich gern, aber wieso diese?«

»Nun, sie waren eben eine Trilogie, ein Triptychon, wenn Sie so wollen. Und wahrscheinlich am leichtesten zu greifen.« Im letzten Satz lag Bedauern.

Reiber sah zur Wand, damit hatte die Dame recht. Sie hatten am nächsten zur Tür gehangen. Blieb die Frage, ob die Bilder vor dem Mord oder nachher entwendet worden waren. Was, wenn die Künstlerin den Diebstahl bemerkt hatte, der Dieb sie niedergeschlagen und dann in die Toilette geschleift hatte? Es war möglich – die Spusi würde auch den Raum mit den gestohlenen Bildern genau unter die Lupe nehmen müssen. Doch wer mordete wegen ein paar schrulliger Farbergüsse einer alternden Tierschutzqueen?

Reiber bedankte sich bei der Dame, bat sie dann, zurück zu den Kollegen zu gehen, die dabei waren, weitere Befragungen durchzuführen und Alibis zu checken. Irgendwie dämmerte es der Laudatorin wohl, dass Reibers Bitte implizierte, dass sogar sie selbst verdächtig war.

»Was? Ich soll ein Alibi vorweisen, ich, die ich die ganze Zeit durch die Bilder geführt habe!« Ihre Stimme schrillte durch den Raum.

»Gnädige Frau, wir wissen noch nicht, wann genau die werte Frau Pfaffenbichler ums Leben kam. Sie haben vor der Vernissage doch sicher mit ihr den Ablauf besprochen?

Sie haben doch auch das Stichwort festgelegt, auf das hin sie den Raum hätte betreten sollen, oder, gnädige Frau?«

»Ja, sicher. Leanora hat in der Garderobe gleich am Eingang gewartet. Und Sie, Sie verdächtigen mich? Das ist ja unerhört!«

»Meine Liebe, jeder und jede ist momentan verdächtig, so leid mir das tut. Ich darf Sie dann bitten!« Er machte eine Handbewegung zur Tür hin. Sie stöckelte von dannen und stieß noch einen Fluch aus, den Jo nicht mehr ganz verstand.

Reiber wandte sich an Jo. »Also bis heute Abend. Ich freu mich.«

Jo nickte. »Ich mich auch.«

»Gut.« Reiber lächelte. »Sag mal, hast du die Nummer vom guten alten Weinzirl?«

»Klar.« Jo fummelte ihr Handy heraus. Als Volker die Nummer in seins eingespeichert hatte, lächelte er ihr erneut zu. »Dann bis halb neun, Frau Landei.«

Jo sah ihm hinterher. Hatte er damals im Allgäu auch so gut ausgesehen? Er musste jetzt Ende vierzig sein, er war nicht übermäßig groß, knappe eins achtzig, schätzte sie, markante Gesichtszüge, Falten, die ihn nicht alt, sondern eher zum Charakterkopf machten. Er hatte wirklich was von Clooney.

Fünf

Gerhard hatte Melanie geholfen, einen Bericht zu schreiben. Sie war immer noch ziemlich durch den Wind. Melanie hatte selbst einen Hund, das wusste er. Nebst einem Pferd und einem Zwerghasen. Für tiernarrische Mädels musste so was der Horror sein.

Es war schon kurz vor sieben, er wollte gerade gehen, als sein Handy zackig die »Vogelwiese« intonierte. Die Nummer auf dem Display sagte ihm nichts.

»Volker Reiber hier, hallo, Herr Weinzirl.«

Es kostete Gerhard eine Art Schrecksekunde, bis er reagieren konnte. »Herr Reiber, das ist eine Überraschung.«

»Und wie Sie mich kennen, keine schöne.« Reiber lachte.

»Na, wir hatten ein paar Differenzen, aber ich freu mich, von Ihnen zu hören. Immer noch in München, Reiber?«

»Nein, ich bin in Berlin, und ich glaube, dass Sie sich gleich nicht mehr freuen, Weinzirl. Ich habe hier eine Tote aus Ihrem Wirkungskreis liegen.«

Gerhard lauschte, Reiber fasste die Lage für ihn zusammen, und Gerhard spürte, wie Unruhe in ihm aufstieg. Das war ja nicht zu glauben.

»Und Sie sagen, die Dame heißt Leanora Pia Pfaffenbichler?«, fragte Gerhard.

»Jawohl, ihre Bilder zeichnet sie mit ›Lepipfa!‹.«

»Und der Hof heißt ›Gut Sternthaler‹?«.

»Ja, Weinzirl, Sie sind noch nicht so alt, dass ich alles wiederholen müsste. Was ist los?«

»Nun, ich wurde vorhin auf den Hof der Dame Pfaffenbichler gerufen. Dort wurden sieben Hunde an extra dafür aufgestellten Galgen aufgeknüpft. Scheußliche Sache. Ich nehme mal an, das war in der Nacht von Mittwoch auf heute.«

Es war kurz still. In Reibers Stimme lag Verwunderung. »Gestern knüpft jemand ihre Hunde auf, und heute liegt sie tot in einer Toilette in der Bayerischen Vertretung? Weinzirl, was ist das denn für ein Scheiß?«

Scheiß, er hatte Scheiß gesagt. Das wäre Reiber damals im Allgäu in hundert Jahren nicht über die Lippen gekommen. Gerhard musste grinsen. »Ein ziemlicher Scheiß, würde ich sagen, und kein Zufall. Zumal ich annehme, dass jemand ihr Haus durchwühlt hat.«

Es herrschte erneut eine kurze Stille am anderen Ende, bis Reiber sagte: »Und hier wurden drei Bilder gestohlen. In der Zeit, in der wir die Besucher der Vernissage befragt haben. Ergibt das einen Sinn?«

»Jemand sucht etwas in ihrem Haus. Dann erhängt er arme Kreaturen, ermordet schließlich die Künstlerin und Tierschützerin, und zudem klaut er Bilder. Reiber, das ergibt eben keinen Sinn. Wenn einer diese Bilder haben wollte, warum knüpft er die Hunde auf?« Gerhard hatte das Gefühl, dass sein Gehirn nicht richtig funktionierte. Das war ihm alles zu wirr.

»Gut, der Mord an der Dame sollte uns womöglich ablenken, aber Sie haben recht: Wieso die Hunde?«, fragte Reiber.

»Sind die Bilder denn so wertvoll, dass sich dafür ein Mord lohnt?«, fragte Gerhard.

»Weinzirl, alter Fuchs, genau die Frage hab ich mir auch gestellt. Nein, sind sie nicht.«

»Gut, dann andersrum. Jemand hasst die Dame Pfaffenbichler, hasst sie so, dass er sie da treffen wollte, wo es am meisten wehtut. Er verletzt ihre Hunde, ja, er erhängt sie auf grausame Weise. Aber warum ermordet er die Frau? Und so rum betrachtet, bleibt die Frage: Was hat er im Haus gesucht, und wieso klaut er Bilder?«

»Ablenkungsmanöver, Weinzirl? Kann es das sein?« Reiber klang nicht überzeugt.

»Hm, ja, womöglich.« Gerhard überlegte kurz. »Aber eins macht immer noch keinen Sinn: Sie wusste doch wahrscheinlich gar nicht, was zu Hause mit den Hunden passiert ist. Sie war doch längst schon in Berlin.«

»Kann sie keiner angerufen haben?«, fragte Reiber.

»Ihre Mitarbeiterin und Zweite Vorsitzende des Vereins eher nicht, die liegt in Schongau im Krankenhaus und wurde von den Ärzten total weggebeamt. Höchstens der Tierpfleger, das lässt sich klären«, meinte Gerhard.

»Dann sind Sie mit im Boot, Weinzirl?«

»Vorher war ich's noch nicht, jetzt schon. Vorher waren es tote Hunde, jetzt ist es ein Mensch. Kommen Sie runter in den wilden Süden, Reiber?«, fragte Gerhard.

»Ich denke, in den nächsten Tagen. Wir müssen die Ergebnisse der Obduktion abwarten und sehen, ob die Spusi was hat. Ich halte Sie auf dem Laufenden, Weinzirl. Wenn Sie da unten im wilden Süden, wie Sie so trefflich sagen, was entdecken, machen Sie es genauso?«

»Sicher, Reiber.« Gerhard stöhnte kurz auf. »Jetzt hab ich gerade die Kollegen in Schongau wegen dieses Tierschutzfalls bedauert, und nun wird es meiner.« Er sah auf die Uhr. »Na toll, einen richterlichen Beschluss aus München krieg ich heute sicher keinen mehr.«

»Na ja, scheuchen Sie die Spusi halt gleich morgen früh hin«, empfahl Reiber.

Hm, dachte Gerhard, er nahm an, dass sowieso schon alles unter Schnee versunken war. Schnee verdeckte vieles gnädig, aber in so einem Fall war er wirklich kontraproduktiv.

»Wir hören uns morgen, Reiber.«

»Prima, und danke, Weinzirl.« Reiber machte eine kurze Pause. »Ich grüße dann Jo von Ihnen.«

»Jo?«

»Ja, um die Reihe der Verkettungen zu komplettieren: Jo ist Mitglied der bayerischen Delegation, der auch Frau Pfaffenbichler angehörte. Sie reisen morgen früh ab, einen Tag eher als geplant. Das Ableben der Künstlerin hat bei denen wohl die Lust auf Berlin etwas geschmälert.«

Jo! Sie hatte da so was erzählt, aber Gerhard hatte – zugegebenermaßen – nicht so genau zugehört. Jo war sowieso ständig irgendwo, Jo war stets auf Reisen, selbst wenn sie nur nach Garmisch fuhr. Bei ihr wirkte es wie ein Staatsakt. Jo hatte immer und überall wichtige Termine, sie war immer zu spät dran, ihr Tagespensum hätte locker für drei Tage gereicht. Jos Leben war so bunt, dass er sich wirklich nicht alles merken konnte, was sie so vorhatte.

Gerhard lachte trocken. »Na, dann haben Sie ja die volle Packung Gespenster aus der Vergangenheit zu bewältigen.«

»Ach, Weinzirl, es könnte schlimmer kommen. Bis dann.«

Als er aufgelegt hatte, hatte Gerhard plötzlich ein ungutes Gefühl. Wieso richtete Reiber Jo Grüße aus? Das klang so intim, so als würden sie sich andauernd treffen. Dabei konnte sich Gerhard beim besten Willen nicht vorstellen, was Reiber und Jo sich zu sagen hätten. Er hatte diesen Reiber damals im Allgäu nur schwerlich ertragen können, aber im Gegensatz zu Dr. Johanna Kennerknecht, deren Mund immer schneller ging als ein Maschinengewehr und an deren emotionalen Berg- und Talfahrten alle stets Anteil hatten, war er, Gerhard Weinzirl, ja noch wohlmeinend gewesen. Jo würde morgen wiederkommen. Dann würde er ihre Geschichte sicher in allen bunten Farben ihrer Eloquenz zu hören bekommen. Eigentlich wunderte sich Gerhard, dass sie ihn noch nicht angerufen hatte. Sollte er? Aber nein, das hatte bis morgen Zeit.

Gerhard versuchte den Kollegen Fischle nochmals zu erreichen, um ihm die frohe Kunde zu überbringen, dass aus dem Tierschutzfall ein Mord geworden war. Doch der Mann war weg, nach seinen Doppelschichten hatte er Schlaf verdient. Den Staatsanwalt erreichte Gerhard im Restaurant, schilderte ihm den Fall und erhielt das Versprechen, dass er morgen in der Frühe ein Fax mit einem vorläufigen Beschluss hätte.

»Müssen Sie mir so was kurz vor Weihnachten noch antun?«, fragte der Mann noch.

Na, ihn fragte doch auch keiner!

Reiber hatte von der Lobby aus angerufen, dass er unten sei.

Jo sah nochmals in den Spiegel und schnitt eine Grimasse. Erste Falten um die Augen, na gut. Die kamen auch vom Lachen. Aber diese kleinen Omafältchen da um den Mund, die fand sie unerträglich. Doch sosehr sie ihnen mit wechselnden Cremetöpfchen zu Leibe rücken wollte, die erhoffte Wirkung blieb aus. Das war die Rache der sorglosen siebziger und achtziger Jahre. Wer hatte sich da schon eingecremt? Braun hatte man werden wollen beim Surfen und beim Skifahren. Aalglatt durch Melkfett und Vaseline hatte man die Sonne eingefangen samt UV-Strahlen. Aber das half jetzt auch nichts, hoffentlich hatte Reiber keinen hell erleuchteten Schicki-Schuppen auserkoren, wo man ausgeleuchtet war bis in die letzte Pore.

Jo rief sich zur Räson: Eigentlich war es völlig egal, ob Reiber ihre Falten sah oder nicht. Es versprach einfach lustig zu werden, den einstigen Klemmi Reiber neu zu erleben.

Als sie den Aufzug heranholte, hatte sie Herzklopfen. Im Kabinenspiegel gab sie ein unvorteilhaftes Bild ab. War das der Spiegel, oder hatte sie so feiste Backen? Und spannte die Bluse nicht zu sehr? Oder nur eben so, dass die Gratwanderung zwischen sexy-eng und peinlich gelang? Sie spielte mit dem Gedanken, sich nochmals umzuziehen, verwarf ihn aber dann. Himmel, was machte sie wegen Reiber eigentlich so einen Umstand?

Reiber stand mitten in der Lobby. Er drückte sich nicht irgendwo am Rande herum oder lehnte an Bars. Nein, breitbeinig stand er im Raum, und wieder hatte Jo das gute Gefühl, dass diesen Mann nichts umwerfen würde. Die Schulter zum Anlehnen? Sie hatte wirklich einen an der Mütze! Mit einem »Hallo« ging sie auf ihn zu.

Reiber gab ihr die Hand. »Ich wusste nicht genau, wonach dir ist, aber ich dachte, wir gehen in die ›Ständige Vertretung‹, also in die Kneipe, die so heißt.«

»Klar«, sagte Jo. Ihre Begeisterung legte sich schnell, denn es gab wieder Buletten. Sie rettete sich mit Flammkuchen. Die Kneipe servierte Kölsch in den typischen 0,2-Gläsern. Jo, die sonst eher Weintrinkerin war, fand den Brauch schon respektabel, dass da ständig solche Kinderbierchen offeriert wurden, kaum hatte sie eins leer.

Reiber bestellte sich Mineralwasser und auch einen Flammkuchen.

Jo fühlte sich gut; selbst in den kurzen Spannen, in denen kleine Gesprächspausen entstanden, war das eher angenehm und entspannend als anstrengend im Ringen nach Gesprächsstoff.

»Und der Zoo ist noch immer komplett?«, fragte Reiber gerade.

»Er wächst sogar. Ich wohne mit einer Freundin zusammen in einer WG, und ohne Tiere geht es einfach nicht. Tiere sind unbestechlich, frei von Taktik oder Berechnung. Tiere sind echt. Kinder vielleicht auch, aber auch nur sehr kurz. Bevor sie denken lernen und korrumpierbar werden«, sagte Jo.

»Menschenhasserin?«, fragte Reiber mit einem Lächeln.

»Nein, aber manchmal machen es einem die Menschen schon schwer, oder?«

»Und diese Frage an einen Kriminaler! Mir machen sie es sehr schwer, aber meist deshalb, weil sie es sich selbst schwer machen«, meinte Reiber.

»Ach so, dir passiert das natürlich nicht. Herr Reiber hat das Leben im Griff.« Eigentlich war das eine dumme Provokation, aber nun war es zu spät.

Reiber schien kurz zu überlegen, dann sagte er: »Oh nein, gerade im Allgäu war ich eine Zumutung! Eine Landplage! Ich wurde von Tag zu Tag unzufriedener und müder. Eine Müdigkeit, die nichts mit Schläfrigkeit zu tun hatte oder sanftem Wegdösen, es war eine böse Müdigkeit. Ich habe es gehasst, Entscheidungen zu treffen, ich hätte lieber einfach Befehlen gehorcht. Eigenverantwortlichkeit ist vielleicht das höchste Maß an Freiheit, aber es erfordert auch das höchste Maß an Disziplin und Selbsterkenntnis.«

Jo sah ihn überrascht an. »Aber du warst doch immer der Macher-Typ. Immer souverän.«

»Ich wollte so wirken, aber es ist schwer, Chef zu sein. Ich habe mir Tage gewünscht, wo ich als reiner Befehlsempfänger einfach mal Briefe schichte. Menschen zu führen ist eine schwindelerregende Motivationsaufgabe. Ich habe Weinzirl immer bewundert, weil ...«

»Gerhard, den Hansdampf in allen Gassen?«, unterbrach ihn Jo.

»Das dachte ich anfangs auch, aber er verfügt über Klarheit, über Lebensenergie, über einen mitreißenden Optimismus. Einer wie Weinzirl hat nicht einfach Glück, er breitet die Arme aus und heißt das Glück willkommen. Es gibt solche klaren Menschen. Aber das weißt du doch am besten. Ich verstehe nicht, warum ihr nie ein Paar geworden seid.«

»Weil in mir immer die Panik aufsteigt wie Hochwasser, wenn es ernst wird. Gegenliebe macht mir Angst.« Jo stockte, wieso erzählte sie das Reiber, ausgerechnet Reiber?

»Kenn ich: Was, wenn man zugeben muss, dass die Richtige gefunden ist? Diese Verantwortung! Kein Geplänkel mehr, kein Spiel auf Zeit oder mit der Zeit.«

Obwohl er das ein wenig ironisch formuliert hatte, spürte Jo den Ernst in seinen Worten. Am liebsten hätte sie ihn umarmt, ihm gedankt für die Worte, die ihr Kernproblem auf den Punkt brachten. Es war, als könne er in ihre Seele sehen. Sie hätte so viel sagen wollen, aber die Worte blieben irgendwo stecken.

Reiber fuhr fort: »Beruflich bin ich auf einem ganz guten Weg, aber privat sind meine Drehbücher Müll. Das Problem ist nämlich, dass ich welche schreibe, mir selbst die Hauptrolle gebe und dann eine weibliche Akteurin einplane. Die letzten Male hätte ich vielleicht fragen sollen, ob sie die Rolle überhaupt will.«

Wenn er jetzt gefragt hätte, ob sie die Rolle wolle, sie hätte Ja gesagt, aber er sah auf die Uhr, lachte: »So spät, die kehren uns hier gleich noch raus.« Er orderte die Rechnung, und als er einen Absacker in seiner Wohnung anbot, war Jo gespannt auf das Drehbuch. Gespannt wie lange nicht mehr, wie noch nie womöglich!

Reibers Wohnung lag in der Thomasiusstraße und war ganz anders, als Jo erwartet hätte. Sie durchquerten einen Innenhof und landeten im Hinterhaus. Reiber hatte die Erdgeschosswohnung und den ersten Stock.

»Als die Regierungsbeamten von Bonn nach Berlin umziehen mussten, ging hier das große Wohnungsgeschacher los. Der Vorbesitzer hat gleich zwei Wohnungen übereinander gekauft und als Maisonette verbunden. Ganz gut, weil das Erdgeschoss allein recht dunkel ist. Der Mann ist aber retour nach Bonn, und ich hab sie gekauft. Ich mag die Lage und die Tür zum Hof. Ich stell dann meine Palmen raus und starre auf das Stück Himmel, den Himmel über Berlin.«

Jo, die sich umgesehen hatte, drehte sich langsam zu ihm hin. Das Fenster und die große Stadt im Nacken, es war keinerlei Verkehrslärm zu hören, nur ganz gedämpft Klavierspiel, das wohl aus der Wohnung darüber kam. Aus der Anlage ertönte Bonnie Tyler. Reiber ging einen Schritt auf sie zu. Er drückte ihr ein Glas Wein in die Hand.

»Willst du mich betrunken machen?« Das sollte witzig klingen, war aber als Gag eher misslungen, fand Jo. Sie war nervös, keine Frage, ihre Souveränität bröckelte.

»Nein, ich möchte, dass du alle deine Sinne beisammenhast. Das lohnt sich.«

»Bist du so gut?« Auch diese Witzelei kam ihr irgendwie unsouverän über die Lippen.

Sie standen noch immer eine Armeslänge voneinander entfernt. Jo wollte Zeit schinden.

»Dann musst du aber ein Glas Wein mittrinken.«

»Nein, muss ich nicht. Ich habe eine fiese Allergie gegen Alkohol, ich trinke nicht aus Lust und Tollerei all den Tee und all das Wasser. Ein Bierchen ab und zu, aber selbst das bekommt mir nicht wirklich«, sagte Reiber.

»Oh, tut mir leid, dann war das mit dem Matetee damals im Allgäu keine Schrulligkeit. Das Wasser heute auch nicht. Ich ...« Jo brach ab.

»Merkst du was?«, fragte Reiber sehr sanft, nahm ihr das Glas wieder aus der Hand, stellte es auf den Tisch und stand so vor ihr, dass kein Blatt Papier mehr zwischen sie gepasst hätte. Und doch berührte er sie nicht.

Jo schluckte. Himmel, das war ja peinlich! Der Typ brachte sie völlig aus dem Konzept. Mit einem Lächeln, das Clooney sicher nicht so hinbekommen hätte, drehte er sich weg und ließ sich auf die Couch gleiten.

Leise erklang Bonnie Tylers rauchige Stimme, »Total Eclipse of the Heart«: *»Every now and then I get a little bit nervous that the best of all the years have gone by.«*

»Hast du da eine CD, die nach Plan die richtige Musik spielt?« Das war wieder so ein doofer Joke – geboren aus der Verunsicherung.

Reiber antwortete nicht. Er küsste hingegen sehr gut, und er roch so gut. Es fühlte sich verdammt gut an, er fühlte sich gut an. Nach einer gewissen Zeit löste sich Jo aus seiner Umarmung. »Ich glaub, ich muss gehen. Der Bus fährt morgen so früh, ich ...«

Reiber lächelte. »Kein Sex beim ersten Date? Ist es das?«

Jo sah ihn überrascht an. Diese Frage – an sie! Sie war

doch immer die gewesen, die stets Sex beim ersten Date gehabt hatte. Sie war nie das Mädchen gewesen, das die Typen erst heiß gemacht hatte und nach ein bisschen Geknutsche und Gefummel dann wegschickte. Nein, sie hatte das immer durchgezogen, volles Programm. Das schale Gefühl am nächsten Morgen inklusive. Sie sah Reiber an und versuchte ein schiefes Lächeln.

»Eigentlich nicht, eigentlich eher im Gegenteil.« Gott, war das schon wieder dämlich! »Ich meine, du bist irgendwie zu ...«

»Uninteressant?«, fragte Reiber.

»Nein, zu interessant. Ich glaube, ich befürchte, ich mag dich sehr, ich ...«

»Ach so, du schläfst nur mit Männern, die du nicht magst?« Reiber lachte.

Jo sah ihn mit schief gelegtem Kopf an. »Volker, ich ...«

Er hob die Hände. »Halt, alles zurück, das war ein Witz! Fahr du erst mal nach Hause, wir sehen uns. Sicher.« Er küsste sie ganz zart auf die Nase, dann holte er ihre Jacke, half ihr formvollendet hinein. »Soll ich dir ein Taxi rufen?«

»Ich geh ein paar Meter bis zum nächsten Taxistand. Kopf lüften!«, sagte Jo.

»Gut.« Er küsste sie nochmals, diesmal auf den Mund. »Bis bald, meine kleine Allgäuerin.«

Als Jo auf die Thomasiusstraße trat, pfiff ein eiskalter Wind durch den Kanal aus Häusern. Es war drei Uhr, dunkel und doch hell, weil Städte keine wirkliche Dunkelheit kennen. Sie ging ein paar Minuten, stoppte ein Taxi. Der Fahrer trug einen Turban und kaute an einem Schokoriegel.

Er sagte kein einziges Wort. Als er vor dem Hotel anhielt und Jo eine Quittung verlangte und irgendwas von Finanzamt und Businesstrip faselte, sagte er plötzlich ganz ohne Akzent:

»Ganz schön früh für einen Geschäftstermin, junge Frau. Gutes Gelingen. Oder ist es schon gelungen?«

Eigentlich war das ganz schön frech, aber Jo grinste. »Danke der Nachfrage, das Gelingen steht noch aus.«

Er grinste zurück und drückte ihr einen Schokoriegel in die Hand. »Immer gut.« Er winkte ihr zu und quietschte im Kavaliersstart von dannen.

Es war fünfundzwanzig nach drei, höchste Zeit für Powerschlaf, eine Dusche und Powerzusammenpacken. Der Delegation war die Lust auf Berlin vergangen. Die Abfahrt war vorverlegt worden, und der Bus würde pünktlich um sieben fahren, auf die Sekunde genau, wie Jo vermutete. Das hatte er die letzten Tage immer getan, nur Herr Ostbayern war immer zu spät gewesen.

Bevor sie auf das Kissen sank, griff sie ihr Handy und tippte eine SMS. »Gute Nacht. Hoffentlich bis bald. Alles Liebe, Jo.« Hatte sie den richtigen Ton getroffen, nicht zu euphorisch, aber auch nicht à la »Baby, ich ruf dich an«? Oder hätte sie das »Hoffentlich« weglassen sollen? Egal, sie war zu alt zum Taktieren, fand sie. Wie hatte Reiber gesagt: »Kein Geplänkel mehr, kein Spiel auf Zeit oder mit der Zeit.«

Sechs

Am Freitag in der Frühe ging es Schlag auf Schlag. Die Durchsuchung war angeordnet, die Spusi bereits auf dem Weg. Gerhard telefonierte mit dem Schongauer Krankenhaus, informierte den Pressesprecher und hatte schließlich Herrn Fischle am Apparat.

»Na, das ist ja ein Ding. Wer ermordet die Dame denn ausgerechnet in Berlin?«

»Gute Frage, die stellt sich der Berliner Kollege auch gerade. Und bei Ihnen, alles klar?«, fragte Gerhard.

»Ich habe tatsächlich sieben Stunden geschlafen, aber um mich herum kotzen und scheißen immer noch alle. Oder haben vierzig Grad Fieber. Oder beides. Und, äh, Herr Weinzirl: Könnten Sie den Pressesprecher ins Bild setzen? Die Journalisten rennen uns die Bude ein. Erhängte Hunde, das zieht, bald haben wir sie alle am Hals. Alle!«

»Schon geschehen. Wie sieht es denn draußen auf ›Gut Sternthaler‹ aus?«, fragte Gerhard.

»Belagerung, was sonst? Ich habe, Ihr Einverständnis vorausgesetzt, absperren lassen, aber ich hab ja kaum Leute.«

»Ich schick Ihnen als Ablösung meine beiden Mitarbeiter raus. Melanie Kienberger ist sehr gut darin, TV-Leute abzuwimmeln. Sie hat was von einem Zerberus. Und dem

Kollegen Steigenberger muss ich nicht mal einen Maulkorb anlegen, er beantwortet Fragen immer so, dass die Antwort definitiv in keinem Zusammenhang mit der Frage steht.«

»Fahren Sie denn auch raus?«, fragte Fischle.

»Ja, später. Ich muss der Spusi ja nicht auf den Füßen rumtreten. Ich möchte jetzt erst mal diese Frau Eisele befragen. Die war bis dato nämlich im ärztlich verordneten Drogenrausch, soll jetzt aber wieder ansprechbar sein.«

Das Schongauer Krankenhaus lag in einer Schneelandschaft, zusammengebaute Klötzchen auf weißem Grund. Auch Schongau kannte den Winter, im Gegensatz zu Weilheim. Unter dem Glasdach vor dem Eingang drückten sich einige frierende Raucher herum, die Stelzen, auf denen das Vordach aufsaß, wirkten ziemlich windig. Schon jetzt graute es Gerhard. Er hasste Krankenhäuser, obwohl das hier hell und freundlich wirkte.

Frau Eisele war allein im Zimmer, saß auf einem Krankenhausstuhl an einem Krankenhaustisch. Wieso machten einen schon allein diese Möbel depressiv, vom typischen Krankenhausgeruch ganz abgesehen? Gerhard hatte augenblicklich das Gefühl, jemand schnüre ihm die Luft ab, obwohl es eigentlich nur nach Kaffee roch. Frau Eiseles zwei Zimmergenossinnen schienen irgendwo im Haus auf Wanderschaft zu sein. Erika Eiseles Alter war schwer zu schätzen. Sie konnte Mitte vierzig sein oder Ende fünfzig. Sie war eine Matrone mit gewaltigem Vorbau und hatte ein flächiges, rundes Gesicht, das nicht zu Falten neigte. Farblos. Sie wirkte wie jemand, der gutmütig war, wie eine Frau, die die meisten mochten, weil sie keine Bedrohung war: mittelalt, mittelfett, mittelhübsch. Sie war der beruhigende Durchschnitt. Gerhard stellte sich vor.

»Frau Eisele, geht's einigermaßen? Sind Sie imstande, ein paar Fragen zu beantworten?«

Sie nickte.

»Frau Eisele, ich muss Sie das jetzt fragen: Was hat sich am Donnerstag genau ereignet?«

Erika Eisele begann zu weinen. Gerhard reichte ihr eine Serviette von ihrem Krankenhaustischchen. Sie schluchzte immer wieder: »Wer tut denn nur so was?«

»Deshalb bin ich da, ich möchte das herausfinden.« Für den Wolfhound, dachte Gerhard, zumindest für den. »Frau Eisele, können Sie mir bitte den Tag schildern?«

»Lea Pia war seit Dienstag in Berlin. Sie hatte eine Vernissage geplant, ein schönes Aushängeschild für unsere Sache war das. Wenn Lea Pia weg war, hatte ich Bürodienst. Ich bin immer um neun gekommen, da war dann der Moritz schon da. Er ist unser Tierpfleger und hat Dienst von acht bis achtzehn Uhr. Ein guter Junge, er macht so viele Überstunden, der Junge, und will nie Geld dafür. Höchstens mal einen freien Tag.«

»Frau Eisele, wie war das speziell am Donnerstag? Bitte.« Gerhard sah sie aufmunternd an.

»Der Moritz hat sie gefunden. Er hat mich angerufen, dass ich kommen soll. Dass es ein Problem gebe«, schniefte die Frau.

»Wann waren Sie dort?«

»Um halb zehn etwa. Ich habe den Moritz nicht gleich

gefunden, und da bin ich zu den Hunden, und dann hab ich ...«, sie schluchzte auf, »sie gesehen. Es war so grauenvoll. Ich wurde, glaub ich, ohnmächtig. Der Moritz hat mich gestützt, zum Haupthaus gebracht, und dann kamen die Polizei und der Arzt und der Herr Eicher, glaub ich. Es war einfach nur grauenvoll, ich habe das Bild immer vor Augen, es verlässt mich nicht mehr. Was, wenn es mich nie mehr verlässt?« Sie sah ihn verzweifelt an. Als könne er ihr helfen, als müsse er ihr helfen.

»Es wird vergehen«, sagte Gerhard und wusste, dass er wieder mal log. Solche Bilder vergingen nicht, sie verloren vielleicht ihren grellen Anstrich, würden ein wenig verblassen wie Wandfarbe unter der Sonne, aber sie vergingen nicht zur Gänze. »Frau Eisele, das heißt, Sie haben eigentlich gar nichts gesehen außer den Hunden?«

Die Antwort blieb aus. Gerhard wartete, bis sie sich beruhigt hatte. Die Aussagen von Moritz, Herrn Eicher und Frau Eisele deckten sich. Man konnte davon ausgehen, dass die Hunde in der Nacht aufgeknüpft worden waren. Nach einer Weile fragte Gerhard: »Frau Eisele, Sie haben auch eine Karte für das Schließsystem?«

»Ja, ich, Eicher, Moritz und Lea Pia.« Frau Eisele schnäuzte sich.

»Haben Sie die Ihre hier?«, fragte Gerhard.

Sie stand auf, nestelte am Nachttisch, förderte einen Geldbeutel zutage. Die Karte steckte ordnungsgemäß drin. Gerhard war sich bewusst, dass es natürlich möglich war, die Sicherung zu umgehen, allerdings nicht ohne ein gewisses Maß an Fachwissen.

»Wenn Frau Pfaffenbichler auf Reisen war, wäre es da nicht sicherer gewesen, wenn jemand die Nacht im Haus verbracht hätte?«, wollte er nun wissen.

»Lea Pia wollte keine Fremden im Haus.« Diesmal schwang in ihrer Stimme leiser Unmut mit. »Sie war ja auch selten über Nacht weg, nur eben wegen dieser Vernissage, das war ihr ungeheuer wichtig. Sie war richtiggehend nervös, ungewöhnlich für sie. Sie war sonst immer sehr, sehr ...«, sie zögerte, »souverän.«

Gerhard spürte, dass sie statt »souverän« lieber »kalt« verwendet hätte. Frau Eisele war der Typ offenes Buch. Er ließ das unkommentiert und fragte stattdessen: »Frau Eisele, können Sie mir mal kurz umreißen, was ›Gut Sternthaler‹ genau macht?«

»Wir sind ein Hundeschutzhof. Für Hunde aller Rassen, nur für Hunde, keine anderen Tiere. Nicht, dass ich was gegen Katzen hätte, aber Lea Pia hat immer gesagt: Man muss den Kreis erkennen, in dem man wirken kann.«

»Die Hunde kommen aus dem Ausland, hab ich Ihrer Philosophie entnommen«, sagte Gerhard.

Die Antwort kam prompt und fiel im Ton heftiger aus, als er erwartet hatte. »Ja, und jetzt kommen Sie mir nicht mit dem Argument, wir hätten genug arme Tiere in Deutschland. Genug Viecher in Tierheimen, da muss man die doch nicht auch noch aus dem Ausland herzerren. Das wollen Sie doch sagen!«

Eigentlich wollte Gerhard nichts dergleichen sagen, aber Frau Eisele geriet in Rage.

»Natürlich haben wir hier auch Tierelend, aber in bayerischen Städten und Gemeinden gibt es keine von den Behörden bezahlten Tierfänger, die Hunde und Katzen einfangen, in Auffangstationen bringen und dann vergasen, ertränken, erschießen, erhängen, verhungern lassen oder vergiften, so wie im Süden und in Osteuropa! Wenn man Tiere liebt, kann man nicht wegsehen, denn Tierschutz hat nun mal keine Nationalität!«

»Frau Eisele, das glaube ich Ihnen, ich …«

Sie unterbrach ihn. »Wir sind doch nicht dämlich. Blinder Aktionismus nutzt gar nichts, und Spontanmitnahmen gehen sowieso nur bedingt aus EU-Ländern. Für die Ausreise aus der Türkei zum Beispiel muss erst mal ein Tollwut-Titer bestimmt werden, eine aufwendige und zeitintensive Prozedur, die über Labors in Deutschland läuft. Tierschutz ist immer auch ein Anrennen gegen Bürokratie. So einfach ist das gar nicht, ein Auslandstier mitzunehmen – es sei denn, man schmuggelt es. Wenn ich das schon höre, man soll die Viecher einfach da lassen, wo sie herkommen.«

Gerhard war wirklich erstaunt. Die farblose Frau Eisele hatte sich in eine Wanderpredigerin verwandelt, bei der der Text saß, sie konnte ihn wohl jederzeit abrufen …

»Und was glauben Sie, was wir bei den Tschuschen oder den Polacken erleben? Auf Teufel komm raus wird vermehrt, was gerade ein Modehund ist. Hündinnen werden unter erbärmlichen Bedingungen zu Wurfmaschinen degradiert. Die Preise sind natürlich um die Hälfte niedriger als bei einem seriösen deutschen Züchter. Wir haben erst kürzlich eine Labradormama und ihre Welpen freigekauft, das ist bei diesem Ostgesocks ja völlig legal.«

Ja, die Frau hatte wohl auch ihre dunkle Seite, dachte Gerhard. Auf einmal war sie nicht mehr das Mondgesicht von nebenan. Die Polacken – es fehlte noch ein Stück zur großen Familie der glücklichen Europäer. Ein großes Stück, dachte Gerhard.

»Frau Eisele, es liegt mir fern, Ihre Philosophie zu kritisieren.« Er log schon wieder, es hätte ihm so einiges auf der Zunge gelegen. »Ich möchte mir lediglich ein Bild machen. Wie finanziert sich das Ganze denn?«

»Wir haben zweihundert Mitglieder, die Mitgliedsbeiträge zahlen, und dann eben unsere lieben Gönner, oftmals aus der Filmbranche.«

»Aha?«

»Ja, die Britt Göttlöber zum Beispiel, so eine feine Frau und so eine gute Schauspielerin. Haben Sie sie in ›Herzen in Flammen‹ gesehen?« Die Tränen waren versiegt.

»Bedaure«, meinte Gerhard, der gerade mal wusste, wer Sophia Loren war und der vielleicht Ornella Muti und eventuell noch Michelle Pfeiffer erkannte. Weil die wirklich klasse aussah und weil er einst zusammen mit Jo »Die fabelhaften Baker Boys« angesehen hatte und darüber zwischen ihnen ein gewaltiger Streit entbrannt war. Weil er sich angeblich an der Pfeiffer aufgegeilt hätte. Als hätte sie diesen Bridges nicht auch angeschmachtet. Aber bei Jo eskalierte ja alles gleich in eine Grundsatzdiskussion à la: Wenn die dir gefällt, was willst du dann mit mir?

Er konzentrierte sich wieder auf Frau Eisele, die nun fortfuhr: »Und seit wir von den Niederlanden getrennt sind, arbeiten wir um einiges erfolgreicher.«

Gerhard runzelte die Stirn. »Wie, getrennt? Von wem?«

»Lea Pia hat früher ihr großartiges Engagement für ›Sternenhunde‹ mit Sitz in den Niederlanden vollbracht. Und nun sind wir der ›Sternthaler e.V.‹. Denn Lea Pia konnte sich mit den Idealen und Zielen der niederländischen Sektion nicht mehr anfreunden und hat dann kurzerhand selbst eine Organisation gegründet. Aber wir arbeiten bei internationalen Projekten immer noch mit ›Sternenhunde‹ zusammen wegen der Synergie-Effekte.«

Gerhard schluckte jeden Kommentar zu Vereinsmeierei, Profilneurosen und was ihm noch auf der Zunge lag, hinunter. Diese Frau Eisele klang wie eine Werbebotschafterin, die ihre Aussagen sorgfältig einstudiert hatte. »Aber irritierte das nicht die Spender und Sponsoren?«

»Doch, aber Lea Pia hat so gute Freunde«, sie strahlte ihn an, »sie konnte einige der Mitglieder von ›Sternenhunde‹ für ihre Idee gewinnen. Und dann kennt sie ja auch all die Schauspieler. Die gute Britt Göttlöber zum Beispiel. So eine feine Frau!«

»Ja, das sagten Sie bereits. War da ›Sternenhunde‹ nicht sauer, denen sind ja Mitglieder genommen worden?«

»Meine Güte, das ist ja kein Verbrechen. Es geht ja nur ums Wohl der lieben Tiere«, rief Frau Eisele.

Genau das wagte Gerhard zu bezweifeln. Er ging in die Offensive. »Aber irgendjemand mochte die lieben Tiere nicht, oder?«

»Der Herz. Der Herzer Schorsch zum Beispiel, der fette Neidhammel!«

Das kam wie aus der Pistole geschossen. Und da war sie wieder, die dunkle Seite der Frau Eisele.

»Und das ist wer?«, fragte Gerhard.

»Der wohnt auch in Hiebler. Züchtet Dalmatiner. Dabei sind die komplett aus der Mode. Und bloß weil der Arco seine Chantal gedeckt hat ...«

»Frau Eisele, langsam bitte. Einer Ihrer Hunde hat unbeabsichtigt die Hündin eines Züchters gedeckt? Liebe auf den ersten Blick?« Gerhard konnte sich eine gewisse Ironie nicht verkneifen.

»Wir haben Hundepaten und auch Leute, die unsere Hunde spazieren führen, und dann ist eben einem der Arco weggelaufen und rüber zum Herz.«

»Wo der Arco dann eine teure Zuchthündin gedeckt hat?«

»Ja und? Der Herz soll sich nicht so anstellen. Der Arco ist ein prächtiger Schäfer-Kuvasz-Mischling aus Ungarn, das sind wirklich auch ganz besonders liebe Welpen geworden.«

Frau Eisele begann wieder zu weinen. Gerhard glaubte sich an den Hund zu erinnern, den hatte Moritz an der Leine gehabt, einer der Überlebenden.

»Aber der Herr Herz fand das nicht so lustig?«, fragte er vorsichtig.

»Nein, er prozessiert. Er will Schadensersatz. Dabei hat Lea Pia angeboten, ihm die Welpen abzukaufen. Zum Preis von Rassehunden. Aber er hat abgelehnt. Das ist ein Streithammel, der mochte uns von Anfang an nicht. Stellen Sie sich das mal vor!«

Ja, Gerhard stellte sich das vor. Diese Frau Lea Pia, Lepipfa! Pfaffenbichler schien ja keinem Fettnapf aus dem Weg gegangen zu sein. »Aber glauben Sie denn, dass er, ein Hundefreund, Hunde ermordet? Auf so eine Weise?«

»Der schon, der Sack!« Aus Frau Eisele sprach pure Verzweiflung. »Er hat Lea Pia gehasst!« Plötzlich verlor ihr Gesicht jede Farbe. »Und die alte Pfingster hasst sie auch.«

»Die wer?« Gerhard gewann allmählich den Eindruck, dass Frau Eisele eine ganze Litanei an Pfaffenbichler-Hassern aufzählen würde.

»Na, die Annerose, die alte Vettel, auseinandergegangen wie eine Kälberkuh und so was von neidisch auf uns.« Frau Eisele rotzte ihm das nur so hin.

Es war durchaus beachtlich, dass eine Dame, die man guten Gewissens als vollschlank oder auch als Pfundsweib bezeichnen konnte, sich über die figürliche Expansion einer anderen Dame mokierte, fand Gerhard. »Und wer genau ist diese Annerose?«

»Sie hat eine Katzenauffangstation. Ein totaler Saustall. Sie hasst uns, weil wir mehr Aufmerksamkeit bekommen. Einige Gönner, die sonst wahrscheinlich bei ihr gespendet hätten, haben das Geld nun dem ›Gut Sternthaler‹ gegeben, das stinkt der alten Vettel.«

»Frau Eisele, wir reden hier von Tierfreunden. Die knüpfen doch keine Hunde auf!« Gerhard kämpfte gegen seine zunehmende Genervtheit an.

»Sie kümmert sich um Katzen! Um Katzen, das hab ich doch gesagt.«

Der Satz blieb in der Luft hängen, ganz allmählich dämmerte Gerhard, dass Tierschutz ein Haifischbecken sein musste, in dem unterbeschäftigte Menschen ihre Befindlichkeiten und Neurosen ausleben konnten. Und mittendrin Frau Lepipfa – war sie der Hai oder ein Beutefisch? Jägerin oder Gejagte? Oder beides? In Gerhard stieg ein ungutes Gefühl auf: dass er diesen Fall gar nicht mochte.

Frau Eisele stöhnte plötzlich auf. »Und Lea Pia in Berlin! Sie weiß das alles noch gar nicht.« Sie stutzte und sah Gerhard fragend an. »Oder weiß sie es?«

»Sie haben Frau Pfaffenbichler demnach nicht angerufen?«, fragte Gerhard vorsichtig.

»Nein, ich war doch hier, und dann hätte ich das auch gar nicht gekonnt. Was machen wir nur, wenn sie wieder da ist?« Das Schluchzen begann von Neuem.

Das war interessant. Frau Eisele hatte nicht angerufen, Eicher sicher auch nicht, blieb nur Moritz, der Frau Pfaffenbichler hätte informieren können. Theoretisch, bevor sie in Berlin ein Ende auf der Toilette fand. Bloß – was hatte das eine mit dem anderen zu tun? Gerhard rang kurz mit sich, aber sie würde es früher oder später erfahren. Besser von ihm als aus der Zeitung oder bei »Explosiv«.

»Frau Eisele, ich fürchte, Frau Pfaffenbichler wird nicht wiederkommen.«

Erika Eisele starrte ihn mit offenem Mund an. »Wie – nicht wiederkommen? Natürlich kommt sie zu ihren Lieblingen zurück. Sie wird sagen: Jetzt erst recht, Erika, wir beugen uns nicht, das wird sie sagen.«

»Leider ist Frau Pfaffenbichler in Berlin verstorben«, sagte Gerhard lahm. Darin war er gar nicht gut, im Informieren von Angehörigen. Evi fehlte hier. Aber Evi war ins Fränkische aufgebrochen. Vorweihnachtlicher Heimaturlaub in Neustadt an der Aisch.

»Verstorben? Sie war pumperlgesund!« Frau Eisele sah ihn kuhäugig an.

»Genauer gesagt wurde sie ermordet. Erschlagen, bevor sie die Vernissage eröffnen konnte. Wir kennen noch nicht die Hintergründe. Es tut mir leid, Frau Eisele.« Gerhard hatte sich an einem verständnisvollen Ton versucht, aber der war ihm nicht ganz gelungen.

Erika Eiseles Mondgesicht verlor alle Farbe. Sie schlug die Hände vors Gesicht und greinte los wie eine Heulboje. Das rief eine Krankenschwester auf den Plan. »Na toll, sehr förderlich für den Heilungsprozess. Jetzt aber raus mit Ihnen!«

Mit einem »Entschuldigung« flüchtete Gerhard. Auf dem Weg zum Auto fingerte er die Karte von Moritz heraus. Der meldete sich sofort.

»Entschuldigen Sie, Moritz, eine Frage. Haben Sie Frau Pfaffenbichler in Berlin angerufen und sie über den Anschlag auf ihre Hunde informiert?«

»Nein, ich habe kurz überlegt, aber ich wusste nicht, was ich sagen sollte. Ich war ...« Er atmete tief durch. »Ich war zu feig«, brach es dann aus ihm heraus.

»Ich versteh Sie da gut«, sagte Gerhard. »Danke, das war's schon. Ach, wie geht's denn den Hunden?«

»Die sind in Fürstenfeldbruck untergekommen. Alle noch ziemlich verstört. Ich kümmer mich drum. Ich bleib dort, ich meine, auf dem Gut ist ja nichts für mich zu tun. Mal sehen, wann Frau Pfaffenbichler wiederkommt ...«

Nun war es an Gerhard, tief durchzuatmen. »Moritz, Frau Pfaffenbichler wurde in Berlin ermordet. Was das mit den Hunden zu tun hat, weiß ich nicht. Es kann gut sein, dass ich Sie nochmals befragen muss. Darf ich Sie bitten, momentan möglichst wenig Wind darum zu machen? Der Sturm wird in den nächsten Tagen via Privatfernsehen sowieso über uns hinwegfegen. Und ich würde Ihnen raten, jedes Gespräch mit den Medien abzublocken, höchstens mit der Lokalpresse oder der sz. Aber lassen Sie sich Ihre Zitate zeigen, autorisieren Sie das Ganze. Das hier ist extrem heikel.«

Es war still am anderen Ende. »Moritz? Sind Sie noch dran?«, fragte Gerhard.

»Ja, das haut mich etwas von den Socken«, sagte Moritz schließlich.

»Verständlich. Ach, Moritz, was für ein Typ ist denn der Herr Herz?«

Moritz lachte. »Im Prinzip harte Schale, weicher Kern. Eine guade Haut. Ohne die Weiber, die immer gleich so hysterisch werden, hätte sich das Problem mit der Chantal sicher lösen lassen. Er mochte Frau Pfaffenbichler nicht, noch weniger aber mochte er die Gassibande.«

»Gassibande?«

»Ja, die Hundewalker, unsere Paten, die mit Hunden spazieren gegangen sind. Da gab es Probleme, weil die Hauptspazierroute an seinen Feldern entlanggeht«, sagte Moritz.

»Und? Er hat doch selber Hunde.« Gerhard verstand nur Bahnhof.

»In dem Fall geht es um Scheiße, ich meine Hundescheiße. Kacken die Hunde in die Wiesen, verunreinigt das das Tierfutter. Angeblich führt das bei Kühen und Schafen zum Verwerfen. Die Fronten waren da ziemlich verhärtet. Die Weiber haben darauf bestanden, dass er Automaten mit Kacktütchen aufstellt, und er war der Meinung, dass die ihre Tütchen gefälligst selber mitbringen sollen.«

Gerhard war geneigt, dem unbekannten Herrn Herz zuzustimmen, seine Wiesen waren schließlich Privatgrund. »Frau Eisele war der Meinung, dass Herr Herz so weit gehen würde, Frau Pfaffenbichler zu vertreiben.«

»Dass der Herz die Hunde …? Na, ich weiß nicht.« Moritz machte eine Pause. »Aber bis gestern hätt ich auch nicht gedacht, dass jemand … Sie wissen schon.«

»Und Frau Pfingster?«, fragte Gerhard nun.

Moritz lachte. »Klasse Frau, züchtet Sauen. Betreibt seit Jahrzehnten Tierschutz an der Basis. Ist halt nicht so schnieke auf dem Hof. Münchner Schickis holen sich da sicher keine Katze.«

»Frau Eisele glaubt, dass Frau Pfingster Spendengelder entgangen sind und sie deshalb in finanziellen Schwierigkeiten ist«, sagte Gerhard.

Moritz schwieg eine Weile. »Vorher frisst die Pfingster selber nix und geht betteln auf den umliegenden Höfen. Vorher schlacht die ihre Sauen und verfüttert sie an ihre Katzen. Und bevor die einem Tier was zuleide tut, hängt sie Frau Pfaffenbichler auf oder schießt sie über den Haufen.« Es war erneut still. Moritz schien zu realisieren, was er da gesagt hatte, und beeilte sich richtigzustellen: »Ich meine, nicht dass die Pfingster einem Menschen was täte, nur: bevor sie einem Tier was täte, käme der Mensch dran.«

Gerhard verstand durchaus, was Moritz ihm hatte sagen wollen, aber er wusste auch, dass Menschen an ihre persönliche Grenze geraten konnten und dann vor Wut und Verzweiflung jede Ratio verschüttging. Er erlebte das in seinem Job immer wieder. Menschen hatten schon wegen weniger gemordet als wegen entgangener Gelder oder auch nur einer persönlichen Niederlage. Und diese Tierschützer schienen ein ganz eigenes Volk zu sein.

Wieder gab es eine Schweigepause, und als sickerte all das Gehörte langsam durch, fragte Moritz zögernd: »Ja, aber was mach ich denn jetzt? Verlier ich meinen Job?«

Das war der Tag, an dem ihn wohl jeder für den allwissenden Messias hielt und auf Heilsbotschaften aus seinem Mund wartet. »Moritz, das wird sich weisen. Bleiben Sie bei den Hunden, ich halt Sie auf dem Laufenden.« Gerhard war schon kurz davor, aufzulegen, als er sich sagen hörte: »Und grüßen Sie mir den Wolfhound.«

»Sir Sebastian?« Moritz' englische Aussprache hätte jedem Oxford-Professor zur Ehre gereicht. »Ein ganz netter Kerl, meint nur leider, er sei ein Schoßhund. Bei seiner Größe ist das etwas schwierig. Brauchen Sie keinen Hund?«

»Ich? Bei meinem Job? Nein. Also tschüss, Moritz.« Warum hörte sich das nicht überzeugend an, und seit wann sagte er »tschüss«? Auf jeden Fall würde er diesem Herrn Herz einen Besuch abstatten.

Sieben

Als er in Steingaden einfuhr, blieb sein Blick rechts hängen. Gasthof Graf, wie lange hatte er eigentlich nichts Vernünftiges mehr gegessen? Also, ein vollständiges Gericht, nicht Unsere-tägliche-Leberkassemmel-gib-uns-heute und auch nicht die abendliche Auftaupizza, die er wegen akutem Unterzucker entweder zu früh und widerlich labbrig aus dem Rohr riss oder aber so lange drinließ, bis sie als braun-schwarzes Frisbee mit zur Unkenntlichkeit verbrannter Auflage herauskam.

Der Gasthof war heimelig, kitschfrei und doch gemütlich. Nachdem er ein Weißbier und einen Schweinsbraten geordert hatte, fühlte er sich auf einmal fast ekstatisch. Im Gegensatz zu vielen anderen Menschen hatte er gar kein Problem damit, allein zu essen. Im Gegenteil, ihn beruhigte das, essen war meditativ, ließ Raum für Gedanken. Essen machte zudem satt, und dazu brauchte er kein Gegenüber, schon gar kein weibliches, das immer reden wollte.

Weiblich – eigentlich rechnete er stündlich mit Jos Anruf. Sie würde übersprudeln vor Fragen, wie ein Gewitter würde sie über ihn kommen. Es galt, die Ruhe vor dem Sturm zu genießen.

Als er schließlich gezahlt hatte und wieder nach draußen

trat, hatte es zu schneien begonnen. In der kurzen Zeit waren dicke Flocken niedergerieselt, die sogar liegen blieben. Irgendwie war Steingaden ein arktisches Eck, er war sich sicher, dass es in Weilheim regnen würde oder nebeln.

Kaum war er am Schild mit den vielen Namen abgebogen, schneite es stärker, dicke Wattebauschflocken sanken leise zu Boden. Die Zufahrt zum »Gut Sternthaler« war von einem Polizeiauto mit Blaulicht blockiert. Zwei Übertragungswagen von Sat1 und RTL hingen halbschräg an der Böschung. Eine Fernsehmaus mit großstädtischem Schuhwerk und einem wattierten Jäckchen, das durchaus warm aussah, leider aber nur bis kurz über den Rippenbogen reichte, fuchtelte mit ihrem Handy in der Luft rum. Das war die verzweifelte Suche des fünf Balken gewohnten urbanen Bürgers, der es sich einfach nicht vorstellen konnte, dass es den netzlosen Raum gab. Nur achtzig Kilometer südwestlich von München!

Gerhard konnte im Hof zwei Fahrzeuge der Spurensicherung ausmachen, na, dann kam ja Bewegung in das Ganze. Zudem rechnete er damit, dass Reiber Ergebnisse aus Berlin durchgeben würde, und er hoffte inständig auf einen Hinweis. Melanie lehnte, dem Schnee trotzend, am Wagen.

»Melanie, ich grüße Sie!«

»Chef, Sie haben bestimmt was Gutes gegessen, Sie sind heute so gut gelaunt!«, lachte Melanie.

In dem »heute« schwang ein »Im Gegensatz zu sonst« mit. War er wirklich so leicht zu durchschauen? Und war er so ein Stinkstiefel? »Danke der Nachfrage, Sie haben mich durchschaut.« Er würde jetzt mal den Charmeur rauskehren. »Und?«

»Na ja, die wollen natürlich durch, was wir verhindert haben«, sagte Melanie.

Das konnte sich Gerhard vorstellen. Melanie war – von ihrem ausladenden Hinterteil mal abgesehen – eine Kleidergröße vierzig, schätzte er. Aber gegen die Fernsehmaus in xxs wirkte sie wie ein Kaltblut neben einem Araber. Sie war einfach haferflockengesund. Brotzeitgesund. Biergesund. Sie hatte Durchschlagskraft. Momentan gab ihr die Schneehaube auf ihrer Mütze etwas Neckisches. Denn eins musste man ihr lassen: Sie war wahrscheinlich die einzige Polizistin zwischen Rostock und Berchtesgaden, der die dämliche Mütze stand. Sie hatte ein Hutgesicht, bei ihr hätte auch eine Plastiktüte auf dem Kopf noch nett ausgesehen.

»Was wollen die dann noch hier?«

»Die waren bei den Nachbarn, bei diesem Eicher und dem Herz. Keine Ahnung, mit welchem Ergebnis.« Melanie zuckte mit den Schultern.

»Na, das sehen wir dann ja heute Abend, denk ich«, grinste Gerhard. »Zu dem Herz wollte ich auch gerade.«

»Na dann, wir halten die Stellung, bis die Spusi raus ist, dann fahren wir. Ist das okay?«, fragte Melanie.

»Sicher. Gegen achtzehn Uhr ein kurzes Meeting, geht das? Ich hoffe, wir haben dann auch Neuigkeiten aus Berlin. Bis dann.« Gerhard hob die Hand zum Gruß.

Kein TV-Fuzzi warf sich ihm in den Weg, wie das wahrscheinlich das Drehbuch in einem Fernsehkrimi vorgesehen hätte, die Fernsehleute schauten seinem Bus nur etwas bedröselt hinterher. Sie waren wahrscheinlich steif gefroren, und die xxs-Maus hatte morgen sicher eine Blasenentzündung oder etwas Schlimmeres.

Herz wohnte am Rande von Hiebler, jenem Kaff, von dessen Existenz Gerhard bis gestern nichts geahnt hatte. Er klopfte an der Tür, von drinnen hörte er Gebrüll. »Es reicht jetzt, ich steh für Interviews nicht mehr zur Verfügung.«

»Polizei, Herr Herz, Sie müssten mir wohl doch kurz zur Verfügung stehen.«

Die Tür ging einen Spaltbreit auf. Als sich da augenscheinlich keine Kamera in den Türspalt schob, öffnete sie sich ganz. »Kommen 'S rein.« Mit einer Handbewegung lenkte er Gerhard in eine Stube mit Kachelofen, schlicht möbliert, aber mit Naturholzmöbeln, denen man die Handschrift eines Schreiners ansah. Teure Sonderanfertigungen waren das. Auf dem Tisch lagen ein englischer *National Geographic* und *Die Zeit*. Es war seltsam: Hier heraußen waren diese Behausungen alle wie Überraschungseier: außen alte Bauernhäuser, innen Architekturjuwele, die man in *Homes & Gardens* erwartet hätte.

»Kaffee, Bier, Weißbier?«, fragte Herz.

»Haben Sie ein leichtes?«

Herz nickte und kam mit zwei Flaschen Kaufbeurer Aktienbräu retour, ein leichtes Weißbier, das in der Lage war, einem ein echtes Weizen zu ersetzen, wie Gerhard fand.

Herz war ein schwerer Mann etwa Mitte sechzig. In knappen, präzisen Worten erzählte er ungefragt, dass er seit vier Jahren im Ruhestand war. Er war Anwalt gewesen, und nun frönte er hier heraußen seinen beiden Hobbys: Dalmatiner züchten und Schottische Hochlandrinder. Er pfiff leise, und auf der Stelle kam etwas Schlankes, Geflecktes herein, das war wohl Chantal, die Dalmatinerin, gefolgt von einem Mischlingshund, der pfiffig unter seinen drahtigen Haaren über den Augen hervorsah. Er hatte eine undefinierbare Farbe, Graubraunbeige, dazu weiße Socken, eine weiße Schwanzspitze und ein schwarzes und ein weißes Ohr.

Gerhard lächelte Herz an. »Einer der kleinen Bastarde?«

Herz grinste zurück. »Ja, ein köstliches Farbenspiel der Natur, unser Dagobert.«

Gerhard wartete ein paar Sekunden. »Mir wurde vermittelt, Sie seien nicht der größte Fan des Gutes und hätten Frau Pfaffenbichler verklagt.«

Herz lachte trocken auf. »Klar verklag ich die, wozu war ich mal Anwalt! Aber nicht wegen der Hunde, ich hatte selten so reizende Welpen. Ich bin der Einzige hier, der was tun kann. Aufgrund meiner Profession und weil ich nicht vor Ehrfurcht zusammenbreche, wenn hier ständig irgendwelche Filmsternchen Show laufen. Die bäuerliche Bevölkerung tut sich schwer damit und hat doch nur den Schaden.«

»Den Schaden?«, fragte Gerhard.

»Sehen Sie, diese Gassigeher streunen hier überall rum. Oder aber es werden Autos konspirativ in Waldwege gefahren, eine große Weide wird geentert und ab mit dem Vierbeiner. Der rennt dann auch voller Begeisterung los, und weil Bewegung nun mal den Darm erfreut, kackt Hundi mitten ins Feld. Sie weisen den Besitzer mal vorsichtig drauf hin, dass da Tierfutter verunreinigt wird, und was hören Sie da?«

Gerhard zuckte mit den Schultern.

»Die Kühe kackten ja auch und außerdem seien da nirgends Tüten.«

»Ist es denn so schlimm, wenn die Hunde kacken?«, fragte Gerhard.

»Ad eins: Weiden sind Privatgrund! Kein Bauer führt seine Kuh auf den Grund des ›Gut Sternthaler‹ und lässt sie da kacken! Ad zwei: Bei Rindern kommt hinzu, dass die Infektion mit dem ursächlichen Einzeller Neospora caninum zu einer erhöhten Abortwahrscheinlichkeit führt. Für das Rind gibt es zwei mögliche Infektionswege: vertikal von der Mutter auf die Nachkommen oder horizontal übers Futter. Hunde sind sowohl Zwischen- als auch Endwirt für Neospora caninum, und ihr Kot kann schuld sein, wenn Kühe verwerfen. Ich sage: kann. *Ein* Hundehaufen ist tolerabel, aber an meiner Weide und auch der meines Nachbarn geht regelrecht deren Kack-Rennstrecke entlang. Und das schadet wirklich! Ich hatte zweimal Kühe, die jeweils im dritten Monat verworfen haben. Der Nachbar drei. Ich lebe nicht davon, der Nachbar aber schon.«

»War denn mit Frau Pfaffenbichler nicht zu reden?«, fragte Gerhard nach einer kleinen Denkpause.

»Nein, ich habe es im Guten versucht, dann mit Drohungen. Sie meint, dass der Zusammenhang von Hundekot und dem Abort bei Kühen nicht erwiesen sei. Dass nur Hunde zum Wirt werden, die eine Nachgeburt vom

Misthaufen gefressen haben. Na ja, ich bin Jurist und kein Wissenschaftler oder Veterinär, aber ich sehe das Offensichtliche: Die Kühe verwerfen, und schädliche Umwelteinflüsse sind hier sonst keine.«

Er sah zum Fenster hinaus, Gerhard folgte seinem Blick. Der Schnee sank noch immer erdwärts – nein, das hier war schon ein Idyll.

Herz seufzte. »Frau Pfaffenbichler forderte, dass wir Kot-Tütchen-Automaten aufstellen. Ich bitte Sie: Das hier ist nicht der Englische Garten, ich kann doch wohl erwarten, dass diese Gassigeher ihre Tüten mitbringen, um die Hundekacke einzusammeln. Wie gesagt: Ich treib meine Kühe auch nicht ins Gut und lass sie da hinscheißen. Und dann wäre so ein Fladen von einem Vegetarier ja sogar noch gesund; was Hunde allerdings heute an Scheißdreck in Dosen und Tüten zu fressen bekommen, ist das pure Grauen. Überall ist Tiermehl drin, und da sind die Bauern natürlich seit BSE sensibilisiert. Über die Hundekacke gerät tierisches Eiweiß wieder in den Futterkreislauf der Vegetarier.« Er seufzte nochmals. »Es ist ein weites Feld, um mit dem guten alten Fontane zu sprechen, und Frau Pfaffenbichler war leider unbelehrbar.«

Gerhard tat einen tiefen Schluck von seinem leichten Weißbier. »Herr Herz, ich muss Sie das fragen. Wo waren Sie in der Nacht von Mittwoch auf Donnerstag?«

»Da, wo alle waren«, brummte Herz.

»Das heißt?«, fragte Gerhard leicht genervt, der diesen Herz ja eigentlich ganz sympathisch fand, aber kryptische Antworten hasste.

»Es gab einen kleinen Weihnachtsmarkt im Dorf, der dann in der Maschinenhalle der Eichers ausklang. Frau Eicher hatte Geburtstag. Das hat inzwischen Tradition, ein paar Maschinen werden weggeschoben, Heizstrahler aufgestellt, urgemütlich, das Ganze.«

Gerhard horchte der Antwort hinterher. Weihnachtsmarkt, Alt und Jung aus dem Weiler auf den Beinen. Wahrscheinlich noch jede Menge Freunde und Verwandte aus den anderen Käffern hier in Bayerisch-Sibirien: aus Resle, Schlatt, Fronreiten und wie das alles so hieß.

»Wie lang klang das aus?«, fragte er.

»Also, ich bin um drei Uhr heim, ein paar Junge waren aber sicher noch bis fünf, halb sechs dort. Die gehen dann direkt in den Stall.« Herz lachte. »Bei dem Alkoholpegel müsste eigentlich die Milch sauer werden.«

»Und Sie sind direkt heim?«, fragte Gerhard.

Herz sah Gerhard an mit einem Blick, mit dem er wahrscheinlich als Strafverteidiger den Richtern Eisschauer über den Rücken getrieben hatte. »Ach so, Sie glauben, ich zwitscher ein paar Jagertee und häng dann Hunde bei meiner liebsten Feindin auf?« Der Blick wurde noch eisiger. »Das ist nicht mein Stil. Es hätte andere Felder gegeben, auf denen ich sie hätte packen können. Ganz korrekt, streng gesetzestreu, ich kenn mein BGB noch. Sie sicher auch, Herr Weinzirl.«

Gerhard beschloss, darauf lieber nicht einzugehen, sondern fragte: »Aus der lustigen Stadlfestrunde, wer ist da denn mal länger verschwunden?«

Nun lachte Herz wieder seinen tiefen Bass. »Herr Weinzirl, gehen Sie auf Stadlfeste? Stammen Sie vom Land? Wenn ja, dann wissen Sie doch genau, wie das läuft. Es verlassen ständig Menschen diese Feste. Amouröse Paare bilden sich für Minuten oder auch mal Stunden, die sich besser nicht bilden sollten, weil so was fast immer rauskommt und meist in der direkten Nachbarschaft bleibt. Kichernde Girlies kippen irgendwo einen Kleinen Feigling nach dem anderen und kommen nach jeder Runde noch kichernder wieder. Die Jungs im Mopedalter drehen zwischendurch mal 'ne Runde, und deren liebste Freundin ist eine namens Jacky. Mit Nachnamen Cola. Fragen Sie mich ernsthaft, ob ich weiß, wer wann warum ein Fest verlassen hat?«

»Ja, frage ich. Nehmen wir mal die Dorf-Mopedgang. Wer gehört dazu, wer ist aggressiv, wer hat zusammen mit wem das Fest verlassen?« Gerhard hatte ein ungutes Gefühl, ein sehr ungutes Gefühl. Seine Ahnungen trogen ihn selten, es war jedes Mal das Gleiche. Eine leise Unruhe befiel ihn, ein Kribbeln durchlief seinen Hinterkopf, er nahm Witterung auf, und im Laufe seiner Karriere war aus diesen ersten Impulsen immer etwas erwachsen. Oft Ekelhaftes und Grauenvolles. Herz war ein bulliger Mann, aber einer mit sehr feinen Sensoren, das war Gerhard klar, und Herz' Reaktion war abzusehen gewesen.

»Sie denken an eine Art Haberfeldtreiben, eine Ku-Klux-Klan-Aktion. Sie meinen, mit dem Alkoholmut haben sich ein paar Jungs aufgemacht und die Hunde aufgeknüpft?«

»Ja, das ist vorstellbar. Weil Winternächte dunkler sind, weil Jagertee besonders fatale Wirkungen hat, weil diese ganze Vorweihnachtszeit einen irre macht. Auch weil Mittelmeer- und Osthunde nutzlose Kreaturen sind in den Augen eines Nutztierhalters. Ja, Herr Herz, ich komm vom Land, wo kleine Katzen erschlagen werden und Hofhunde geprügelt. Und ja, Herr Herz, ich kenn die Generation Jacky und Feigling. Wo es sogar Pipi-Partys gibt, wo man so lange nichts zahlt, bis der Erste zum Pissen muss. Eigentlich pervers! Jugendliche auf den Dörfern leben in Nebenwelten. Sie lehnen sich anders auf als Stadtkinder, aber sie lehnen sich auf, bis sie dann später doch noch ein honoriges Mitglied von Blasmusik- und Schützenverein werden. Herr Herz, Sie sind ein sensibler Mann. Wer waren die Local Heroes hinter der Wies?«

Herz schwieg eine Weile, bis er sagte: »Seppi, der Sohn vom Eicher, der es gehasst hat, dass sein Vater bei den Großkopferten ausgeholfen hat. Ein Beni aus Fronreiten, bildhübscher Junge, Mädchenheld, lernt Zimmerer. Und ein gewisser Luggi, der irgendwo auf einem Hof an der Wies wohnt. Der ist auf jeden Fall achtzehn oder älter, er fährt einen schwarzen Audi. Der hatte den Hof vor allem wegen des Verkehrs auf dem Kieker.«

»Verkehr?«, fragte Gerhard.

»Sehen Sie, Herr Weinzirl, die offizielle Zufahrt zu ›Gut Sternthaler‹ geht über Steingaden und Hiebler, aber so manches Navi spielt da witzige geographische Streiche und lenkt die Leute Richtung Resle. Diese Straße ist aber definitiv nur ein landwirtschaftlicher Wirtschaftsweg, zudem verfranzen sich die Leute dann auch noch, bleiben mit ihren TTs und SLKs irgendwo hängen. Der Luggi hat anfangs wohl mehrfach welche mit dem Traktor rausgezogen. Aber nun hat er die Faxen allmählich dicke. Zumal da eben nicht immer die Navis schuld sind, sondern einige Gutsbesucher eben oberschlau die kürzere Strecke nehmen, rücksichts- und gedankenlos! Der Luggi hat kürzlich mal einem Z3-Fahrer eine aufgelegt. Das gab einen Mordsterz, aber da war Frau Pfaffenbichler dann doch schlau genug, den Freund der Bayerischen Motoren Werke milde zu stimmen.«

»Die drei waren auf dem Fest?«, fragte Gerhard.

Herz nickte.

»Die drei waren mal weg?«

Herz nickte wieder. »Ja, sie sind circa um zwölf raus und waren kurz vor zwei wieder da.«

»In welchem Zustand?«

»So genau hab ich das auch nicht beobachtet. Der Eicher-Bub hat in ungeheurer Geschwindigkeit drei Jacky an der Bar weggepumpt.«

Als Gerhard sich verabschiedete, hatte Herz Sorgenfalten auf der Stirn. Gerhard spürte, dass Herz der Verdacht, die Dorfjungs könnten etwas damit zu tun haben, sehr beunruhigte. Der Eicher-Sohn, der sicher Papas Schlüsselkarte klauen konnte. Ein angehender Zimmerer, der Galgen schreinerte. Und ein Jungbauer, dem gerne mal die Hand ausrutschte. Das passte alles wie die Faust aufs Auge. Er würde mit den Jungs reden müssen, aber das würde er nur zusammen mit Evi machen. Fürs Erste würde er Frau Pfingster aufsuchen und sich dann mit dem Team zusammensetzen. Außerdem hatte er Evi angesimst und als Antwort erhalten: »Bin auf dem Weg, komme um fünf ins Büro.«

Der Schnee fiel noch immer. Die Straße von Steingaden nach Peiting war er wissentlich noch nie gefahren. Sie war kurvig, und in einer Kurve überholte ihn ein tiefergelegter Landjugendlicher im Kamikazestil. »Wer einen Feuerwehrmann fickt, fickt sicher«, stand auf der Heckscheibe. Na, vielleicht war der Knabe zu einem Einsatz unterwegs, welcher Art auch immer. Gerhard hoffte nur, er musste den Typen nicht in einer der nächsten Kurven aus dem Auto kratzen, Verkehrsunfälle verursachten ihm extrem schlechte Laune. Weil das noch sinnlosere Tode waren als die, die er aufzuklären hatte. Da gab es zumindest Motive, Menschen, die anderen auf die Füße getreten waren. Bei Verkehrsunfällen traf es meist die, die in ihrem kleinen Leben eine Sekunde lang am falschen Ort gewesen waren. Gerhard sah dem Auto nach: ein Audi. Audis waren in diesem Landstrich beliebter als BMWs. Er musste an diesen Luggi denken, Audi-Luggi von der Wies. Der fuhr wahrscheinlich auch wie ein Irrer. Er fädelte auf die Umgehungsstraße ein, verfluchte kriechende Lkws und bog beim Hetten dann wieder ab. Der Hof der Frau Pfingster lag am Abhang des Hohen Peißenbergs.

Annerose Pfingster, was für ein duftiger Name! Allein, es roch hier weniger duftig. Die Dame war Schweinezüchterin, und schon wurde er attackiert von einer Sau, die schauerlicher war als alles, was er je zuvor erblickt hatte.

»Eine echt arme Sau, ein sogenanntes Minischwein. Wurde dann leider zu groß für die Couch und auch noch geschlechtsreif. Unvermittelbar, solche Tiere!«, sagte Frau Pfingster zur Erklärung.

Sie war eine resolute ältere Dame mit wachen, lustigen

Augen. Sie lächelte ihn an und fragte: »Sie wollen wahrscheinlich keine Katze?«

»Nein.« Er zog seine Marke. »Weinzirl, Frau Pfingster, ich müsste Ihnen ein paar Fragen stellen.«

Sie bat ihn in eine enge Stube, ein sabbernder Perserkater belegte seinen Schoß, das Schweinemonster zog sich unter die Treppe zurück. Gerhard berichtete knapp vom Massaker auf dem Gut und darüber, dass ihr Name gefallen sei, auf die Frage, wer denn nicht zum Fanklub gehört hatte.

Sie lachte leise. »Das haben Sie von der Erika, gell?«

»So offensichtlich?«, fragte Gerhard und lächelte.

»Die Erika ist meine Base. Sie hat auch bei mir eine Weile geholfen, aber die Erika hatte einen Drang zu Höherem. Sie glaubt, dass sie im Glanz der Lea Pia auch etwas angestrahlt wird. Die Erika ist sehr leicht zu beeinflussen. Menschen ohne eigene Meinung sind da sehr gefährdet. Ihr teigiger Kern ist formbar. In jede Richtung.« Sie zuckte mit den Schultern.

Gerhard musste grinsen. Die Beschreibung war trefflich. »Angeblich sind Sie neidisch, dass im ›Gut Sternthaler‹ die Spendengelder üppiger fließen als bei Ihnen.«

»Ach, wir kommen zurecht. Wir haben unsere Unterstützer, unsere liebe Tierärztin Dagmar. Ich würd mich grad fürchten, wenn ich all diese Leute auf dem Hof hätte. Außerdem hasse ich es, wenn man mich fotografiert. Die Lea Pia ist ja dauernd in der Zeitung. Ich helfe armen Viechern seit Jahrzehnten und mach das, solange ich kann. Das Geld reicht schon. Wir haben auch mal größere Summen geerbt, wir machen bloß kein Brimborium drum.«

»So wie das Gut?«, fragte Gerhard.

»Ach, ich will da gar nicht urteilen! Wissen Sie, wir haben auch 'ne Landwirtschaft. Wenn ich in der Zeitung les, dass ein dreibeiniger Ochs vom Schlachter gerettet wurde und ein Fohlen mit Verwachsungen nun weiterleben darf, dann graust es mich. Tiere haben die Chance, eingeschläfert zu werden, im Gegensatz zu uns. Ein umsichtiger Besitzer trennt sich im Ernstfall, er lässt los. Wer das nicht tut, betreibt keinen Tierschutz, sondern egoistische Tierquälerei. Man kann nicht um jeden Preis retten, schon gar nicht, wenn das Tier den Preis bezahlt. Ein Pferd, das kaum stehen kann! Das Pferd ist ein Lauftier, ein Fluchttier, ein Herdentier! Was für ein Leben ist das denn?«

Gerhard überlegte kurz, er wog ab. Aber Frau Pfingster würde es eh aus der Zeitung erfahren. Und über die Land-Buschtrommeln. »Frau Pfingster, wenn ich Ihnen jetzt sage, dass nicht nur die Hunde erhängt wurden, sondern auch Frau Pfaffenbichler ermordet wurde …«

»Ermordet, auf dem Hof da draußen?«, fragte Frau Pfingster nach einer Weile ganz ruhig.

»Nein, in Berlin, Frau Pfaffenbichler hat da Bilder ausgestellt.«

Frau Pfingster sagte wieder länger nichts, bis sie Gerhard offen in die Augen sah. »Es gab schon mal den Fall einer Dame, die all ihr Geld in Katzen investiert hatte. Die sich verschuldet hatte. Die am Ende nichts mehr besaß. Und die man erschlagen hat. Die Volksseele tut sich schwer mit Sonderlingen.«

Sie sahen beide irgendwohin, Gerhard ließ ihr Zeit.

»Ich kann mir, ehrlich gesagt, eher vorstellen, dass einer Lea Pia ermordet, als dass einer Hunde aufhängt. Die Leute hier sind in der Lage zu begreifen, dass die Viecher ja eigentlich nix dafürkönnen. Aber warum in Berlin?«

Gute Frage, die Gretchenfrage überhaupt, und Frau Pfingster traf mit ihrem klaren Blick auf die Welt den Kern des Problems. Auch er konnte sich eher vorstellen, dass einer in Rage geraten war und Frau Pfaffenbichler im Affekt erschlagen hatte. Hier, vor Ort. Warum Berlin? Verdammt gute Frage. Weil er nichts sagte, fuhr Frau Pfingster fort:

»Lea Pia war wie ein schnell heranziehendes Tiefdruckgebiet. Eine schwierige Person. Sie hat die Menschen überrannt. Ich glaube, sie hat sich selber überrannt, wenn Sie verstehen, was ich meine.«

Gerhard verstand. Es kam häufig vor, dass Menschen sich in eine Idee verbissen und dann wie unter Zwang losstürmten und alles niederwalzten. Den eigenen Menschenverstand außer Kraft setzten, sofern der jemals vorhanden gewesen war.

»Lassen wir die Berlinfrage mal außen vor. Gibt es denn Ihres Wissens jemand, der hier Grund hätte, Frau Pfaffenbichler zu ermorden?« Er lächelte. »Außer Ihnen und Herrn Herz und ganz Hiebler.«

»Soll ich jetzt Leute anschwärzen?«, fragte sie mit einem leisen Lächeln.

»Nein, sollen Sie nicht. Aber das ist eine polizeiliche Untersuchung, ich darf und muss solche Fragen stellen. Und wenn Sie mir was verschweigen, behindern Sie die Aufklärung eines Mordprozesses.«

»Drohen Sie mir etwa?« Sie sah ihn interessiert an. Freundlich und offen.

»Nein, ich mache Sie nur darauf aufmerksam.« Gerhard lächelte sie an.

»Ich bin vom Leben einer Lea Pia, sowohl geographisch als auch was meine Einstellungen betrifft, Kilometer entfernt. Wir telefonieren nicht täglich, falls Sie das meinen. Oder treffen uns an einem Tierschutzstammtisch. Gibt's, glaub ich, sogar, aber ich hab wie gesagt eine Landwirtschaft. Was ich aber weiß, ist, dass die alte Frau Angerer aus Steingaden ihr gesamtes Vermögen ›Gut Sternthaler‹ vermacht haben soll. Und ihr Sohn und ihre Schwiegertochter tun alles, um das zu verhindern. Es gibt nichts Notarielles, glaub ich. Ich hab das auch nur von meiner Tierärztin.« Sie machte eine kurze Pause. »War ich jetzt eine gute Staatsbürgerin? In Deutschland haben wir ja eine große Tradition im Denunziantentum.«

Gerhard schluckte. »Ich sehe das als rein wertneutrale Information. Eine letzte Frage: Wo waren Sie in der Nacht von Mittwoch auf Donnerstag?«

Nun lachte sie laut heraus. »Zu Hause, das kann Ihnen meine Tochter bestätigen, in Berlin war ich auch nicht, das wiederum dürfte Ihnen die Tierärztin bestätigen, weil wir am Donnerstag hier ab acht Uhr in der Frühe eine größere Impfaktion hatten.«

Gerhard verabschiedete sich; als er wieder im Gang stand, grunzte das Vieh unter der Treppe ganz schauerlich, so als wolle es ihn verfluchen.

Er nahm vom Hohen Peißenberg den Weg über den Schlag; es war dunkel geworden, und die Straße war glatt. Obwohl er nur noch Schrittgeschwindigkeit fuhr, zog es seinem Bus das Hinterteil weg. Gerhard lenkte gegen, er kurbelte wie wild und hatte gut zu tun, auf der Fahrbahn zu bleiben. Erst in Peißenberg hatten sie gesalzen, und etwas weniger angespannt konnte Gerhard das Gehörte überdenken. Drei rabiate Jungs und ein geprelltes Ehepaar, da kam doch allmählich Bewegung in die Sache. Er kämpfte den Impuls nieder, kurz bei Toni einzukehren, und fuhr direkt nach Weilheim. Wo es wieder mal keinen Fatz von Schnee hatte. Nicht einen Hauch.

Als er sein Büro betrat, wurde er von Evi bereits erwartet. Gerhard spürte die Erleichterung. Ohne die Kollegin war er wie amputiert. Er drückte sie kurz, Küsschen auf beide Wangen, etwas, was er sonst nicht tat.

»Gerhard, so euphorisch! Hab ich dir gefehlt?« Evi lachte.

»Unbedingt, aber dir hat es in Franken sicher viel besser gefallen als hier, oder?«

»Gerhard, ich hatte Urlaub. Heimaturlaub. Ich habe alte Schulfreunde getroffen, wir waren Karpfen essen.«

»Was wart ihr?«, fragte Gerhard leicht konsterniert. Evi und Karpfen?

»Karpfen isst man in Franken nur in Monaten mit r, gerne mal rund um Weihnachten und am besten in einem Landgasthof im Aischgrund. Wir waren bei der Betti in Dachsbach, so wie wir das immer vor Weihnachten machen.«

»Du als Vegetarierin! So einen ekligen vermoosten Fisch, der dich aus seinen Fischaugen vom Teller ansieht. Brr!« Gerhard riss die Augen auf und machte eine Fischschnute.

»Jetzt weiß ich, was mir gefehlt hat. Mein schauspielerisch talentierter Kollege. Und damit du's weißt: Fisch ess ich, und da geht's um Traditionen!«, rief Evi.

»Andere Länder, andere Sitten.« Gerhard schnitt eine Art Grimasse. »Gut, dass du von deinem Brauchtumsausflug an die Heimatfront zurück bist.«

»Eigentlich hätte ich erst wieder am Montag Dienst. Ist es so schlimm?«, fragte Evi.

»Schlimmer.« Er gab Evi einen kurzen Abriss der Geschehnisse, beim Namen Volker Reiber horchte sie auf.

»Reiber in Berlin, na, der kommt rum. Aber du musst zugeben, wenn Reiber mit im Boot ist, ist das nicht das Schlechteste. Er ist ein guter Ermittler, auch wenn du ihn nicht magst«, sagte Evi.

»Blödsinn, das ist alles hundert Jahre her!«, begehrte Gerhard auf.

»Hm, und hundert Jahre können so schnell zu Ende sein«, grinste Evi.

Die »Vogelwiese« ertönte. Es war Reiber, der ankündigte, den Obduktionsbescheid und die Ergebnisse der Spurensicherung zu faxen. Außerdem hatte er eine DVD mit den Filmen aus den Überwachungskameras geschickt. Die würde morgen da sein und Menschen zeigen, die in und um die Bayerische Vertretung herum gefilmt worden waren.

»Haben Sie schon was?«, fragte Reiber Gerhard.

»Nein, ich denke, wir können morgen mit den Ergebnissen unserer Spusi rechnen. Ich melde mich dann. Meine Befragungen haben auch nichts Rechtes ergeben. Ich muss mir drei junge Männer vornehmen und ein Ehepaar.« Er erzählte kurz von seinen Gesprächen mit Herz und Pfingster. »Aber von denen war eh keiner in Berlin, und das sind alles keine Leute, die Auftragskiller anheuern. Was für Sie aber ganz interessant sein kann, Reiber: Prüfen Sie doch mal ›Gut Sternthaler e.V.‹ und ›Sternenhunde‹ in den Niederlanden. Frau Pfaffenbichlers Verein ist eine Abspaltung der Holländer, das ist der einzige etwas internationalere Ansatz, der etwas mit Berlin zu tun haben könnte.« Das Gespräch ging noch ein bisschen hin und her. Grüße von Evi, Grüße zurück, bis Gerhard mit einem »Servus, Reiber« auflegte.

Evi war dem Gespräch aufmerksam gefolgt und meinte: »Am meisten irritieren der Mord in Berlin und das Hundeerhängen in Bayern, oder?«

»Ja genau, du Superspürnase, wenn die gute Frau Pfaffenbichler irgendwo hinter der Wies in der Wiese gelegen wäre, hätt ich gesagt: Geschenkt, den Mörder haben wir in ein paar Tagen. Aber so?«

Melanie und Felix waren angekommen, wieder Begrüßung, Geplänkel, bis sie sich dann alle die Ergebnisse aus Berlin ansahen. Auf der Kleidung von Frau Pfaffenbichler war nichts gefunden worden, was von einer anderen Person hätte stammen können. Keine Haare, keine Hautschuppen, keine Fingerabdrücke. Frau Pfaffenbichler hatte den Raum, in dem sie auf ihren Auftritt gewartet hatte, wohl etwas überstürzt verlassen. Umgefallener Stuhl, umgekippte Handtasche. Es war davon auszugehen, dass sie auf die Toilette nebenan geflüchtet war, wo sie mit einem gezielten Schlag getötet worden war. Laut Bericht mit einem Schlagstock.

»Also Profis?«, fragte Melanie.

»Na ja, in Berlin gibt es wahrscheinlich genug Glatzen aus Marzahn, die einen Schlagstock führen können. Das gehört da dazu wie ein Handy«, sagte Gerhard.

»Gott erhalte dir deine Klischees!«, rief Evi.

»Oh, unser Political-Correctness-Gewissen ist wieder da.« Gerhard grinste. »Ich wollte damit nur sagen, dass es in Berlin wahrscheinlich mehr Schlagstöcke gibt als hier. Hier nimmt man den Vorderlader.«

»Und wieso rennt sie aufs Klo und nicht in den Raum mit all den Leuten?«, fragte Evi. »Das wäre doch besser gewesen.«

»Gute Frage. Nächste Frage! Ich würde vorschlagen, wir vergessen die ganze Berlinkiste einmal und kaprizieren uns auf die drei jungen Männer und diese Familie Angerer. Melanie, Sie versuchen nähere Infos zu bekommen. Felix, Sie machen der Spusi Dampf. Ich will morgen Mittag Ergebnisse haben, Samstag hin oder her. Wir treffen uns hier morgen um elf!« An Evi gewandt meinte er: »So, und wir gehen jetzt was essen und trinken. Wie ich dich kenne, bist du im Frankenland ohne Frühstück losgefahren, und mittaggegessen hast du auch nicht, oder?«

»Ja und?«

»Essen ist wichtig für das Denkvermögen. Nach was ist dir?«

»Italienisch. Wenn, dann Tagliatelle Sorrento bei Luisa im OK. Ist das okay?«

»Sicher, meine Beste, sicher!«

Sie hatten sich gerade bei Luisa installiert, Weißbier, Wasser, Tagliatelle und eine Pizza mit extra viel Salami bestellt, als die Tür aufging. Gerhard musste an Frau Pfingsters Beschreibung mit dem schnell herannahenden Tiefdruckgebiet denken, denn da kam noch so ein Tief hereingewirbelt. Jo entdeckte sie nicht gleich, weil er und Evi in einer Koje direkt an der Bar saßen. Aber mit einer kurzen Drehung um die eigene Achse war sie da.

»Wo seid ihr denn? Ich hab euch bei Toni gesucht!«, rief Jo.

»Hallo, Jo, schön, dich zu sehen. Danke, mir geht's auch gut.« Gerhard runzelte die Stirn.

»Entschuldigt, ich komm gerade aus Berlin, die Fahrt war der Horror. Staus, Unwetter.« Sie umarmte Evi über den Tisch, rutschte neben Gerhard, drückte ihm ein Küsschen auf die Wange. »Hallo, alter Brummbär! Und?«

»Und was?«, brummte der Brummbär.

»Na, Frau Pfaffenbichler, die künstlerische Tierschützerin oder die tierische Künstlerin. Volker hat doch mit dir telefoniert. Das ist doch der Hammer, oder?«

Volker! Aha! Und was war der Hammer? Dass die Dame ausgerechnet in Jos Beisein ermordet worden war? Dass Reiber ihn angerufen hatte? Gerhard seufzte. Ein Tief namens Jo, das sich schon immer tief in den Allgäuer Bergtälern zusammengebraut hatte. Jo war wieder da, mit Sturm und Donner.

»Volker?«, fragte nun aber Evi süffisant und sah Jo herausfordernd an.

»Ja, wir waren doch schon im Allgäu per Du. Jetzt schau nicht so. Wen interessiert auch, ob ich Reiber Volker nenne. Was interessiert: Wisst ihr schon Näheres?«

»Jo, mein Herz, wie lange kennst du mich? Und Evi?«, fragte Gerhard.

Sie überlegte kurz. »Ach komm, jetzt lass doch die alte Leier. Dass ihr nichts sagen dürft und das ganze Pipapo.«

»Aber so ist es, meine Liebe. So war es. So wird es ewig sein. Keine Ergebnisse aus einer laufenden Ermittlung an Laien, auch nicht an dich, Herzipoperle.«

Evi gluckste, Jo maulte. »Ja, lach du nur!«

»Ich lach doch gar nicht, ehrlich. Und Gerhard hat recht, erzähl du doch lieber mal, wie es in Berlin war.«

Was Jo auch tat, in blumiger Erzählung, mit ironischen Worten. Wenn Jo was konnte, dann ganze Auditorien in ihren Bann ziehen. Und am Ende erfuhren sie nur, dass Reiber alle Anwesenden verhört hatte, dass sie ewig das Gebäude nicht hatten verlassen dürfen. Eben ganz normale langweilige Polizeiarbeit.

»Hast du diese Pfaffenbichler denn gekannt?«, fragte Evi nun. »Ich meine, vorher.«

»Nein, ich hab sie auch erst im Zug nach Berlin kennengelernt. Ich hab ab und zu was über sie und ihren Hundehof gelesen. In der Rückschau erinner ich mich, dass in schöner Regelmäßigkeit Bilder von ihr und irgendwelchen C-Promis im Bayernteil zu sehen waren. Die haben meist auf ein Einzelschicksal eines Tieres aufmerksam gemacht und das Tier gezeigt.«

»Und da hat dein Tierschützerherz nicht gleich Stakkato geschlagen? Hast du nicht sofort so ein Tierlein adoptiert?«, fragte Gerhard.

»Nein, du Depp.« Sie zog eine Grimasse. »Ich kenne nämlich durchaus meine Grenzen, Hund geht bei all den Katzen nicht. Plinius, der alte Pupser, würde keinen anderen Hund akzeptieren. Und wenn, dann ist Kassandra der Hundetyp, und die würde sich einen Plinius-Nachfolger eher in Garmisch im Tierheim holen. Müsste aber wieder ein Rehpinscher sein. Wir halten es nicht so mit der Schickiszene.«

Als Jo den Namen ihrer Mitbewohnerin Kassandra genannt hatte, spürte Gerhard einen Stich. Kassandra – das hatte er damals versiebt, und bis heute hatte er keinen wirklichen Ansatz gefunden, mal wieder Kontakt zu ihr aufzunehmen. Nach dem Motto »Lass uns Freunde bleiben« sahen sie sich natürlich ab und zu. Aber eben auf einer so oberflächlichen Ebene, dass Gerhard den Eindruck hatte, er führe mit dem Postboten innigere Gespräche.

»Also wisst ihr jetzt wirklich nichts Neues?«, insistierte Jo.

Gerhard sah Evi an. Sie zuckte mit den Schultern.

»Okay, es steht morgen sowieso in allen Zeitungen, die Pressekonferenz war heute. In der Nacht, bevor Frau Pfaffenbichler in Berlin getötet wurde, hat jemand sieben ihrer Hunde erhängt«, sagte Gerhard schließlich.

»Wie, erhängt?« Jos schöne Augen waren weit aufgerissen.

»An extra dafür konstruierten Galgen. Sie sind elendig krepiert.«

Als Jos Augen sich mit Tränen füllten, legte er ihr den Arm um die Schulter und zog sie zu sich heran. Luisa stellte Ramazzotti auf den Tisch.

»Es ist gut«, sagte Gerhard und drückte Jos Schulter. Unsinn, nichts war gut!

Als sie sich schließlich trennten, als Evi ihn zu Hause abgesetzt hatte, war ihm übel. Eine Übelkeit, die sich ausbreitete. Er schaltete den Fernseher ein, zappte herum, schlief ein und erwachte um drei Uhr morgens. Sein Pullover war nass geschwitzt, obgleich es in seiner Wohnung höchstens achtzehn Grad warm war.

Acht

Reiber saß an diesem regnerischen Freitag in Berlin über den Berichten der Spurensicherung und über den Überwachungsvideos. Es war zum Verzweifeln. Sie hatten alle neunundvierzig Mitglieder der Delegation befragt, Aussagen verglichen, auf Flipcharts eingezeichnet, wer wen wann gesehen hatte. Wer wann aufs Klo gegangen war, wer wann gar nicht zu sehen gewesen war. Viele bunte Pfeile zierten diese Zeichnungen, bunt wie Lepipfas Bilder waren sie. Vielleicht würden die Reiber'schen Pfeile mal was wert sein auf dem Kunstmarkt. Natürlich hatten sich die Aussagen widersprochen, natürlich gab es Menschen, die – würde man den Aussagen der Zeugen Glauben schenken – heute noch auf dem Klo säßen.

Er sah auf die Uhr, fast hätte er den Termin mit dem Abgeordneten vergessen, den er im Bundestag treffen wollte, den Mann, der Frau Pfaffenbichler ja schließlich eingeladen hatte.

Das Büro war schlicht und kündete von einem interessanten Kunstgeschmack: eine eigentümliche moderne Skulptur, die irgendwie nicht so ganz zu einer Patrona Bavariae passte, und über dem Schreibtisch ein Bild voller Düsternis. Sollten das Blumen sein? Der Mann selbst war alles andere als düster, ein sympathischer Mann mit offenem Blick.

»Können Sie mir sagen, weswegen Sie Frau Pfaffenbichler eingeladen haben? Kannten Sie die Dame?«

Von seinem Gegenüber kam ein leises Lächeln. Dezent verschmitzt, dachte Reiber. »Sehen Sie, die Frau Pfaffenbichler nervt mich mit Briefen und Mails nun schon seit drei Jahren. Dass sie endlich mal eine Ausstellung auf der Berliner Kunstbühne haben, ihre Werke der Berliner Kunstprominenz vorstellen und für ihre gute Sache werben will.«

»Sie sagen ›nerven‹?«, fragte Reiber.

Wieder ein Lächeln. »Sie glauben gar nicht, was ich hier alles für Bettelbriefe erhalte. In etwa so: ›*Ich bin politisch interessiert, meine Frau auch, meine drei Kinder sollen mal die Hauptstadt sehen. Laden Sie uns doch bitte nach Berlin ein.*‹ Frau Pfaffenbichler war da sehr vehement und ließ nicht locker. Und dann war es ja für einen guten Zweck, um ihr ein Forum für den Tierschutz zu bieten. Hässliche Bilder für einen guten Zweck.«

Reiber konnte sich das ungefähr vorstellen. Leute, deren politische Ambitionen darin bestanden, Freibier bei einer Parteiveranstaltung zu trinken, deren Gattinnen shoppen wollten und denen Urlaub mit drei Kindern einfach zu teuer war.

»Wie läuft das denn generell ab mit diesen Einladungen?«, fragte Reiber.

»Ich lade zweimal im Jahr Gruppen ein, das sind Menschen, die sich ehrenamtlich betätigen, Vereine, die

Jugendarbeit machen, eben engagierte Menschen«, sagte der Abgeordnete. »Tierschutz fällt durchaus auch darunter.«

»Das heißt aber, Sie wissen darüber hinaus nichts über die Dame?«, fragte Reiber.

»Bedaure. Ich habe mir auch schon den Kopf zermartert. Ich meine, wir reißen uns nicht gerade um diese Publicity, dass eine bayerische Künstlerin und Tierschützerin in der Bayerischen Landesvertretung ermordet wird.«

Auf seinem Tisch lagen ein paar Zeitungen mit bunten Aufmachern über den »Bayernmord«. Nein, dachte Reiber, er beneidete den Mann nicht um seinen Job. »Das glaube ich Ihnen, wir reißen uns auch nicht drum, zumal das Heer an Verdächtigen unüberschaubar ist. Es waren einfach viel zu viele Menschen im Haus«, sagte Reiber.

»Ja, in den Büros wurde noch gearbeitet, und auf der Veranstaltung waren rund achtzig Leute. Ich war auch da.« Der Abgeordnete lachte.

»Wenn Sie alle Menschen ermorden würden, die Sie nerven, würden Sie zum prominentesten Massenmörder aufsteigen. Ich habe Sie von meiner Liste gestrichen, zumal Sie ja die ganze Zeit bei Ihrer bayerischen Gruppe gewesen sind. Beim Eintritt ins Gebäude, wie läuft das? Die Leute werden alle von Ihren Securitys gecheckt, oder?«, fragte Reiber.

»Bei solchen Veranstaltungen stehen immer Sicherheitskräfte an der Tür und kontrollieren die Einladungen, und am Seiteneingang sitzt ein Wächter.«

»Den ich bereits befragt habe«, lachte Reiber. »Er hat mir

umgehend gesagt, dass er seit Schalck-Golodkowski hier wacht und an ihm keiner vorbeikommt.«

Der Abgeordnete lachte sein nettes Lachen. »Das wird wohl so sein.«

Reibers Blick fiel wieder auf das Bild über dem Schreibtisch. »Ist das von Frau Pfaffenbichler?«

»Nein, das Bild ist zwar auch hässlich, aber von einem echten Künstler.«

Reiber verabschiedete sich, nachdem sie noch ein bisschen darüber geplaudert hatten, wie es so war als Süddeutscher in Berlin. Er, der Augsburger, und dieser Mann aus Peißenberg.

Keiner der Befragten hatte Frau Pfaffenbichler vorher persönlich gekannt, nur aus der Presse. Frauen eher als Männer, auch das lag in der Natur der Berichterstattung. Frau Pfaffenbichler war eben noch nie mit einem Fußballprofi abgelichtet worden. Keiner der Befragten hatte ein Motiv – zumindest vordergründig. Der Verbrecher oder die Verbrecherin konnte natürlich auch von außen gekommen sein. Er oder sie hätte ja auch schon lange vor der Veranstaltung im Haus sein können. Das alles war einfach viel zu undurchschaubar. Er schloss nicht aus, dass eine Frau die Täterin sein konnte. So wie der Schlag geführt worden war, handelte es sich um einen oder eine LinkshänderIn. Schon toll, wie diese Welt einen prägte, überlegte Reiber. So sehr hatte man das Binnen-I verinnerlicht, dass man es sogar im Geiste mitdachte.

Sie hatten die Laudatorin nochmals eingeladen, sie war ja die Einzige gewesen, die Frau Pfaffenbichler kurz vor der Präsentation der Bilder noch gesehen hatte. Die Frau zitterte nun wahlweise wie Espenlaub oder bekam ihre Stimme nicht mehr unter Kontrolle, Reiber traute ihr einfach nicht zu, dass sie in diesem engen Zeitfenster Frau Pfaffenbichler hätte erschlagen und dann ganz cool ihre Laudatio halten können.

»Wie war Frau Pfaffenbichler denn so drauf, als Sie sie zum letzten Mal gesehen haben?«, fragte Akim.

»Nervös, Leanora war sehr nervös. Ich habe jetzt schon zum dritten Mal eine Laudatio auf sie gehalten, aber so nervös war sie noch nie. Das hatte vielleicht etwas mit der Location zu tun, ich meine, in der Vertretung – das ist ja schon was!«

»Woher kannten Sie sich denn?«, fragte Reiber.

Sie legte kokett den Kopf schräg. »Sie hören es ja vielleicht an meinem leichten Akzent, ich bin Holländerin. Wir kennen uns aus Holland.«

»Leichter Akzent« war gut. Sie klang wie eine Parodie von Frau Antje oder Rudi Carrell mit »Lass dich überraschen ...«.

»Also aus Holland?«, wiederholte Akim.

»Ja, ich habe dort einer Tierschutzorganisation angehört: ›Sternenhunde‹. Leanoras ›Gut Sternthaler‹ ist daraus hervorgegangen. Sozusagen der deutsche Ast, die deutsche Hand ... äh ...« Nun kollabierte ihr Stimmchen wieder.

Reiber horchte auf. Weinzirl hatte diese Höfe auch erwähnt. Ein Bandenkrieg zwischen Tierschützerinnen? Ein europäisches Tierschutzdrama? Bayerische Bierdimpel gegen holländische Käseköpfe? Er grinste in sich hinein.

»Sie wollen sagen: Es gab Zoff. Frau Pfaffenbichler hat sich von den Holländern abgespalten?«, fragte Akim.

»Na ja, so können Sie das auch nicht sagen. Beide Organisationen arbeiten nach wie vor zusammen, es geht uns ja allen um die lieben armen Tierlein.«

»Nun gut. Wir danken Ihnen. Wenn wir Sie nochmals brauchen, finden wir Sie unter dieser Adresse?« Reiber nannte eine Straße in Grunewald. Nobel, nobel.

Sie nickte und stöckelte von dannen.

»Auch nicht gerade hilfreich, dieses Schrapnell!« Reiber verzog das Gesicht. »Wie weit seid ihr denn mit der Frage, wer sonst noch Zugang zum Haus hatte?«

»Nun, eine Stunde vor der Veranstaltung waren die beiden Türsteher da, und vom Seiteneingang hab ich eine Liste der Besucher. Niemand dabei mit einem Motiv oder irgendeinem Zusammenhang mit der Ermordeten. Es wurden allerdings auch Blumen geliefert, ich habe mit dem Floristen gesprochen, er will den Lieferanten ausfindig machen und meldet sich.«

»Na gut, Akim, geh nach Hause, hat nicht deine Schwester Geburtstag?«, fragte Reiber.

Akim nickte. In Akims weitläufiger Verwandtschaft hatte eigentlich bald jeden Tag jemand Geburtstag. »Also ab mit dir! Ich mach mich mal noch über diese Sterne im Tierschutzhimmel schlau. Ich denk schon die ganze Zeit nach, bei dem Namen ›Sternenhunde‹ müsste es klingeln. Da war mal was!«

»Na dann, gutes Grübeln.« Akim machte ein Victoryzeichen und verließ elastischen Ganges den Raum.

Reiber lehnte sich zurück. Verschränkte die Hände im Nacken. Was für ein Scheiß! Sie hatten die Überwachungsvideos angesehen und abgeglichen, hatten einen Innenstadtdrogendealer erkannt und einen Taschendieb. *Quod erat exspectandum* – vor den Attraktionen Berlins gab es immer die Schlangen all jener, die an der Kasse anstanden oder, den Kopf im Nacken, irgendwas bestaunten, ein wunderbares Betätigungsfeld für einen mit schnellen Fingern. So hatten sie zwar einigen erleichterten – im doppelten Wortsinn – Bürgern deren Geldbörsen wiedergeben können und ein paar Handys, aber im Fall Pfaffenbichler half das auch nicht weiter. Diese erhängten Hunde gingen ihm nicht aus dem Kopf und auch nicht der Begriff »Sternenhunde«.

Er goss sich eine Tasse Tee ein und holte seinen privaten Laptop heraus. Dort hatte er seine Telefonlisten, wichtige Fälle, interessante Urteile. Er hatte es sich zu eigen gemacht, die Fälle seiner Karriere, die ihn besonders berührt hatten, nochmals kurz zusammenzufassen. Aktenzeichen standen dabei und meist ein persönlicher Kommentar. Als er über die Perlen seines kurzen Schaffens im Allgäu stolperte, blieb sein Blick an ein paar seiner Notizen hängen: *Weinzirl: sturer Sack, aber eine prima Nase. Kennerknecht: furchtbar selbstgerechte Person, aber ganz schön hübsch. Gott, gib mir Kraft und Verständnis für diese seltsamen Menschen im Allgäu.* Er musste grinsen und surfte weiter durch seine gesammelten Fälle. Eigentlich frustrierend, er saß am Freitagabend allein in einem stickigen Büro und ließ sein Leben vor sich ablaufen: Mord, Totschlag, schwere Körperverletzung, Vergewaltigung, Lügen, Ausflüchte, große und kleine Fluchtversuche, alle Facetten menschlichen Elends und Versagens. Er war in seiner Münchner Zeit angelangt, die nicht lange gewährt hatte und in der außer einem Totschlag am Schyrenbad in Untergiesing relativ wenig passiert war.

Er war schon dabei weiterzuscrollen, als er am Namen Roswitha Maurer hängen blieb. Und auf einmal war es wieder da, als wäre es gestern gewesen. Er hatte einige Wochen bei einer Soko für Drogen- und Wirtschaftskriminalität Dienst getan, wo es darum gegangen war, Schiebereien mit Tabletten, Heroin und Koks aus ehemaligen Ostblockländern aufzudecken. Die heiße Ware wurde über arglose Touristen eingeschleust, und beim Namen Roswitha Maurer hatte er notiert: *Jeden Tag steht eine Dumpfbacke auf*. Diese Frau Maurer hatte, soweit er sich erinnern konnte, einen Hund aus irgendeinem Ostland mitgebracht, und in der Transportbox in einem doppelten Boden hatten die Grenzer eine große Menge Ecstasy entdeckt. Wie war das noch mal gewesen?

Er sah auf die Uhr, na gut, das konnte noch klappen. Er suchte sich die Nummer in seinem Telefonverzeichnis. Nach nur zweimal Läuten ging der andere dran: Valentin Veit. Reiber nannte seinen Namen, musste sich ein paar urbayerische dumme Sprüche anhören. Veit war nämlich einer der letzten vom Aussterben bedrohten Urmünchner, die sozusagen ihre Herkunft bis zu den Agilolfingern nachverfolgen konnten. Aus Obergiesing, aus einem Gasserl irgendwo gleich bei der bauhausigen TeLa-Post. Veit hatte ihn in München auch täglich mehrmals gezwiebelt, dass er wieder mal »Walentin« gesagt hatte anstatt »Falentin«. Nach etwas Geplänkel und gegenseitiger Kondolenz, dass man noch im Büro saß, konnte Reiber sein Anliegen vorbringen. Die Akte der Roswitha Maurer. »Falentin Feit« wollte ihm morgen was ins System stellen und einige Kopien aufs Fax legen. Wie war das bloß gewesen damals? Das würde er morgen erfahren.

Reiber packte seine Sporttasche und boxte sich in seinem Klub den Büroalltag aus dem Kopf. Zu Hause öffnete er sich ein alkoholfreies Bier, drehte die Anlage auf und hörte die Callas ein bisschen zu laut. Was Jo wohl gerade tat? Sie musste inzwischen zu Hause sein. Er hatte auf ihre SMS geantwortet: »Ich freue mich auf dich, bis bald!« War das zu viel gewesen? Aber eigentlich war er zum Taktieren zu alt, fand Volker.

Neun

Am Samstag in der Frühe war das Team vollzählig im Büro versammelt, noch vor der anberaumten Zeit. Melanie hatte es mal wieder geschafft. Hartnäckig und ohne Gnade hatte sie auf ersten Ergebnissen der Suche in Haus und Grundstück bestanden, und die zähneknirschenden Kollegen hatten geliefert. »Jingle Bells, Jingle Bells« lief im Radio, und dann brach Wham! wieder los. Gerhard schaltete ab.

»Und, haben wir was Verwertbares?«, fragte er.

»Ich denke, schon«, meinte Melanie.

Sie beugten sich alle über den Bericht, und der war tatsächlich nicht uninteressant. Auf der Hinterseite des Gutshofes, genau an der Stelle, die die Kameras nicht erfassten, waren Reifenspuren im Wald gefunden worden. Dicke Reifen, die Spusi schrieb sie einem großen Geländewagen, wegen des Radstands eher einem Pick-up, zu. Es gab Fußabdrücke und eindeutige Spuren an der vermoosten Mauer, die offenbar jemand überklettert hatte. Die Spusi hatte drei Abdrücke sicherstellen können, Schuhgröße zweiundvierzig und zweimal vierundvierzig. Im Bereich der Hundezwinger waren diese Abdrücke allerdings leider nicht mehr nachzuweisen, weil dort alles gekiest war und sich dort viel zu viele Menschen ihre Füße platt getreten hatten. Sie hatten aber einige Holzsplitter an Mauer und Vorplatz gefunden, Anzeichen dafür, dass die Henker ihre Galgen mitgebracht und über die Mauer gehievt hatten. Sie hatten zahllose Fingerabdrücke genommen, die natürlich alle erst einmal überprüft werden mussten; im Haus hatte es fast keine Abdrücke gegeben, Indiz dafür, dass jemand fein säuberlich gewischt und gewienert hatte.

Seltsam war an dem Bericht nur, dass die Spusi innen entlang der Mauer, gleich beim Eingangstor, ebenfalls Fußspuren gefunden hatte. So als hätte sich jemand an der Wand entlanggehangelt. Es dürfte sich auch wieder um drei Personen gehandelt haben, im Gras allerdings und wegen des Schneefalls waren die Spuren nicht näher zu bestimmen gewesen.

Evi hatte drei Tassen Kaffee und eine Tasse Tee für sich selbst auf den Tisch gestellt. »Eigentlich schon Wahnsinn, was die alles finden. Ich meine, in Regen und Schnee noch solche Ergebnisse zu erzielen ist schon respektabel.«

»Ja.« Gerhard grinste. »Und wir brauchen jetzt nur einen Wagen passend zu den Reifen zu finden, ein Sägewerk mit den passenden Balken und drei Paar Herrenschuhe. Und schon haben wir die Henkersbande, oder?«

»Hast du schon jemanden im Auge?«, fragte Evi.

»Allerdings«, schmetterte Gerhard.

Die Kollegen sahen ihn überrascht an. Gerhard berichtete von seinem Gespräch mit Herz und den drei zornigen jungen Männern.

»Was ich dann aber nicht verstehe: Wenn dieser Seppi,

der Sohn vom Eicher, doch wahrscheinlich die Karte für das Schließsystem hatte, warum sind sie über den Zaun gestiegen?«, fragte Melanie.

»Ich stell mir das eher so vor«, fiel überraschenderweise Felix Steigenberger ein, der sich sonst eher durch Maulfaulheit hervortat und vor zwölf Uhr sowieso nur wie ferngesteuert rumlief. »Die haben die Galgen auf einen Pick-up geladen, haben den im Wald versteckt und sind von hinten gekommen. Selbst in der Nacht war das am Vordereingang schon auffällig. Und da war ja auch das Fest im Gang, oder? Aber raus sind sie vorne rum, an der Mauer entlang, durchs Tor und weg. Zurück auf das Fest. Den Pick-up hat einer erst später wieder geholt.« Er machte eine Pause. »Also ich hätt das so gemacht.«

Gerhard sah ihn an, als sähe er diesen Felix Steigenberger zum ersten Mal. »Respekt, das hört sich schlüssig an und deckt sich mit den Ergebnissen der Spusi.« Sein Blick ging in die Runde. »Mit der Hypothese arbeiten wir mal?«

Beifälliges Nicken. Melanie blätterte in ihren Papieren. »Ich hätt da auch noch was.«

»Noch mehr Erkenntnisse an diesem unwirtlichen Morgen?« Gerhard lächelte sie an.

»Ja, Sie wollten doch mehr über die Familie Angerer wissen«, sagte Melanie.

»Frau Kienberger, wann und aus welchem Hut haben Sie das denn herausgezaubert? Diese Vorweihnachtszeit scheint Sie ja alle zu beflügeln.«

Evi mischte sich ein. »Was er sagen wollte, Mel: Danke, tolle Arbeit, gell, Weinzirlchen?«

»Ja, nur in anderen Worten. Also, Melanie?« Gerhard lächelte sie an. Melanie hatte sich in der Zeit, in der er nun mit ihr zu tun hatte, von einem verschreckten Haschi zu einer selbstbewussten Mitarbeiterin entwickelt. Man musste ihr nur was zutrauen.

»Agnes Angerer ist vor ein paar Tagen verstorben. Sie war sozusagen Teil der Steingadener High Society. Es gibt ein paar Familien, denen gehört halb Steingaden und Lechbruck. Agnes Angerer war im Vergleich zu denen zwar ein kleines Licht, aber doch begütert. Ihr gehörten zwei Geschäftshäuser in Lechbruck, wo die Mieten ganz ordentlich geflossen sind. Und sie hatte ein Barvermögen von rund zweihunderttausend Euro. Es gibt einen Sohn samt Schwiegertochter und Enkelin, und die hat sie alle enterbt und dafür alles dieser Frau Pfaffenbichler vermacht, stellt euch das mal vor!«

»Melanie, und du sagst uns sicher auch gleich, woher du das alles weißt?«, fragte Evi.

»Och, ich hab 'ne Reitkollegin, die arbeitet bei einem Anwalt in Schongau. Da liegt die Sache, weil Arthur Angerer, das ist der Sohn, den letzten Willen seiner Mutter anfechten will. Er will seinen Pflichtteil. Keine Ahnung, wie das rein rechtlich ist. Problematisch ist nur, dass Frau Pfaffenbichler ein handschriftliches Testament von Frau Angerer vorgelegt hat, in dem eben genau dieser Wille bekundet ist. Es wurde schon eine Schriftexpertise erstellt, es ist furchtbar verwackelt, man kann nicht hundertprozentig sagen, ob es von Frau Angerer stammt. Die Schwiegertochter sagt, sie hätte noch vor einem halben Jahr ein ganz anderes Testament ihrer Schwiegermutter gesehen. Es lag wohl offen auf dem Sekretär. Laut Sandra Angerer, also der Schwiegertochter, wurden darin dem Sohn die Häuser vermacht und hunderttausend in bar. Fünfzigtausend sollte ›Sternenhunde‹ erhalten und fünfzigtausend eine Stiftung für junge Künstler. Dieses Testament ist aber verschwunden. Sandra Angerer erhebt den Vorwurf, Frau Pfaffenbichler hätte es verschwinden lassen, da sie bei der immer schwächer werdenden Agnes Angerer ein und aus gegangen ist.«

Gerhard pfiff durch die Zähne. »Ich frag jetzt auch nicht, warum Ihre Freundin Ihnen solche Interna weitergibt. Das ist starker Tobak. Wir können mal davon ausgehen, dass Sandra Angerer nicht gerade ein Faible für Frau Pfaffenbichler hatte.«

Melanie sah triumphierend in die Runde. »Es kommt noch besser. Sandra Angerer hat bei Frau Pfaffenbichler geputzt.«

»Was?« Das kam von Evi und Gerhard gleichzeitig.

»Ja, sie musste sich wohl etwas dazuverdienen, ihre Tochter ist behindert.« Melanie zuckte mit den Schultern.

»Der Sohn hat ein behindertes Kind, und die Mutter enterbt ihn? Dafür geht das Geld an elende Hunde und an nichtsnutzige Künstler. Das muss ja ein Schlag für das Ehepaar Angerer gewesen sein!«, rief Evi.

»Hm«, brummte Gerhard. »Und der nächste Schlag traf dann Frau Pfaffenbichler.«

»Dann müsste Sandra Angerer aber in Berlin gewesen sein«, warf Evi ein. »Vergiss Berlin nicht!«

»Wie könnte ich! Aber lassen wir das mal. Sie oder ihr Mann könnten durchaus einen Ausflug in die Hauptstadt gemacht haben«, meinte Gerhard.

»Aber was ist mit den Fußabdrücken und den drei Jungs? Wie passen die da rein?« Felix schien wirklich heute früh ein paar ordentliche Löffel Genie gefrühstückt zu haben.

Gerhard sah aus dem Fenster. Grau in grau, trostlos. »Vielleicht hat das eine mit dem anderen nichts zu tun. Die Jungs versuchen sich an einem Dummejungenstreich, der leider ins Perverse umgekippt ist. Und Frau Angerer ermordet die verhasste Arbeitgeberin, die all ihre Hoffnung auf ein besseres Leben zerstört hat.«

»Ist das wahrscheinlich?«, fragte Evi zweifelnd.

» Verbrechen folgen einer eigenen Logik«, sagte Gerhard.

»Und nun?«, fragte Melanie.

»Sie und Herr Steigenberger suchen mir die Adressen der drei jungen Männer raus und stellen gleich mal fest, ob irgendwo ein Pick-up oder ein großer Geländewagen registriert ist. Rufen Sie kurz durch, wenn Sie was haben. Und dann ab ins Wochenende, Sie haben sich schon genug verdient gemacht.« Er zwinkerte ihr zu. An Evi gewandt sagte er: »So, und wir zwei Hübschen besuchen jetzt mal Familie Angerer. Die wo wohnt?«

»Ursprung, ich hab's Ihnen aufgeschrieben«, sagte Melanie.

»Hinaus ins unwirtliche Sibirien.« Gerhard warf einen Blick auf Evis Halbschuhe. »Dein urbanes Schuhwerk solltest du hierlassen, da draußen herrscht Väterchen Frost. Da liegt Schnee, auch wenn du fränkische Seele dir das nicht vorstellen kannst.«

»Okay, wir brauchen den Schneeschieber bloß einmal im Winter, das stimmt. Und bei uns ist eh alles geteert, wir brauchen keinen Schnee wie ihr, damit der den Dreck zudeckt.« Evi streckte ihm die Zunge raus. » Ich habe Bergschuhe hier im Schrank. Wären die genehm?« Evi war die Schmähreden ihre Heimat betreffend gewohnt. Sie sparte sich die Bemerkung, dass ausgerechnet ein Allgäuer am wenigsten über Franken zu lästern habe.

Wie Gerhard angekündigt hatte, kam der Schnee schon in Hohenpeißenberg. Um Evi landschaftlich was zu bieten, fuhr er von Rottenbuch über Ilgen nach Steingaden. Ein Zickzackkurs, gut, um ein bisschen nachzudenken.

Evi sah ihn von der Seite an. »Du hast noch gar nichts gesagt.«

»Was gesagt?«, fragte Gerhard.

»Na, dass du Hunger hast.«

»Ich habe immer Hunger, das ist ja kaum der Erwähnung wert.« Gerhard sah auf die Uhr im Auto. Für Mittagessen war es noch etwas früh. »Ja, so ein Frühschoppen«, seufzte er.

»Na los, iss deine erbärmlichen Weißwürste. Diese weißliche, in Darm gepresste Masse. Diese aus einer Not geborene Spezialität. Igitt! Und wenn du es genau wissen willst: Weder Allgäuer noch Oberbayern können Wurst machen, das können nur die Franken. Gegen eine schöne grobe fränkische Brodworschd, der man überdies ansehen kann, was drin ist, kann nichts sonst ankommen. Und die besten gibt's in der Kohlenmühle, weil sie vom Rösch sind! Aber du bist eh ein Ignorant.«

»Sagt mir die Vegetarierin!«

»Ich war nicht immer Vegetarierin. Na los, du hast doch sicher schon recherchiert, wo man in Steingaden der Fleischeslust frönen kann.« Sie sah ihn herausfordernd an.

Und so landete Gerhard schon wieder beim Graf. Erneut überkam ihn das Gefühl wohliger Gelassenheit, während Evi sich die Füße vertrat. Sie kam mit perfektem Timing wieder, als er gerade die Rechnung bezahlt hatte.

»Schön, der Ort. Ich war noch nie in Steingaden. Es gäbe so viel zu sehen. Wenn wir bloß mehr Zeit hätten.« Evi seufzte. »Diese Doppeltürme, der Friedhof mit den Schneehauben. Diese Erdigkeit der Romanik, wirklich schön.«

Gerhard enthielt sich jeglichen Kommentars, Kultur war nicht seine Domäne.

Sie verließen Steingaden, passierten einen riesigen Industriebau und bogen dann rechts ab nach Urspring. Die Angerers wohnten bei der Kirche; Evi bestand darauf hineinzugehen. Gerhard folgte ihr murrend und fand sich unter einer schlichten Kassettenholzdecke wieder. Es war friedlich hier drin und still. Es roch nach Weihrauch und Tannenzweigen. Es roch nach Weihnachten. Keine Zeit für Tote. Dieses ganze Urspring war ein überdimensionaler Weihnachtskalender. Vierundzwanzig Dorfbewohner hatten Adventsfenster gestaltet. Auch die Angerers. Sie hatten eine alte Puppenstube weihnachtlich dekoriert. Vor dem Weihnachtsbaum saß ein Hund, der größenmäßig irgendwie nicht dazu passte. Er maß fast die halbe Höhe des Baums, war groß wie der Tisch.

Gerhard läutete. Eine Frau öffnete. Sie war vielleicht Mitte dreißig, sie sah müde aus. Aber da war etwas in ihren grauen Augen, das Gerhard sofort in den Bann zog und gleichzeitig vorsichtig sein ließ. Gerhard stellte sich und Evi vor und nannte ihr Anliegen.

»Ja gut, kommen Sie rein. Aber seien Sie leise, die Kleine schläft.«

Sie wurden in ein Wohnzimmer geführt. Schrankwand in modern, aber zeitlos. Couchgarnitur in dezentem Blau, Spielzeug lag herum, die Samstagszeitung war aufgeschlagen. Der Lokalteil: »Bekannte Tierschützerin in Berlin ermordet«.

»Ich sehe, Sie lesen gerade vom Tod Ihrer Arbeitgeberin.« Gerhard hielt sich nicht lange auf. Wozu auch?

Sandra Angerer sagte nichts, sah ihn nur abwartend an.

»Sie haben auf dem Gut geputzt?«, fiel Evi ein.

»Ja, auch mit Putzen erwirtschaftetes Geld stinkt nicht, Frau Kommissarin.« Sandra Angerer signalisierte Feindseligkeit.

»Oh, über die Wertschätzung gewisser Berufe ließe sich lange philosophieren.« Gerhard hatte seinen Blick fest auf ihre Augen geheftet. »Da stünden auch wir auf der Beliebtheitsskala sehr weit unten. Frau Angerer, was uns interessiert: Wie war Ihr Verhältnis zu Frau Pfaffenbichler? Mögen Sie Hunde?« Das war Provokation, aber Gerhard wusste, dass er hier mit der Samthandschuhmethode nicht weit kommen würde.

Sie lachte trocken. »Da Sie sich über mich informiert haben, wissen Sie ja sicher auch, dass wir prozessieren. Und Hunde mochte ich noch nie. Mich hat mal einer als kleines Mädchen in den Hals gebissen. Ich wäre fast verblutet.« Sie neigte den schlanken Hals zur Seite, schob den Rollkragen hinunter und ließ eine unschöne Narbe aufblitzen.

»Tja, enterbt.« Gerhard gab sich nachdenklich. »Liebe Frau Angerer, der Wille einer Verstorbenen, sie hat es wahrscheinlich mit der Devise gehalten: Je mehr ich von den Menschen weiß, desto mehr mag ich Tiere. Das müssen Sie respektieren.«

»Nix muss ich, außer sterben. Einen Scheiß wissen Sie! Wir haben ein Kind mit Downsyndrom, das zudem im Rollstuhl sitzt. Sina ist jetzt fünf. Wissen Sie, was da noch auf uns zukommt? Haben Sie eine Ahnung, was uns das kostet? Psychisch und physisch, was es auch kostet, eine Wohnung rollstuhlgerecht umzugestalten, wir hätten das Geld so dringend gebraucht.«

»Aber Agnes Angerer hat Sie nun mal enterbt«, sagte Evi.

»Ja, Sie sagen das ganz richtig. Mich hat sie enterbt. Ich war schuld an dem behinderten Kind. Meine beschissenen Gene waren schuld! Nicht die von ihrem Bubele! Ich war schuld, weil ich in der Schwangerschaft noch geritten bin und Fahrrad gefahren und gearbeitet hab in der Bank, wo das Arthur-Bubele doch seine Frau hätt gut verhalten können. Mein Mann hat immer zu mir gehalten, und das war das Schlimmste, was er ihr hatte antun können. Das geliebte Bubele bleibt bei einer Frau, die ihm ein behindertes Kind geboren hat! Deshalb ist das Geld bei Frau Pfaffenbichler gelandet. Aus Rache. Tiere interessierten meine Schwiegermutter einen Dreck. Sie hat kleine Katzen ersäuft, Maulwürfe mit dem Spaten erschlagen und so viel Schneckenkorn gestreut, dass sie garantiert alle Igel und Katzen der Umgebung vergiftet hat. Sie hat sich nur für eins interessiert, für sich selbst. Und fürs Bubele, solange der so gespurt hat, wie Mutti das wollte.«

Sandra Angerer sah Gerhard an. Ihre grauen Augen wirkten wie verwaschen, sie hatte ein paar Falten zu viel für ihr Alter, ihre Haut spannte über den Wangenknochen. Sie war erschöpft, keine Frage, aber sie wirkte entschlossen. Diese Frau war nicht gebrochen, diese Frau war durch so viele Höllen gegangen, dass sie noch mehr überleben würde. Genau das fand Gerhard gefährlich. Er ließ einen Versuchsballon starten, es war ein Impuls, dem er folgte. Nicht mehr.

»Frau Angerer, ich verstehe Ihre Position, aber das alles gibt Ihnen nicht das Recht, einzubrechen ...«

»Ich bin nicht eingebrochen, ich habe einen Schlüssel!«, unterbrach sie ihn.

»Sie haben ein Haus durchwühlt, das ist Hausfriedensbruch.«

»Wenn Sie das schon wissen. Ja gut, ich habe was gesucht.« Sandra Angerer ließ sich nicht einschüchtern.

»Was?«, fragte Evi.

»Das ursprüngliche Testament. Das uns hätte helfen können.«

»War es nicht naiv zu glauben, Frau Pfaffenbichler hätte

es aufbewahrt? Hätte sie es nicht eher vernichtet?«, fragte Gerhard.

»Nein, sie war der Typ, der es uns Jahre später unter die Nase gerieben hätte.« Es lag eine Eiseskälte in ihren Worten.

»So oder so! Sie waren bereit, weit zu gehen für Ihr Recht, oder? Wie weit, Frau Angerer?«

Sie riss die Augen auf. »Sie glauben, ich hätte die Hunde aufgehängt?«

Ihr Entsetzen wirkte echt, aber Gerhard war auf der Hut. »Sie wussten, wo Sie sie am tiefsten treffen konnten. Die einzige Stelle, an der Frau Pfaffenbichler verwundbar war, war ihre äffische Liebe zu Hunden. Sie wussten das nur zu gut.«

»Da haben Sie sogar recht. Das ist doch pervers, was in Deutschland in den Tierschutz fließt, aber glauben Sie, irgendjemand würde für behinderte Kinder spenden? Wenn so ein Hund irgendwo im Wald aufgehängt wird, dann jaulen sie auf, wenn sie so ein Kind wie meins sehen, wechseln sie die Straßenseite.«

Im Laufe seiner beruflichen Laufbahn hatte Gerhard das immer wieder hören müssen, das Argument, man solle sich lieber um den Menschenschutz kümmern, um Kinder, um Alte. Und er wusste zugleich, dass das ein Totschlagargument war. Als junger Polizist auf Streife war er in Messie-Haushalten gelandet, wo allein der Geruch ihn rückwärts aus der Tür geschlagen hatte. Mit dabei war oft eine ehrenamtliche Mitarbeiterin des Tierschutzvereins gewesen. Die war durch Kakerlaken gegangen, hatte sich durch die Scheiße unter den Betten gerobbt, war von Bergen nicht ausgespülter Katzendosen fast erschlagen worden und hatte Tiere sichergestellt. Arme verwahrloste Kreaturen, Katzen, die nicht mehr hatten gehen können, weil sie ihr bisheriges Leben angeleint am Bettpfosten verbracht hatten. Er hatte gekotzt – so wie Felix im Angesicht der Galgenhunde. Diese Dame hingegen hatte sich immer im Griff gehabt, getan, was eben getan werden musste. Dabei Humor bewiesen, sie war keine moralinsaure Theoretikerin, einfach eine zupackende Dame. Sie waren in einem Haus gewesen, das die Besitzerin komplett lila gestrichen hatte, über die Katzenkackhäufchen einfach drübergestrichen in diesem Lila. Seither hasste er Lila. Die Dame, an deren Namen er sich partout nicht mehr erinnerte, hatte die Tiere geborgen, er die Sozial- und Jugendämter informiert.

Die krassesten Tierschutzfälle waren immer auch mit Menschenschutz einhergegangen. Entweder jemand hatte echte Menschlichkeit im Herzen, dann erstreckte sich die auf alle Kreaturen, die des Schutzes bedurften. Und wenn nicht, dann quälte er Tiere, Kinder und Alte gleichermaßen. »Das Problem vieler Tierschützer ist, dass sie Menschen nicht mögen«, hatte ihm die Dame gesagt, damals hatte er das nicht begriffen. Heute schon, und er hatte im Verlauf der Ermittlungen den Eindruck gewonnen, dass Frau Pfaffenbichler Menschen aus ihrem Herzen verdammt hatte. Sie hatte sich verrannt, aber das alles rechtfertigte den Vergleich Mensch–Tier einfach nicht. Aber wie hätte er das Sandra Angerer sagen können?

»Sehen Sie, also ist meine Annahme doch nicht so abwegig«, sagte Gerhard.

»Doch, ist sie, weil ich keine Hunde erhänge, auch wenn ich das Tamtam wegen der Köter unerträglich fand.«

»Wann haben Sie Frau Pfaffenbichler denn zuletzt gesehen?«, mischte sich Evi wieder ein.

»Einen Tag bevor sie nach Berlin fuhr. Ich habe hinter ihr hergeputzt, als sie ihre Bilder verladen hatte.«

»Und das war, nachdem Sie das Haus durchwühlt hatten?«, fragte Gerhard.

»Ja, und witzigerweise hatte ich beim Durchwühlen, wie Sie so schön sagen, den Eindruck, da wäre schon jemand vor mir da gewesen. Und als ich am Aufräumen war, gab es da chaotische Zimmer, in denen ich bei meiner Suche nach dem Testament nicht mal gewesen bin. Eigentlich ist die Hausherrin sehr ordentlich.« Sandra Angerer lachte bitter.

»Und das war alles?«

»Nein, Herr Weinzirl, das war nicht alles! Ich habe nochmals versucht, mit ihr zu reden, aber sie sagte immer nur: ›Kindchen, das war der Wille der guten alten Agnes.‹ Aus! Äpfel! Amen!«

»Was Sie noch wütender gemacht hat, oder?«

»Weswegen ich diese Viecher erhängt habe? Nein, Herr Weinzirl, ich war zuletzt am Dienstag da, am Tag ihrer Abreise. Und wie Sie ja bemerkt haben, funktioniert die Sozialkontrolle hier sehr gut; wenn mich jemand später am Gut gesehen hätte, dann wäre das Ihnen bestimmt berichtet worden. Auf dem Land entgehen den Menschen niemals die Verfehlungen der anderen, nur bei den eigenen sind sie kulanter.«

»Frau Angerer, kennen Sie den Sohn von Eicher und seine Kumpels Beni aus Fronreiten und Luggi von der Wies?«

Nun war sie zum ersten Mal wirklich überrascht. »Den Sohn vom Eicher kenn ich. Wieso?«

Evi ignorierte die Frage. »Und waren Sie in letzter Zeit mal in Berlin?«

»Schön wär's, für Urlaub hab ich weder Zeit noch Geld. Putzen zahlt sich nicht so sehr aus.«

»Frau Angerer, wo ist Ihr Mann eigentlich?«, fragte Gerhard.

»Beim Wirt wie jeden Samstag. Er isst auch da, damit ich nichts kochen muss.« Es war das erste Mal, dass etwas Wärme in ihrer Stimme lag. So übel das Leben ihm auch mitspielte, zumindest schien das Ehepaar zusammenzuhalten. Vielleicht war das Weihnachtssentimentalität, aber Gerhard freute sich darüber. Wenn er schon beziehungsunfähig war, mussten es ja nicht alle sein.

»Frau Angerer, wo waren Sie in der Nacht von Mittwoch auf Donnerstag?«, fragte Evi.

»Im Bett, mehr als fünf Stunden bekomm ich nicht in der Nacht. Die Kleine hat vor allem nachts Krampfanfälle.«

»Und Ihr Mann?«

»Der war von Mittwoch bis Freitag gar nicht da. Er kam erst heute früh zurück. Er arbeitet bei Russler in der Spedition, er hatte eine längere Fahrt.«

»Wir würden dann mal kurz zu Ihrem Mann rübergehen«, sagte Evi.

»Tun Sie, was Sie nicht lassen können, und nehmen Sie bloß keine Rücksicht darauf, dass sich ganz Urspring auf die Neuigkeit stürzt, bei uns sei die Polizei gewesen.« Sie war bitter und doch kampfeslustig.

»Frau Angerer, ich glaube, dazu müssen wir nicht zum Wirt, die Vorhänge an beiden Nachbarhäusern ruckten vorhin zur Seite«, sagte Gerhard.

Sandra Angerer sah ihn überrascht an, wirklich überrascht.

Sie verabschiedeten sich. »Du hast sie aus dem Konzept gebracht, sie hätte dir wohl nicht zugetraut, dass du deine Augen überall hast«, lächelte Evi.

»Da siehst du mal, wie verkannt ich bin. Also auf zu Arthur!«

Die Wirtschaft Drei Mohren war wenige Schritte entfernt. Am Stammtisch nur noch drei Männer, die anderen saßen wahrscheinlich am heimischen Mittagstisch. Arthur Angerer war leicht ausfindig zu machen, die beiden anderen Herren waren in den Siebzigern.

»Griaß Gott mitanand, kunnt i den Herrn Angerer amol sprecha?« So hart an der Ostallgäuer Grenze verlegte sich Gerhard aufs Allgäuerische.

Sie begaben sich an einen weiter entfernten Tisch, und Arthur Angerer stand auf, stellte sein halb ausgetrunkenes dunkles Weißbier auf ihrem Tisch ab und sah die beiden abwartend an.

»Setzen Sie sich doch bitte«, sagte Evi.

Arthur Angerer war schwer zu schätzen. Er konnte Mitte

dreißig oder Ende vierzig sein. Er war ein attraktiver Mann, groß, muskulös, mit einem sympathischen Gesicht.

Evi lächelte ihn an. »Ich nehme an, dass Sie von Frau Pfaffenbichlers Tod wissen und vom Frevel an diesen armen Hunden.«

Er nickte.

»Und Sie können sich vorstellen, warum wir da sind?«, fragte Gerhard.

Angerer seufzte, trank sein Weißbier aus, machte dem Wirt ein Zeichen. Er wirkte wie jemand, der eigentlich gerade seinen wohlverdienten Feierabend genoss, und nun kam ausgerechnet ungebetener Besuch. »Ja, Sie glauben, wir haben die Hunde erhängt und Frau Pfaffenbichler ermordet, weil wir sie hassen. Ich hass sie aber nicht mal, ich glaube einfach an Gerechtigkeit.« Er nahm einen ordentlichen Zug von seinem nächsten Weißbier. »Wobei mir die letzten Jahre den Glauben an Gerechtigkeit ein wenig schwer gemacht haben. Den Glauben generell.«

»Herr Angerer, Ihre Frau ist da aber etwas offensiver, oder?«, sagte Evi.

Er lächelte. »Sandra war immer schon sehr schnell auf der Palme, sie war immer die, die keiner Konfrontation aus dem Weg gegangen ist. Sie hat für ihr Recht, das Recht überhaupt, gekämpft. Sie hat auch mal an Gerechtigkeit geglaubt. Das ist noch gar nicht so lange her.«

Es lag so viel in diesen schlichten Worten. Recht war nicht Gerechtigkeit, und umgekehrt wurde aus diesen Worten auch kein schönes Paar. In dieser Welt nicht mehr. In Sandra Angerers schon gar nicht.

»Ihre Frau hatte kein sonderlich gutes Verhältnis zu Ihrer verstorbenen Frau Mutter?«, fragte Evi.

»Die beiden waren sich zu ähnlich. Immer mit dem Kopf durch die Wand!« In seinen Worten lag Resignation.

»Ihre Frau mutmaßt, dass Ihre Mutter eigentlich nur sie hatte treffen wollen.« Evi sah in fragend an.

»Ja, das glaubt Sandra. Aber das stimmt so nicht. Anfangs war meine Mutter mit meiner Wahl nicht einverstanden. Sandra war aus Peiting …«

»Ja und?«, unterbrach Evi ihn. »Eine Peitingerin ist ja wohl kaum eine Exotin, oder?«

»Oh doch, Peiting ist sehr weit weg. Peiting ist in den Augen vieler zu proletarisch, meine Mutter hätte da ein Mädchen aus Lechbruck im Auge gehabt. Lechbrucker Prominenz.« Er lachte kurz auf. »Sie hatte durchaus auch mit mir Probleme. Ich habe mich nie angemessen verhalten. Ich arbeite eigentlich in der Geschäftsleitung, aber ab und zu fahre ich selber. So wie die letzten Tage, weil ein Fahrer ausgefallen war. Da waren sich Sandra und meine Mutter sogar sehr einig, dass das für einen Mann in leitender Stellung nicht geht. Nein, meine Mutter mochte Sandra dann doch für ihr zupackendes Wesen. Das mit dem behinderten Enkelkind hat sie aus der Bahn geworfen. Aber sehen Sie, sie litt unter einer beginnenden Demenz, so ernst durfte man das nicht mehr nehmen. Sie hätte uns nicht enterbt. Diese Pfaffenbichlerin hat sie eingewickelt.« Er machte wieder eine Pause. »Ich hätte mich am Ende mehr um meine Mutter kümmern müssen, aber der Job, das Kind, die Zeit rennt ja nur so dahin.«

Sie nahmen alle einen Schluck von ihren Getränken. Ja, die Zeit rannte, galoppierte, war auf der Flucht. Es war schon wieder Weihnachten.

»Herr Angerer, Sie waren also nachweislich nicht da?«, fragte Evi.

»Ja, Sie können gerne in der Firma anrufen. Ich hatte eine Fahrt an die polnische Grenze.«

»Aber Ihre Frau war da?«

»Ja, und die erhängt keine Hunde. Sie hat panische Angst vor Hunden. Wurde als Kind mal sehr böse von einem Schäferhund verletzt. Sie hätte sich nicht mal in die Nähe der Viecher gewagt. War's das dann? Ich würde gerne heimgehen, die Kleine wird gleich wach werden, und ich würde meine Frau gerne entlasten.«

»Ja, danke für Ihre Zeit«, sagte Evi. Sie sahen ihm nach, wie er zum Tresen ging, Geld hinlegte und das Lokal verließ. Die beiden Stammtischbrüder begannen eilfertig ein Gespräch, Gerhard war sich sicher, dass sie die Lauscherchen aufgestellt hatten – groß wie die Schüsseln in Raisting.

»Tja, klingt alles irgendwie logisch, oder?«, sagte Evi.

»Ja, sehr logisch und tragisch und irgendwie sympathisch. Und wir lassen das Gehörte sich erst mal setzen. Jetzt aber auf zur Wies, das soll heute unser vorweihnachtlicher Ausflug zu den Kirchenschönheiten der Umgebung werden. Drei Kirchen am Tag!« Gerhard grinste.

Gerhard fuhr, Evi rief derweil Melanie an, die sich über die drei jungen Herren informiert hatte. Sie bekamen die Adressen und die Botschaft mit auf den Weg, dass auf den

Vater von Luggi, ebenfalls einen Mann mit Namen Ludwig, ein Pick-up zugelassen war. Ein Mazda B50.

»Da schau her!«, rief Gerhard.

Es war schon elf Uhr, als Reiber an diesem Samstag in sein Büro kam. Er hatte im Café Einstein gefrühstückt. Hier »Unter den Linden« war es immer hochinteressant, Leute anzugucken. Wer redete mit wem? Wer grüßte wen? Berliner Prominenz und ein paar Touris bunt gemischt. Reiber orderte wie immer ein Club-Sandwich und nickte dem Besitzer kurz zu. Der, wie die Legende besagte, Kabinettschef bei Honecker gewesen sei.

Als er sein Büro betrat, hatte das Fax schon einige Seiten ausgespuckt. Er fuhr den Computer hoch, eine Mail von »Falentin Feit« besagte, dass er das Wesentliche durchgefaxt habe. Guter Mann, schnell, präzise, und das als Bayer, dachte Reiber. Er sortierte die Blätter, und auf einmal war die ganze Geschichte wieder präsent. Diese Roswitha Maurer hatte im Internet einen dringenden Appell an alle Tierfreunde gelesen, sich als Flugpate zur Verfügung zu stellen. Sie hatten sich damals schlaugemacht: Tiere durften nicht ohne Begleitung transportiert werden – nur wenn ein Passagier bereit war, Flugpate zu sein, durfte ein Tier ausreisen. Die Faxsendung des Kollegen enthielt auch den Aufruf, den sie sich damals aus dem Internet ausgedruckt hatten.

Liebe Tierfreunde!
Tierschutz ist mein Leben! Er kostet Sie keinen Cent;
Sie geben an, wann und mit welcher Maschine Sie flie-

gen. Hund oder Katze sind bereits in der Transportbox und werden von den Tierschützern an den Flughafen gebracht. Das Tier wird in Deutschland direkt am Flughafen von Tierschützern unserer Organisation abgeholt oder gleich von den neuen Besitzern. Sie helfen einer ungewollten Kreatur, die nun eine Chance hat! Natürlich kann man das Elend vor Ort nicht stoppen, aber jedes gerettete Tier ist doch ein Gewinn, liebe Tierfreunde. Und jeder Einzelne kann noch mehr tun, beispielsweise auch, indem er Reiseländer boykottiert und Reiseveranstalter auf Missstände aufmerksam macht. Das hilft durchaus, auch kleine Puzzlesteine ergeben am Ende ein Bild. Ein Wort von Lincoln möchte ich Ihnen mit auf den Weg geben: »Ich bin für die Rechte der Tiere genauso wie für die Menschenrechte. Denn das erst macht den ganzen Menschen aus.«

Kontaktieren Sie uns!
Ihre Silvi de Vries

Eine Adresse folgte, Telefonnummern, eine E-Mail-Adresse – alles von »Sternenhunde – Wir retten Hundeleben«.

Silvi de Vries, er konnte sich noch erinnern. Diesen Namen hatte Roswitha Maurer der Polizei genannt. Mit dieser Dame hatte sie telefoniert, bevor sie sich als Flugpatin zur Verfügung gestellt hatte. An Bulgariens Goldküste war sie gewesen. Als man sie aufhielt mit der Hundebox, war sie aus allen Wolken gefallen. Am Flughafen sollte eigentlich eine Dame aus Bayern stehen, um den Hund abzuholen, mehr hatte Frau Maurer nicht gewusst. Diese Abholerin war allerdings nie aufgetaucht. Sie hatte wahrscheinlich den Tumult mitbekommen und es dann vorgezogen, Hundi im Stich zu lassen. Silvi de Vries hatte sich das alles nicht erklären können, am Ende war die Sache im Sande verlaufen. Sie hatten noch mehrfach Kontakt mit Rumänien und den Niederlanden gehabt, Reiber erinnerte sich an lange Telefonate auf Englisch. Letztlich hatten sie alle aufgegeben, die Beweislage war zu dürftig gewesen. Frau de Vries hatte dementiert, dass eine bayerische Abholerin kommen sollte, sie selbst hatte kommen wollen, habe aber im Stau gesteckt. Frau Maurer habe das falsch verstanden. Roswitha Maurer, eine verhuschte Krankenkassenangestellte aus Ebersberg, hätte alles gesagt, um aus der Sache rauszukommen. Also hatte sie das eben falsch verstanden. Dass die gute Frau Maurer ein Bauernopfer gewesen war, stand außer Frage. *»Jeden Tag steht eine Dumpfbacke auf«* – ja, das war sein Eindruck gewesen. Reiber hatte dann mit anderen Dingen zu tun gehabt und bald darauf München verlassen. Das war nun schon einige Jahre her.

Reiber googelte »Sternenhunde« und gelangte auf eine Homepage in Holländisch, Englisch und Deutsch. Den Aufruf für die Flugpaten gab es immer noch, nun gezeichnet von einer Rina van Menne. Ein Link verwies auf *»unsere liebe Tierschützerfreundin Leanora Pia Pfaffenbichler, die mit ihrem Verein ›Gut Sternthaler‹ großartige Arbeit leistet und mit uns kooperiert«.*

Soso, dachte Reiber und surfte über die Seiten von »Gut Sternthaler«. Entsetzliche Biographien von Hunden, schauerliche »Vorher an der Kette, die ihm am Hals eingewachsen ist«-Bilder und putzige »Nachher bei Familie X im Garten«. Die Anforderungsprofile, an wen solche Hunde abgegeben wurden, waren monströs. Das mussten alles reiche Großgrundbesitzer sein (nur mit eigenem großen Garten) und Leute, die Schutzverträge unterzeichneten, in denen sie quasi alle Persönlichkeitsrechte abtraten. Sollten die nicht einfach froh sein, dass die Viecher versorgt waren?, überlegte Reiber. Reichten Liebe und Spaziergänge im Park nicht aus? Die Leute mit Hunden, die er hier beim Joggen im Tiergarten und am Spreeufer sah, hätten jedenfalls beim »Gut Sternthaler« sicher keinen Hund bekommen.

Reiber nahm mal wieder seine Hände-im-Nacken-Position ein und wippte mit dem Stuhl. Also: Eine passionierte Tierschützerin und Vorsitzende eines holländischen Vereins verschwindet von der Bildfläche, wo Tierschutz doch ihr Leben gewesen war. Eine neue Vorsitzende taucht auf, der bayerische Verein wird ein knappes Jahr nach dem Vorfall am Flughafen gegründet. Was, wenn die Abholerin damals Frau Pfaffenbichler gewesen war? Und was bedeutete das alles für den aktuellen Fall? Alles Zufall? In Berlin und da unten im wilden Süden?

Reiber wählte Gerhards Nummer, natürlich nicht erreichbar, *same procedure as in every case*, Weinzirl war noch nie zu erreichen gewesen. Damals im Allgäu auch nicht. Er spielte kurz mit dem Gedanken, Jo anzurufen, und unterließ es dann doch. Er war noch nicht so weit.

Zehn

»Glaubst du ihr?«, fragte Evi, als sie wieder draußen im Schnee standen.

»Ich glaube ihr, dass sie diese Hunde nicht aufgehängt hat. Ihre Hundephobie ist echt. Aber ob ich glaube, dass sie nicht in Berlin war? Sie hat kein Alibi.«

»Sie hat ein krankes Kind, das wird sie kaum im Stich lassen«, warf Evi ein.

»Aber sie ist so unendlich wütend. Und dabei so entschlossen. Sie ist eine Gerechtigkeitsfanatikerin. Bei Fanatikern brennen gerne mal die Sicherungen durch.«

»Hast du sie deshalb nach dem Dreigestirn Seppi, Beni und Luggi gefragt? Die Jungs erhängen die Hunde, sie ermordet Frau Pfaffenbichler? Denkst du, sie hat die Jungs aufgehetzt?«, fragte Evi mit zweifelnder Stimme.

»Ich denke vor allem, dass wir bei den Jungs auf Angriff setzen sollten. Wir müssen ein bisschen höher pokern. Und wir haben nur eine Chance: einen Überraschungsangriff. Wenn die sich absprechen, haben wir verloren.«

»Seh ich auch so. Aber willst du sie nicht lieber vorladen? Die sind ja noch nicht mal alle volljährig. Der Staatsanwalt …«

»Ja, Evi, der Staatsanwalt ist im Weihnachtsurlaub, wir

haben nicht die Zeit für langwierige Diskussionen. Also auf! Wir fahren erst zu Eicher.«

Gerhard lenkte das Auto zurück nach Steingaden und bog mal wieder am Schild mit den vielen Namen ab. Evi war erschüttert.

»Ist hier menschliches Leben möglich? Das ist ja der totale Arsch der Welt.«

»Hm, aber ein hübscher Arsch. So wie deiner.« Gerhard grinste.

»Depp!« Evi schüttelte missbilligend den Kopf.

Familie Eicher hatte gerade das Mittagessen beendet. Frau Eicher war eine mütterliche Matrone, die älter wirkte als ihr Mann. Der fünfzehnjährige Seppi war ein großer, drahtiger Junge, den man auch auf achtzehn hätte schätzen können. Er kam sehr nach dem zähen, schmalen Vater. Mama und Papa Eicher waren ziemlich alt für einen noch nicht erwachsenen Sohn. Sie wären natürlich nicht zu alt gewesen, wenn sie in großstädtischen Akademikerkreisen gelebt hätten, wo Frauen kurz vor dem Klimakterium schwanger wurden und Männer vor der Familiengründung auf die dritte Million warteten. Hier draußen aber, wo die Mädchen mit zwanzig schon das zweite Kind vom zweiten Vater bekamen, weil sich anscheinend die Entwicklung der Pille noch nicht bis hinter die Wies durchgesprochen hatte, waren die Eichers alte Eltern.

Du wirst auch immer zynischer, dachte Gerhard noch und lehnte erst mal ab, noch etwas zu essen.

»Herr Eicher, wir müssten mit Seppi reden, Sie können gerne dabei sein, zumal Ihr Sohn ja erst fünfzehn ist.«

Frau Eicher räumte ab und verschwand in die Küche. Seppi hatte ein trotziges Gesicht aufgesetzt.

»Seppi, es ist gar nicht gut, dass ihr das kleine Weihnachtsfeschtle verlassen habt. Du, der Beni und der Luggi!«

»Des isch it verboten«, rotzte ihm der Junge hin, der einen brummigen Dialekt sprach. Im Gegensatz zu seinem Vater, der sich zumindest bemühte, angesichts der Staatsmacht hochdeutsch zu sprechen, auch wenn es ihm vor Aufregung nicht ganz gelang.

»Nein, aber wenn man mitten in der Nacht beim Gut war, dann ist das sehr wohl verboten. Wenn man aber *im* Gut war, erst recht. Du hast die Karte von deinem Vater geklaut, stimmt's?«

»Ja, du Leffel, du Rotzleffel ... Stimmt des?« Eicher starrte seinen Sohn an.

Gerhard stoppte Eicher mit einem Blick. »Seppi, was habt ihr im Gut gemacht? Mitten in der Nacht, zwischen zwölf und zwei Uhr?«

»Nix.«

»Aber ihr wart dort?«, fiel Evi nun ein.

Seppi schwieg.

»Ihr wart dort«, sagte Gerhard mit Drohen in der Stimme. Nun musste er pokern. »Man hat euch gesehen. Also?«

Seppi schwieg.

»Seppi, das bringt doch nichts. Wieso sind da überall eure Fußspuren?« Das war natürlich frech, hoffentlich schaute der Eicher-Bub nicht ständig »CSI«, um zu wissen, dass diese Behauptung ohne Vergleichsprobe natürlich totaler Schmarrn war.

Eicher reagierte. »Ja, jetzt red, du Leffel. Bisch du in der Nacht ins Gut?«

Seppi nickte unmerklich, den Blick auf den schrundigen Holztisch gerichtet.

»Ja, Kruzifix, was habts da wollen?«, schimpfte Eicher.

Wieder Schweigen.

»Seppi, ihr habt den Pick-up von Luggis Vater in den Wald gefahren. Das ist nicht gut! Ihr seid über die Mauer. Das ist auch nicht gut. Und dass ihr die Hunde aufgehängt habt, das ist erst recht nicht gut!« Gerhard sah ihn bitterböse an.

Vater und Sohn rissen die Köpfe hoch. Seppi war den Tränen nahe. »Aber des warn mir nicht, des warn mir nicht. Mir sind über koi Mauer, mir sind vorne rum.« Er brach ab, völlig konsterniert.

»Seppi, du gibst also zu, dass ihr drin wart?«, fragte Evi sehr freundlich.

»Ja.«

»Um was zu tun?«

»Mir wolltet mit Sprühflaschen aufsprühen, dass die alte Pfaffenbichler abhauen soll. Aber ...« Nun weinte er.

»Aber was?« Evi sprach leise und legte Seppi die Hand auf den Arm. »Seppi, was ist passiert?«

In dem Moment ging die Tür auf. »Ist der Seppi da?«, polterte eine Stimme. »Mir ...«

Im Türrahmen standen zwei junge Männer, einer drehte auf dem Absatz um und rannte über den Gang. Gerhard reagierte augenblicklich, er packte den anderen am Ärmel und zerrte ihn in die Stube.

»Du bleibst da sitzen! Evi, mach notfalls von deiner Waffe Gebrauch.« Das klang beeindruckend.

Dann spurtete er dem anderen Jungen hinterher, der in einen schwarzen Audi A4 gehechtet war. Oh nein, nicht auch noch das! Eine Verfolgungsjagd durchs winterliche Sibirien. Warum waren diese jungen Kerle nur so unbeherrscht? Und so blöd zu glauben, sie könnten der Polizei entkommen? Gerhard jagte hinterher, der Junge schoss die Straße Richtung Gut hinunter. Er schlingerte, fing den Wagen ab und donnerte über das gewundene Sträßchen, das schon im trockenen Hochsommer eine solche Geschwindigkeit nicht vertrug. Ein idyllischer Moorweiher flog als Zerrbild vorbei, der Junge trudelte nach rechts weg, wo ein zerbeultes Schild, »Resle«, hing. Der Weg führte bergab, dann wieder bergauf, links lagen Höfe, ein Bauer, der im Hof gerade Holz abschnitt, fluchte ihnen hinterher, er hatte einfach wenig Sinn für winterliche Autorennen.

Gerhard knüppelte die Gänge zwischen dem zweiten und dritten Gang hin und her, man mochte ihm ja viel nachsagen, aber Auto fahren im Winter, das konnte er. Der Wagen vor ihm saß mehrfach auf, na, ob das der Ölwanne so gutgetan hatte? Allerdings darauf zu warten, dass das Öl auslief und der Motor deshalb kollabieren würde, das lag weniger in Gerhards Absicht. Der Audi war erneut nach rechts abgebogen, der Weg wurde etwas besser, der Junge gab Gas, zu viel Gas. Denn auf einmal brach das Heck weg, der Wagen stach mit der Schnauze rechts in den Zaun ein, schlingerte nach links, rutschte über eine Art Holzplatz und stoppte mit dem unerfreulichen Geräusch von splitterndem Glas und knirschendem Blech direkt unterhalb einer kleinen Felswand oder eines überdimensionalen Steins, den ein kleines Kreuz zierte. Und auf einmal wusste Gerhard, dass er vor Jahren schon mal hier gewesen war, zusammen mit einem Kumpel aus Trauchgau. Hier gab's ein Waldfest, das Waldfest von Fronreiten, deshalb war ihm der Name irgendwie bekannt vorgekommen. Wo aber im Sommer die Goaßln schnoalzten und der Grill vor sich hin dampfte, stieg heute in der winterlichen Einsamkeit nur der Rauch aus der Kühlerhaube des Audis auf.

Gerhard stieg aus, die Tür des Audis öffnete sich auch. Hoffentlich rannte der dumme Junge jetzt nicht auch noch los, auf einen Dauerlauf hatte Gerhard wahrlich gar keine Lust mehr. Aber der Typ starrte nur sein Auto an und trat dann mit einem herzhaften »Scheiße« gegen den Hinterreifen.

»Der ist im Arsch, würd ich sagen!«, meinte Gerhard. »Luggi, nehm ich mal an. Mein Name ist Gerhard Weinzirl von der Polizei, und eigentlich bin ich gar nicht so übel, dass man wie abgestochen davonrasen muss! Luggi, warum wollten Sie denn so gar nicht mit mir reden?«

»Weil Bullen Ärger bedeuten«, sagte Luggi, den Blick immer noch auf den Schrotthaufen geheftet.

»Ich vergess jetzt mal den ›Bullen‹. Ich vergess auch eventuell unsere kleine winterliche Ausfahrt, wenn Sie jetzt mal brav einsteigen und wir zurück zu Eichers fahren. Wenn nicht, dann hagelt es saftige Anzeigen: Beamtenbeleidigung, gefährliches Verhalten im Straßenverkehr und so weiter und so fort.«

»Und das Auto?«, fragte Luggi.

»Das holen Sie dann später unauffällig ab.« Gerhard schenkte ihm ein Grinsen.

Dieser Luggi seufzte, alle Pein des Verzweifelten im Blick. Sein ganzer Stolz, der Audi, war tot. Mausetot! Wortlos stieg er in Gerhards Auto ein.

»Geht's da geradeaus weiter?«, fragte Gerhard.

Luggi nickte. Sie erreichten Fronreiten, allmählich konnte sich Gerhard wieder orientieren. Als sie wieder in Hiebler bei den Eichers vorfuhren, sagte Luggi: »Und jetzt?« Gerhard spürte, dass dem Jungen der Arsch auf Grundeis ging.

»Jetzt setzen wir uns alle in die Stube, und dann wollen meine Kollegin und ich eine tadellose Geschichte hören, wieso ihr im Gut wart. Aussteigen!«

Evi kam ihm entgegen. Sie grinste. »Die beiden anderen Herren sind in tiefes Schweigen versunken. Aber ich nehm mal an, dass der Herr Rennfahrer da seinen Kumpels klarmachen kann, dass jetzt mal die Klappe aufgeht.«

»Muss a Mordsweib wie du ausgerechnet zur Bullerei?«, fragte Luggi, der eher resigniert als beeindruckt wirkte. Wahrscheinlich beeindruckte ihn generell wenig, er war schon aufgrund seiner Erscheinung der Typ Alphatier. Groß, sehr kräftig, ohne fett zu sein, mit gewaltigen Oberarmen. Er war rotblond, sein Gesicht war eher rund als kantig, er hatte rote Backen und graublaue Augen, aus denen eigentlich eher was Gemütliches sprach. Er war so eine Marke: schnell auf hundertachtzig, aber auch schnell wieder runtergekühlt. Anscheinend befand er sich in der Abkühlungsphase.

Evi sah ihn an. »Für ›Germany's Next Topmodel‹ bin ich zu alt. Aber danke fürs Kompliment!«

Auch Eicher war vor die Tür getreten. »Mei, i versteh das alles it. I …« Er war völlig aus dem Konzept. Das alles hier passte überhaupt nicht in seine Welt. Er war ehrlich betroffen.

»Des wert scho, Herr Eicher. Des wert scho. Bringen Sie uns doch mal ein Bier. Dene Deppen da auch.« Gerhard wies auf die Jungs und klopfte Eicher jovial auf die Schulter.

»Und die hübsche Dame?«, fragte Eicher.

»Ein Wasser wär fein, darf auch aus der Leitung sein«, meinte Evi und ließ Luggi und Gerhard den Vortritt in die Stube. Als sie reinkamen, flüsterten Beni und Seppi miteinander. Angesichts von Luggi hellten sich ihre Mienen auf. Das war der Chef, ganz klar, und der musste es jetzt richten.

Gerhard schaute sich die Jungs der Reihe nach an. Den hageren Seppi, der immer noch den Blick auf die Tischkante gerichtet hatte. Dann Benedikt oder Beni, der Beschreibung von Herz nach »ein hübscher Junge«. Das traf es aber nur unzureichend. Wenn Brad Pitt einen kleinen Bruder hätte, dann würde er wohl aussehen wie dieser Beni. Gerhard sah ja wenige Filme, aber »Rendezvous mit Joe Black« hatte er gesehen, irgendwann als hundertste Wiederholung in einer schlaflosen Nacht. Der Junge sah aus wie Pretty Brady in diesem Film, nur war er etwas größer und hatte lockigeres braunes Haar.

Eicher hatte Bier auf den Tisch gestellt, die Jungs waren unsicher, ob sie zugreifen durften. Evi würde ihn hinterher wieder rügen und ihm böse Vorhaltungen machen, dass man so keine polizeiliche Befragung durchzuführen hatte. Dass Bier generell ein Teufelszeug … na ja, die ganze Leier eben. Sie hatte natürlich recht, aber mit der Beherrschung des Regelwerks kam man in Gegenden wie dieser nicht weiter.

»So, Beni und Luggi. Euer Freund Seppi hat uns gerade erzählt, dass ihr in der Nacht auf dem Gut wart, angeblich, um Parolen aufzusprühen. Was ich bloß nicht versteh: Seppi sagt, ihr wärt vorne rum, aber woher kam denn dann der Pick-up mit den Galgen, an denen die armen Hunde hingen? Du lernst doch Zimmerer, Beni. Ist da Galgenbau auch mit dabei?«

Beni starrte Gerhard an. Dann Seppi. Dann Luggi.

»Waren das zu viele Fragen auf einmal für dich? Also, warum wart ihr auf dem Gut? Wer hat den Pick-up gefahren? Luggis Vater hat doch einen.« Gerhard sah von einem zum anderen.

»Ach Scheiße!«, stöhnte Beni.

»Ja, Scheiße. Genau, Beni. Sehr gut erkannt. Eine ziemliche Scheiße, in der ihr da steckt! Hunde erhängen ist kein witziger Joke, um der alten Pfaffenbichlerin mal eins auszuwischen.«

»Des warn mir it«, sagte Seppi.

»Aha, und wer war es dann?«, fragte Gerhard. »Beni, ich warne dich. Ich glaube kaum, dass ein Lehrherr einen Vorbestraften ausbilden will.« Evi trat ihm unter dem Tisch auf den Fuß. Okay, das war gemein, aber wirksam.

»Die anderen. Die Männer mit den Masken!« Luggi hatte

sich eingeschaltet. Er wirkte relativ gelassen. Im Gegensatz zu Beni, der recht nah am Wasser gebaut hatte.

»Was kommt denn jetzt für eine Räuberpistole? Der Mann mit der Maske, oder was? He, Jungs, das ist kein Videospiel!«, polterte Gerhard.

Eicher hatte die ganze Zeit geschwiegen. »Es Saukrippl, jetzt reds endlich!«, rief er.

Evi lächelte die Jungs an. »Es wäre wirklich an der Zeit, dass ihr mal mit der Wahrheit rausrückt. So schlimm kann's doch gar nicht sein.«

Die Große-Schwester-Nummer, Gerhard musste in sich hineingrinsen und maulte hinterher: »Also, wird's bald?«

Seppi atmete tief durch, warf seinem Vater einen Blick zu und begann: »Also i hob die Türschlosskarte gnomma …«

»Ja, du Leffel, du …«, rief Eicher.

»Lassen Sie es gut sein, Herr Eicher«, sagte Evi. »Also, Seppi, weiter!«

»Mir wolltet in der Nacht da nei und wolltet mit Sprühflascha des Haus asprüha. Dass sie wegsoll, dass mir it wollet, dass dia Hund überall rumscheißen, dass des ganze Schauspielervolk do wegsoll.«

»Und ihr seid durch den Vordereingang?«, vergewisserte sich Evi.

»Ja, wenn ma sofort nach dem Tor nach rechts abbiagt und ganz dicht an der Wand entlanggoht, dann kummt ma an dene Kameras vorbei«, erklärte Seppi.

Eicher gab eine Art japsendes Geräusch von sich, Evi hob beschwichtigend die Hand. »Gut, Seppi, und dann?«

»Mir sind da a Stück an der Mauer entlang, und dann hamm mir bei dene Hund Lichter gsehen. Taschenlampen und so.«

»Ja genau«, sagte Luggi.

»Ja, und weiter, Himmel nochmals!«

»Da waren drei Männer mit Masken.« Luggi klang jetzt zum ersten Mal nicht mehr so souverän. »Die haben Galgen aufgestellt. Wir haben erst gar nicht kapiert, was die da wollen.« Luggi schluckte schwer.

Gerhard und Evi sagten nichts, Eicher bekreuzigte sich fast unmerklich in Richtung des Kruzifixes, das im Herrgottswinkel hing.

Luggi fuhr fort: »Sie haben die Hunde genommen und an die Galgen gehängt.«

»Luggi.« Evi lächelte ihn aufmunternd an. »Du sagst ›genommen‹?«

»Ja, die müssen entweder schon tot gewesen sein oder betäubt oder so.«

»Okay, und dann?«, fragte Evi.

»Dann haben die Fotos gemacht, man hat auf jeden Fall Blitzlicht gesehen, und dann sind die über die Mauer. Man hat ein Auto gehört, einen schweren Diesel, würd ich sagen«, meinte Luggi. Klar, mit Autos kannte er sich aus.

»Und ihr?«

»Wir haben ein bisschen gewartet und sind dann ganz schnell raus«, flüsterte Beni.

Gerhard nahm einen großen Schluck Bier. »Mir stellen sich da jetzt einige Fragen. Erstens: Es wurden doch nicht alle Hunde aufgehängt, haben die anderen nicht gebellt?«

Seppi sah ihn überrascht an. »Na, des stimmt. Es war total still.«

»Gut, zweitens: Wo sind die Sprühflaschen?«

»Die haben wir wieder mit. Die liegen in meinem Auto«, sagte Luggi.

»Drittens: Wieso habt ihr das niemandem erzählt?«

»Weil wir total geschockt waren. Die sahn so übel aus, diese Hunde, ich mein …« Beni hatte begonnen, leise zu weinen.

»Ja, die Pfaffenbichlerin ist eine dumme Sau«, mischte sich Luggi wieder ein, »und es ist der totale Scheiß, aus dem Ausland Hunde zu holen. Da hocken genug in den Tierheimen hier. Aber so was zu machen, so was …« Er brach ab.

»Habt ihr denn jemanden erkannt?«, fragte Gerhard.

»Nein, es war ja dunkel, und die hatten Mützen mit Löchern auf«, sagte Luggi.

»Irgendwas Auffälliges an der Statur, ein Hinken oder so?«

Kopfschütteln.

»Größe?«

»Na ja, die waret weder bsonders groß no bsonders kloi«, meinte Seppi schließlich.

»Ihr seid dann zurück auf das Fest und habt weitergefeiert?«, fragte Evi.

»Feiern war des it, wir, wir … I träum von dene Hund.« Seppi klang zutiefst verstört.

Seine Worte füllten den Raum aus, Eicher bekreuzigte sich nochmals. Gerhard war geneigt, die Geschichte zu glauben, so abenteuerlich sie auch war.

»Was habt ihr denn für Schuhgrößen?«, fragte Evi.

»Siebenundvierzig«, meinte Luggi. »Fünfundvierzig«, kam von Beni und Seppi unisono.

»Gut.« Gerhard atmete tief durch. »Ich sag euch jetzt mal, wie das weitergeht: Ihr müsst eure Aussagen am Montag in Weilheim zu Protokoll geben. Ihr werdet eure Eltern informieren müssen. Ich sehe von einer Anzeige wegen Einbruchs und Behinderung einer polizeilichen Untersuchung ab, wenn das reibungslos klappt. Wir müssen Abdrücke vom Pick-up nehmen, um wirklich sicherzugehen.« Alle drei nickten eilfertig, sogar der coole Luggi war ganz zahm. »Gut, dann raus, alle drei!«

Die drei Jungs standen linkisch auf, und im Rausgehen sagte Luggi doch tatsächlich: »Danke.«

Eicher wirkte gebrochen. »I glaub des it!«, stammelte er. »Dass die Burschen so was vorhatten.«

»Herr Eicher, wenn diese ganze Geschichte stimmt, dann war das den dreien womöglich eine Warnung. Wenn sie stimmt, stell ich mir das so vor: Diese unbekannten Männer fahren durch den Wald an die Mauer, diese Galgen aufgeladen. Sie werfen den Hunden wahrscheinlich Fressen hin, das mit einem Betäubungsmittel versetzt ist. Sie hängen die leblosen Tiere auf, machen Fotos und verschwinden. Die Burschen haben das beobachtet, in der Nacht waren also sechs Männer auf dem Grund des Gutes. Da ging es ja zu wie im Taubenschlag. Aber die einen drei wussten nichts von den anderen!«

Gottlob wussten sie nichts, dachte Gerhard. Denn wer bereit war, Hunde zu erhängen, hätte für Augenzeugen sicherlich auch nette Schweigehilfen parat gehabt. Wenn das alles so abgelaufen war, dann musste man davon ausgehen, dass alle Hunde betäubt worden waren, aber nicht alle erhängt. Verdammt, dachte Gerhard und wandte sich an Eicher. Es half ja nichts.

»Herr Eicher, ich weiß nicht, ob ich Ihnen das zumuten kann: Aber Sie müssten uns einen der Hunde wieder ausgraben.« Er erklärte Eicher seine Annahme und dass er gerne nachweisen würde, was für eine Art Betäubungsmittel das gewesen war.

Eicher musste das alles erst mal erfassen und nickte dann. »Wenn's hilft.«

Tja, das war die Frage, aber sie mussten nach jedem Strohhalm greifen. »Ich schick Ihnen jemanden, der den toten Hund abholt. Herr Eicher, ich danke Ihnen. Und bitte kommen Sie am Montag mit dem Seppi.«

Sie erhoben sich, hörten ein Scharren hinter der Küchentür. Sie wussten, dass Frau Eicher die ganze Zeit gelauscht hatte, aber es nie gewagt hätte reinzukommen. *It's a man's world*, dachte Gerhard. Hier draußen ganz bestimmt.

Als sie vom Hof fuhren, ächzte Evi: »Du lieber Himmel, was ist das denn für eine krude Geschichte?«

»Tja, Jagdszenen aus Oberbayern. Wer früher stirbt, gibt uns länger Rätsel auf. Ich denke auch gleich wieder darüber nach, ich mach nur noch kurz einen Abstecher.« Gerhard fuhr nach Fronreiten und bis zum Wrack von Luggi.

»Der hat den Wagen aber sauber abgeschossen! Weinzirl, du solltest die Landjugend nicht immer so gemein vor dir hertreiben.« Evi lächelte. »Und was machen wir hier?«

Gerhard winkte Evi zu sich heran. Öffnete Luggis Blechhaufen. Auf der Rückbank lagen drei Sprühflaschen: neongrün, orange und kornblumenblau. »Na, in dem Punkt stimmt die Story schon mal!«

»Können wir dann bitte zurück in die Zivilisation? Ich brauch jetzt einen schönen Tee und ein Stück Kuchen. Nervennahrung!«

Im Gegensatz zu ihm hatte Evi noch gar nichts gegessen, und so steuerte Gerhard wieder nach Steingaden, was Evi aber immer noch nicht urban genug war. Also fuhren sie nach Weilheim, wo der samstägliche Einkaufswahnsinn seinen furiosen Höhepunkt erreicht hatte. Sie kämpften sich durch die tütenbepackten Menschen, landeten schließlich im Krönner, und Evi bekam eine Linzer Torte und einen Früchtetee. Gerhard orderte einen doppelten Espresso und gleich noch einen. Wach zu sein war nie von Nachteil.

Es war Evi, die als Erste sprach. »Also gut: Wir haben drei Jungs, die eine ungeliebte Tierschützerin los sein wollen. Ihre geplante Sprayer-Attacke scheitert daran, dass sie gestört werden. Sie werden Zeuge eines ganz üblen Massakers an den ebenfalls ungeliebten Hunden. Ich nehm das den Jungs eigentlich schon ab, dass sie das erschüttert hat. Okay: Wer waren dann die anderen drei Männer, und wie passt Sandra Angerer da ins Bild?«

»Vielleicht hat sie die Männer aufgehetzt, bezahlt, was weiß denn ich. Sie hasst Hunde und sie hasste Frau Pfaffenbichler«, meinte Gerhard.

Sie konnten momentan wenig unternehmen, es war einfach in mehrfacher Hinsicht unpassend, dass in zwei Tagen

Weihnachten sein sollte. Evi fuhr ihn nach Hause, und er beschloss, seine Wohnung ein wenig zu putzen. Auch mal die Spülmaschine in Gang zu setzen. Die verklebten Teller lebten ja schon fast. Er schlief wie immer vor dem Fernseher ein, erwachte mit Kreuzweh. Tja, das Alter: Wenn dir in der Frühe nichts mehr wehtut, bist du tot, oder so ähnlich.

Elf

Eigentlich hasste Gerhard Sonntage. Öde Tage, an denen alles in Agonie versank. Wo man lange schlief, fettes Essen mit der Familie einnahm, dann dünnen Kaffee und schließlich kinderwagenschiebend auf dem immer gleichen Spazierweg endete und irgendwie bis zum »Tatort« über den Nachmittag kam. Sonntage waren biestige Tage, man durfte weder Rasen mähen noch das Auto waschen. Nun konnte Gerhard zum Ersten schon mal gar nicht lange schlafen, er war meist um sechs wach, ob er wollte oder nicht. Gegen fettes Essen hätte er nichts einzuwenden gehabt, allein es mangelte an Familie. Er fuhr so selten ins Allgäu, und wenn er sich mal zu einem Besuch durchrang, ließ seine Mutter meist verlauten, dass sie nun gerade eben auf dem Sprung nach Mexiko, Nepal oder zumindest Ligurien seien – zum Wandern. Er gönnte ihnen den aktiven Ruhestand von Herzen. Beim Thema Kinderwagen war er auch raus, Rasen mähte er nicht mal samstags, und sein Auto hatte er zum letzten Mal in einer Zeit gewaschen, die außerhalb seines Erinnerungsrahmens lag.

Gerhard seufzte, er sollte sich wirklich ein Hobby zulegen. Bis ihm ein Interessengebiet einfiel, braute er sich einen Kaffee und ging anschließend joggen. Fadensonnen hatten sich durch die dünne, hohe Wolkendecke gearbeitet. Die Wiesen waren noch viel zu grün, vor allem wenn man bedachte, dass morgen Weihnachten sein sollte.

Die Stunde draußen hatte ihm gutgetan, er nahm eine Dusche, nahm sich mehr Zeit zum Rasieren als sonst und genoss den Luxus, eine Herrengesichtscreme aufzutragen. Die hatte ihm Jo geschenkt, nicht ohne blöden Spruch natürlich. Jos Anruf vorhin hatte er ignoriert, er hatte einfach gar keine Lust auf Fragensalven. Weil ihm immer noch kein Hobby eingefallen war, er keinen Christbaum zu schmücken hatte und keine Geschenke zu verpacken, beschloss er ins Büro zu fahren. Einen Vorteil hatten Sonntage: Kein Schwein ruft dich an, keine Sau wirft Türen zu oder lamentiert im Gang rum.

Gerhard las sich Reibers Berichte und die Ergebnisse der Spusi nochmals durch und beschloss, die Videos der Überwachungskameras in der Bayerischen Vertretung anzusehen. Er wusste selbst nicht so genau, was er sich davon versprach, aber mit einem Seufzen begann er seine Sonntagsmatinee.

Tja, da waren eben Leute zu sehen. In Gängen, vor Zimmern, vor dem Gebäude. Menschen jeden Alters und jeder Hautfarbe, Männlein und Weiblein. Schiache und hübsche. Wozu machte er das eigentlich? Doch plötzlich blieb sein Blick an einem Gesicht hängen. Es war undeutlich zu sehen, eine dicke Mütze in Orange verbarg die Haare. Die Person war zudem durch eine andere verdeckt. Aber doch, irgendwie! Gerhard tippte etwas halbscharig auf der Tastatur umher. Wie konnte man das jetzt was vergrößern? Verdammte hinterlistige Maschinen, Werke des Elektronikteufels! Er griff zum Telefon.

»Evilein, was machst du gerade, meine Beste?«

»In der Nase bohren, warum?«

»Könntest du dich ins Büro aufmachen? Ich brauche Hilfe. Deine kundige Hilfe.«

»Der Einschaltknopf am PC ist links hinten, wenn es das ist!«, lachte Evi.

»Nein, über dieses Stadium bin ich bravourös hinaus. Ich habe sogar eine DVD eingelegt. Aber nun …«

»Ich bin unterwegs. Mach mir 'nen Tee – solange.«

»Jawohl, Gnädigste.«

Als Evi eintraf, hatte Gerhard ihr wirklich einen Tee ihrer Spezialmischung gebraut, und zwar mit dem Tee-Ei und nicht mit dem Supermarktbeutel.

Evi setzte sich umgehend an den PC. »Die Überwachungsvideos aus Berlin?«

Gerhard nickte. »Diese Person hätt ich gerne größer!« Er tippte mit dem Finger auf den Bildschirm.

Evi runzelte die Stirn. »Mensch, meinst du wirklich?«

»Größer!«

Evis schlanke Finger glitten über die Tastatur. Und da war das Bild. Nicht ganz scharf, die Person sah auch nicht direkt in die Kamera. Die Mütze hatte sie relativ weit ins Gesicht gezogen, aber es waren die Augen. Es war die Blässe, die Wangenknochen.

»Das ist ja ein Ding!«, rief Evi.

»Allerdings, da wird uns Sandra Angerer aber eine sehr gute Geschichte erzählen müssen«, grummelte Gerhard.

»Verdammt, mit welcher Kälte hat die uns angelogen!« Evi war immer noch fassungslos.

»Mit der Kälte der Verbitterung. Mit der Kälte eines Menschen, der nichts mehr zu verlieren hat«, sagte Gerhard. »Ich wusste, dass mit der Dame was nicht stimmt.« Obwohl ich mir gewünscht hätte, es sähe anders aus, fügte er im Geiste hinzu. Manchmal machte es keinen Spaß, recht zu haben.

In dem Moment ging Evis Handy. »Herr Reiber, das ist ja eine Überraschung. Ach so, Sie haben meine Nummer rausgefunden. Ja, der Weinzirl geht selten an seins. Wahrscheinlich hat er es auch gar nicht an.«

Die beiden plänkelten eine Weile hin und her, während Gerhard sein Handy zückte. Es war tatsächlich ausgeschaltet. Evi reichte ihm ihr Telefon.

»Reiber, das ist ja sozusagen Gedankenübertragung, ich wollte Sie auch eben anrufen. Wir haben gerade einen Durchbruch erzielt. Ich denke, wir haben Ihre Mörderin.« Gerhard fasste kurz zusammen: die Motive der Sandra Angerer, ihre Lügen, die Tatsache, dass er und Evi sie eindeutig auf dem Foto identifiziert hatten. »Wir fahren gleich noch mal raus. Kommen Sie denn runter zu uns, Reiber?«

Gerhard hörte eine Weile zu. Reiber beglückwünschte ihn zu seinen guten Augen, und Gerhard nahm das jetzt mal nicht als Ironie. Reiber wollte kommen, und zwar so schnell wie möglich, ob sie mit dem Verhör auf ihn warten könnten? Jetzt war es elf. Mit einem schnellen Wagen konnte Reiber gegen fünf da sein. Also bitte, warum nicht? Dann kam Reiber zum eigentlichen Grund seines Anrufs.

Er erzählte Gerhard, was das Stöbern in der Historie von »Sternenhunde« und »Gut Sternthaler« so ans Tageslicht gebracht hatte. Dass er damals in München dabei gewesen war, als diese Flugpatin des Drogenschmuggels überführt worden war.

»Ja, schön, Reiber, das spricht nicht gerade für saubere Methoden bei holländischen Tierschutzdamen, aber Sie haben keinen Anhaltspunkt, dass Frau Pfaffenbichler etwas damit zu tun hatte. Und selbst wenn, mir erschließt sich da kein Zusammenhang mit dem aktuellen Fall. Jetzt sausen Sie mal südwärts, und dann sehen wir schon. Rufen Sie an, wenn Sie am Autobahnende bei Seeg sind, wir treffen uns direkt in Urspring! Wahrscheinlich sind Sie eher dort als wir, wenn wir zeitgleich in Weilheim losfahren. Urspring ist Lichtjahre von Weilheim entfernt. Servus, Reiber.«

Als er aufgelegt hatte, fiel Gerhard auf, dass Reiber am 23. Dezember über Deutschlands Autobahnen rasen würde. Hatte der auch keine Familie?

»Reiber kommt!«, sagte er zu Evi.

»Wann?«

»Jetzt, also ich meine, nachher«, sagte Gerhard.

»Heute? Am 23. Dezember?« Evi wirkte etwas konsterniert.

»Ja, Evilein, auch wir sitzen am 23. Dezember im Büro. Warst du nicht eben erst im Neandertal und wirst nun Weihnachten einsam vor einer ebenso einsamen Kerze sitzen?«

»Erstens, Weinzirl: Der Joke ist allmählich wirklich überholt: NEA heißt Neustadt/Aisch. Zweitens: Meine Schwester lebt in Vancouver, und meine Eltern fliegen hin. Was also sollte ich in NEA? Drittens: Ich werde überhaupt nicht einsam sein: Ich gehe zu Jos Christmas-Party. Auf die du übrigens auch eingeladen bist. Viertens fahre ich jetzt kurz heim, zieh mich um, ess was und treff dich um vier wieder hier. Dann können wir ja gemeinsam warten: wenn schon nicht aufs Christkind, dann eben auf Reibers Anruf.«

Und weg war sie, ebenso schnell, wie sie gekommen war. Gerhard sah ihr nach. Evi – das Leben immer im Griff. Natürlich, die Party! Jo und Kassandra hatten geladen zu einer Festivität für all die Heimatlosen. Fondue für alle, Wein in Strömen, ein furchtbar bunter Weihnachtsbaum, Leute, die sich teils gar nicht kannten. Jo liebte solche zusammengewürfelten Menschencocktails, und so krude die Mischung oft auch war, Jos Partys waren Legenden. »Legenden der Leidenschaft«, Legenden der Trinkeslust. Eigentlich hatte er da nicht hingehen wollen, wegen Kassandra, weil er nämlich befürchtete, dass die ihren Notarzt mitbrachte. Ihre letzte Eroberung, ein furchtbar netter Typ – zu allem Unglück. Und dann würde ja auch Reiber da sein. Der würde ja wohl kaum heute Nacht noch heimfahren? Andererseits war Reiber ein Mann, der wahrscheinlich mit drei Stunden Schlaf auskam, am Morgen perfekt aussah und bereits glasklar denken konnte. Womöglich hatte Reiber ja doch Familie? Wahrscheinlich sogar eine perfekte Frau und Kinder, die jetzt im Vorschulalter schon einen Platz in Yale hatten. Oder Harvard. Er wurde zynisch, daran bestand kaum noch Zweifel, aber das lag an diesem bescheuerten Weihnachten.

Gerhard wandte sich einem Haufen unsortierter Papiere

zu. Büroarbeit, genau das Richtige, um in Weihnachtsstimmung zu kommen. Aber man sollte ja im alten Jahr noch die Altlasten abarbeiten. Man sollte die Dinge fertig machen. Gerhard beschloss, eine Tüte Chips fertig zu essen und die letzte Flasche Dachs im Kasten zu leeren. Eine schöne Philosophie!

Punkt vier war Evi wieder da und widmete sich ihrem PC. Um Viertel nach fünf rief Reiber an. Er war in Seeg und würde am Ortseingang warten, falls er zuerst da sei. Es war genau Viertel vor sechs, als Gerhard und Evi Urspring erreichten. Ein schwarzer Benz mit Berliner Kennzeichen stand seitlich an der Ortszufahrt. Evi war gefahren und ließ ihren Wagen hinter dem Berliner ausrollen. Sie stiegen alle ziemlich synchron aus, Reiber kam ihnen mit einem offenen Lächeln entgegen. Gerhard warf sekundenschnell einen Blick auf Evi, sie konnte die Überraschung nicht verbergen. Dieser ehemals schnieke, arrogante Reiber hatte so an Ausstrahlung gewonnen, dass schon der erste Blick genügte. Das musste die Zeit der Filmgrößen-Kopien sein. Gestern Brad Pitt in jünger, heute Clooney im Clooney-Alter.

Reiber schüttelte ihnen beiden die Hand, selbst sein Händedruck war fester geworden.

»Sie haben ganz schön viel Schnee hier!«

»Und Sie haben diesmal Winterreifen?«, fragte Gerhard. Das war ihm so rausgerutscht, ein blöder Lapsus und wirklich unpassend. Bei ihrem ersten Zusammentreffen war Reiber nämlich mit einem tiefergelegten BMW erst mal in einer Schneewechte versackt.

»Ich lerne dazu, Herr Weinzirl.« Er lachte ihn offen an, kein Anzeichen von Pikiertheit. »Gut, dann mal in medias res. Erzählen Sie mir von den Angerers.«

Na, da blitzte doch etwas vom alten Reiber durch. Ein Fremdwort zur rechten Zeit. Gerhard riss sich zusammen und berichtete kurz und sachlich.

»Ja, liebe Kollegen, da ist die Dame wirklich in Erklärungsnot. Fragen wir sie als Zeugin oder als Mordverdächtige?«, fragte Reiber.

»Als Beschuldigte, oder?«

»Na dann!«, meinte Reiber.

Es war kurz vor sechs, als sie bei Angerers läuteten. Herr Angerer öffnete. »Sie schon wieder?«

»Wir müssten Ihre Frau sprechen. Können wir reinkommen? Das ist Volker Reiber, der Kollege aus Berlin«, sagte Evi.

»Guten Tag«, sagte Reiber.

»Wieso Berlin? Was hab ich mit Berlin zu tun?« Angerer schaute missmutig und misstrauisch vom einen zum anderen.

»Das, Herr Angerer, sollte Ihnen vielleicht besser Ihre Frau sagen. Es sei denn, Sie wissen Bescheid!« Gerhards Ton war alles andere als freundlich.

Angerer musste schon ein sehr guter Schauspieler sein, dachte Gerhard, und er schätzte Sandra Angerer auch eher so ein, als hätte sie den Berlintrip als Egotrip geplant und die Abwesenheit ihres Mannes ausgenutzt.

Angerer machte eine fahrige Handbewegung in Richtung Wohnzimmer. Sandra Angerer war gerade dabei, das Kind mit Joghurt mit Bananenstückchen zu füttern. Es war schwer zu sagen, wie alt das Mädchen war, das Downsyndrom war klar erkennbar. Das Mädchen hatte engelsgleiche Löckchen und lachte gerade. Als sie eintraten, begann das Kind zu weinen.

»Das haben Sie ja prima hingekriegt!«, sagte Sandra Angerer. Ihr Ton war eisig, aber sie blieb ganz leise, um das Kind nicht weiter zu beunruhigen.

»Frau Angerer, mein Name ist Volker Reiber, ich ermittle im Mordfall Pfaffenbichler in Berlin. Sie sind beschuldigt, Frau Pfaffenbichler umgebracht zu haben. Ich darf Ihnen die Rechtsbelehrung kurz vortragen.«

Gerhard ahnte, warum Reiber so gestelzt sprach und so hochoffizielle Worte verwendete. Er ging davon aus, dass Sandra Angerer sowieso nichts sagen würde.

Reiber fuhr fort: »Ich sage Ihnen auch gleich, warum wir Sie beschuldigen. Sie haben meine Kollegen angelogen. Sie waren sehr wohl in Berlin. Das können wir beweisen. Sie waren zum Mordzeitpunkt akkurat genau in Berlin!«

Von Arthur Angerer kam ein Schrei. »Sandra!?« Darin lag so viel Verzweiflung, viel mehr, als nur diese Eröffnung in ihm ausgelöst haben konnte. In diesem Schrei lagen Jahre des Unverständnisses für seine Frau, sosehr sie ihn auch liebte und sosehr er zu ihr hielt.

Sandra Angerer sah reglos vor sich hin. Dann blickte sie auf. Das Kind hatte aufgehört zu weinen und starrte sie auf eine Weise an, die Gerhard fast dazu veranlasst hätte wegzusehen.

»Ich mach nur Angaben zur Person. Keine zur Sache. Ohne Anwalt sage ich gar nichts«, stieß sie aus.

»Das ist Ihr gutes Recht, Frau Angerer. Informieren Sie Ihren Anwalt. Wir laden Sie für morgen früh vor, zehn Uhr in Weilheim.« Gerhard nannte die Adresse.

»Was? Sie können meine Frau doch nicht am 23. so überfallen. Morgen ist Weihnachten. Und wo soll sie bitte morgen einen Anwalt hernehmen?« Angerer war total von der Rolle.

»Herr Angerer, ich kann mir auch einen Haftbefehl besorgen. Verbrechen haben Vorrang, sogar vor der Heiligen Nacht und dem lieben Jesuskind.« Gerhard hatte die Augenbrauen hochgezogen und starrte Angerer an. Das war Show, denn der Staatsanwalt hätte ihm einen Haftbefehl nie unterzeichnet. Das reichte einfach nicht.

»Gut«, meinte Reiber. »Morgen zehn Uhr. Wir finden allein raus.«

Als sie draußen standen, machte Evi: »Puh! Bei denen möchte ich jetzt Mäuschen sein. Der hat echt nichts gewusst, oder?«

»Nein, ich denke, nicht«, meinte Gerhard.

Reiber hatte die Lippen gekräuselt. »Interessante Frau. Sehr entschlossen. Ich hab noch drauf gewartet, dass sie sich auf Artikel drei der Menschenrechtskonvention beruft. Sie hat juristisches Wissen. Sie war auf uns vorbereitet. Harter Brocken, die Dame.«

Gerhard sah Reiber ganz kurz von der Seite an. Er teilte Gerhards Einschätzung, hatte das binnen zehn Minuten erfasst. Reiber war schon ein sehr guter Mann.

»Und nun?«, fragte Evi.

»Nun warten wir den morgigen Tag ab«, sagte Gerhard.

»Und wenn sie gar nicht kommt?« Evi war irgendwie aufgebracht.

»Evi-Maus, mehr Optimismus«, und zu Reiber gewandt: »Heit isch heit und morga isch morga.« Er lächelte dabei.

Reiber grinste zurück. »Ja, und heit hob i Hunger!« Das war zwar nicht ganz astreines Allgäuerisch, aber Gerhard war nahe daran, den alten, einst so verhassten Kollegen zu mögen.

»Oh nein, nicht schon wieder ein Mann mit Hunger!«, stöhnte Evi.

»Doch.« Reiber versuchte ein Bäuchlein herauszustrecken, was ihm bei seinem durchtrainierten Körper kaum gelang. »Ich hab schon ein Hungerödem!«

»Ein vernünftiger Mann! Was essen wir?«, fragte Gerhard.

»Halbe Sau mit Semmel?«, antwortete Reiber.

»Bloß nicht schon wieder so was Bayerisches!« Evi schüttelte sich. »Dann wenigstens zu Toni, da kann ich 'nen Bauernsalat essen.«

»Da kommt der Mann aus Berlin und soll zum Griechen! Gönn ihm doch was Bayerisches!« Gerhard schüttelte den Kopf.

»Grieche ist schon okay, ich ess in Berlin nie griechisch. Wo ist der?«

»In Peißenberg«, sagte Evi.

»Gibt's da auch ein Hotel, wo ich mein Haupt später betten kann?«, fragte Reiber.

»Na ja, Hotel … ›Die Post‹ oder ›Die Sonne‹«, sagte Evi.

»Muss kein Hilton sein, Bett genügt. Ich kann ja kurz einchecken und komm dann zu diesem Toni?«

»Perfekt.« Evi überlegte kurz. »Wir müssen Jo anrufen, das ist doch mal 'ne Überraschung, dass Herr Reiber hier ist. Wo Sie sich doch in Berlin schon getroffen haben.«

»Na, ich weiß nicht.« Gerhard verzog das Gesicht.

»Ich teile die Bedenken. Aber wenn wir Frau Kennerknecht von Anfang an klarmachen, dass wir nicht über Ermittlungsergebnisse reden, dann wird's schon gehen. Und bedenken Sie, Weinzirl, was los ist, wenn sie mitbekommt, dass wir drei hier gegessen haben – ohne sie!« Reiber lachte.

Er hatte das so lässig dahingesagt, und doch war Gerhard irgendwie alarmiert. »Ja gut, von mir aus ruf an, Evi.«

»Wir könnten sie doch gleich mitnehmen. Sie wohnt ja fast auf dem Weg«, meinte Evi.

»Und wie kommt sie dann heim?«, fragte Gerhard.

»Ich kann sie doch fahren«, sagte Evi.

»Oder ich, ich trinke auch keinen Alkohol«, sagte Reiber.

Gerhard sparte es sich zu sagen, dass es ziemlich schwachsinnig wäre, von Toni erst nach Echelsbach zu fahren, wenn man ein Bett in der »Post« oder der »Sonne« hatte – in fußläufiger Entfernung! Es sei denn, man würde gerne fahren. Es sei denn, man wollte fahren und einer Einladung zum Kaffee folgen. Vielleicht fand Gerhard Reiber doch nicht so sympathisch.

»Machen Sie doch, wie Sie wollen«, sagte Reiber fröhlich. »Ich such mir ein Zimmer, habe ein paar Telefonate zu erledigen, und wir treffen uns dann um halb acht bei diesem Toni?«

Er wartete die Antwort erst gar nicht ab. Stieg ein, wendete und fuhr davon. Er tippte eine Nummer.

Jo hörte die Pippi-Langstrumpf-Melodie gerade noch. Sie war dabei gewesen, Getränkekisten zu schleppen, schließlich sollte ja morgen Weihnachten für Erwachsene steigen. Leicht genervt und außer Atem ging sie dran.

»Kennerknecht!«

»Schöne Frau, Sie klingen aber unwirsch!« Reiber lachte.

Jos Herz raste plötzlich, und das war nicht das direkte Ergebnis des Kistenschleppens. »Volker!«

»Was würdest du jetzt davon halten, mit mir essen zu gehen?«

»Würde ich gerne, aber die Fahrt nach Berlin zieht sich etwas hin. Bis zum Frühstück könnt ich es schaffen.«

»Hm«, machte Reiber. »Und Peißenberg?«

»Was, Peißenberg?«

»Würdest du in Peißenberg mit mir essen gehen?«

Jo hatte eine Schrecksekunde. »Bist du hier?«

»Ja, und ehrlich gesagt, wollte ich dich vorwarnen. Ich nehme mal an, dass Evi und Gerhard gleich bei dir sind und dich abholen. Sie werden mich dann wohl als Überraschungsgast präsentieren wollen. Aber vielleicht stehst du – wie auch ich – nicht auf solche Überraschungseier. Gib dich halt bitte verblüfft, wenn wir uns in circa fünfundvierzig Minuten sehen. Ich freu mich, ich ...«

Klick, das Netz war augenscheinlich weg. Jo starrte ihr

Handy an. Na, die waren lustig. Ihr Herz raste. Dann ging es wieder los: »Zwei mal drei macht acht, widewide...«

»Ja!«

»Hi, Evi hier, wir holen dich in zehn Minuten zum Essen ab. Bis gleich.« Sie wollte schon wieder auflegen.

»He, spinnt ihr! Ich bin noch in Stallklamotten!«, rief Jo.

»Ja, zieh dich um, hurtig!« Evi legte auf.

Zum Duschen und Haarewaschen war keine Zeit mehr. Also irgendeine Spange ins Haar gefummelt, Puder, Wimperntusche. Labello mit Roséschimmer. Nachdem sie sich zweimal fast zu Tode gestürzt hatte, weil sie ständig über Bianchi und Frau Mümmelmeier stolperte, gelang es ihr, bis zum Kleiderschrank vorzudringen. Andere Jeans, Bluse, Norwegerpulli drüber. Fertig. Das Auto fuhr vor. Gerhard blieb sitzen, Evi pumperte an der Tür. Sie war ja so was von gut gelaunt.

»Hallöchen, wir wollten dich zu Toni mitnehmen. Einzige Bedingung: keine Fragen über den aktuellen Fall. Ich fahr dich auch wieder heim.«

»Gut, dass ich so ein spontaner Mensch bin«, grinste Jo, fragte natürlich doch nach dem Fall, erhielt keine Antwort und fand, dass Gerhard mal wieder ziemlich missmutig war.

»Dich kann man echt nicht haben, solange deine Fälle nicht geklärt sind. Jetzt lach mal, Weinzirl, oder such dir 'nen anderen Job!« Das sollte lustig klingen, was es aber nicht tat. Gerhard erwiderte nicht mal was.

Als sie bei Toni einliefen, gab es erst mal Medizin, namentlich Ouzo – Tonis Therapeutikum gegen alles. Sie stöberten in der Karte, als die Tür aufging. Es war Reiber, und obgleich Jo wusste, dass er kommen würde, hatte sie schlagartig Magenweh.

»Volker, das ist ja kaum zu glauben. Hallo. Ich weiß gar nicht, was ich sagen soll.« Sie wusste es echt nicht, und Evi sah triumphierend aus. Ihr kleines Arrangement hatte funktioniert. Glaubte sie zumindest.

Dass es ein wirklich netter Abend mit anregenden Gesprächen wurde, lag vor allem daran, dass Reiber ein paar launige Geschichten aus der großen Stadt zu erzählen hatte. Von einem Gewerbepark im Osten in Oberschöneweide, wo sie immer mal wieder zu tun hatten, wo die beiden bulligen Bodyguards Meyer & Meyer wirkten und wo ein Geschäftsführer mit Wiener Schmäh, BayWa-Smoking und Herrenhandtäschchen mitten unter den Glatzen und Ballonseidenanzügen für Ordnung sorgte. Berliner G'schichten eben, selbst Gerhard musste zugeben, dass Reiber Charme hatte. Außerdem trank Gerhard gerade sein drittes Weißbier und hatte einen Symposion-Teller verdrückt.

»Essen ist der Sex des Alters«, sagte Jo plötzlich. »Äh, hab ich kürzlich mal gehört«, fügte sie noch hinzu.

Evi versuchte die Situation zu retten. »Ja, so weit ist es schon bei uns weisen alten Menschen.«

Und dann kam der Moment, als sie zahlten.

»Ich kann Johanna nach Hause bringen, Frau Straßgütl. Fahren Sie doch Herrn Weinzirl. Wir können uns die Chauffeursdienste doch aufteilen«, sagte Reiber.

»Klar, wenn Ihnen das nicht zu aufwendig ist«, sagte Evi.

»Bewahre! In Berlin sind die Fahrzeiten länger und mit

deutlich mehr Ampeln gespickt.« Er lächelte Evi überaus gewinnend an.

Es war elf, als sie zahlten. Gerhard brummte noch ein »Bis morgen um zehn« und stieg dann ohne weitere Verabschiedung ein.

Reiber und Jo sahen dem Auto nach. Gerhard war eifersüchtig, das stand außer Frage. Jo war sich nicht sicher, wie sie das fand. Es hatte Zeiten gegeben, da hätte sie sich gefreut über eine Regung seinerseits. Wenn sie mal wieder mit einem Markus, Martin, Stefan, Hubert oder Michael eine Affäre gehabt hatte. Damals wäre es ein Erfolg gewesen, wenn er auf die Provokationen reagiert hätte. Manchmal war durchgeblitzt, dass Gerhard sie brauchte. Vielleicht weil sie neue, bizarre Aspekte in seine Polizeiwelt brachte. Vielleicht brauchte er sie, weil so viel Leiden rundum wehtat. Vielleicht war seine Bodenständigkeit und Beherrschung nur Schutz? Vielleicht hatte er mit ihr dümmere Sachen gesagt und mehr gelacht. Was war sie eigentlich für eine Idiotin, einem Menschen, der ständig mit der miesesten Seite der Menschen zu tun hatte, noch zusätzliches Leid beizubringen? Wie oft hätten sie in den letzten Jahren eine Chance gehabt, eine echte Beziehung aus ihrer Freundschaft zu machen? Aber sie hatten das Thema unter andere Worte gekehrt. Wieso hatte sie nicht mal auf den Tisch gehauen und gesagt: »Ich will«? Wieso war sie immer auf dem Rückzug gewesen und nie auf dem Vormarsch? Es war zu spät, zu spät für sie und Gerhard als Paar, aber nicht für jeden allein. Sie würde es endlich mal besser machen müssen.

Reiber hielt ihr die Tür auf, und außer dass Jo kurze Angaben zum Wegverlauf machte, redeten sie nichts. Als sie vor dem Haus ausgestiegen waren, sah Reiber sich um. Er ließ sich Zeit.

»Wieder ein Hexenhaus, dieses hier gefällt mir besser. Es atmet gleichmäßig, dein altes Haus drohte immer zu ersticken.«

Jo wusste nicht, was sie sagen sollte, sperrte stattdessen die Tür auf, führte Volker in die Stube. »Bin gleich wieder da.« Sie schürte den Kachelofen von der Küche her nach und stellte eine Flasche Wasser mit zwei Gläsern auf den Tisch. Mümmel beschnuffelte den Neuankömmling und legte sich dann majestätisch vor ihn auf den Tisch.

»Sorry, ich …«

Reiber lachte. »Ich kenn das noch von damals. Ich hatte nichts anderes erwartet.« Er schenkte sich Wasser ein, indem er irgendwie um Mümmel herumhantierte. »Ich hätte schon im Allgäu gerne mit dir Zeit verbracht.« Das kam völlig unvermittelt.

»Bitte, du?«

»Ja, ich, warum wundert dich das?«

»Na hör mal, ich war alles, was du gehasst hast. Die Frau mit dem Zoo. Dick und Dalli und die Ponys, Immenhof, ein Kaninchen hat deine Schuhe angenagt, eine Katze die Pfote in dein Wasserglas getaucht. Du hast mich gehasst!«, rief Jo.

»Nein, eher beneidet«, sagte Reiber.

»Beneidet, du mich?«

»Ja, weil du etwas hattest, wofür du bereit warst zu kämpfen. Du hast gekämpft für dein Allgäu. Für deine Ideale. Dafür, die Umwelt zu erhalten. Ich habe dich beneidet, weil du ein Zuhause hattest. Eine Familie.«

»Ja, bestehend aus einem Karnickel, zwei Pferden und zwei Katzen.«

»Egal, du warst echt. Und so schön. Und erfolgreich, ich dagegen habe immer die falschen Entscheidungen getroffen.« Reiber lächelte sie an.

»Was? Du? Der Kluge, der Schöne, der Sportliche, der Erfolgreiche, der Eloquente, der Mann mit dem vorprogrammierten Aufstieg auf der Karriereleiter? Was hätte ich kleines Licht mit meinem kleinen Tourismusjob dazu sagen sollen?«

»In den echten, wichtigen Lebensfragen habe ich versagt. Ich war mal verheiratet, bevor ich ins Allgäu kam. Genau drei Monate lang. Meine Frau ist dann mit einem Fitnesstrainer aus ihrem Studio abgehauen. Ich bin ins Allgäu geflüchtet, kein guter Fluchtpunkt überdies.«

»Das wusste ich nicht.« Jo sah ihn überrascht an.

»Keiner wusste das. Ich hatte große Probleme, allein zu sein. Die Frau, die mich dann nach der Heirat verlassen hatte, war immer da, wenn ich kam. Ich wollte nicht alleine fernsehen, nicht alleine einschlafen. In der Rückschau hab ich sie wahrscheinlich erdrückt, zumal ich mir mit meinen Dienstzeiten ja auch herausnahm, zu kommen und zu gehen, wie ich wollte.« Volker schenkte sich Mineralwasser ein. »Ich habe lange gebraucht, das zu kapieren.«

Jo sagte lange nichts. In ihrem Kopf ging alles bunt durcheinander, sie hatte einige Mühe, ihre Gedanken zu sortieren. »Ausgerechnet du sagst mir, du könntest nicht allein sein, wo du doch alles und noch viel mehr in dir trägst, was reichen müsste. Seltsam, wie sehr Lebenskonzepte doch variieren. Ich wäre glücklich, jemanden zu haben, der mich liebt, weil ich so bin, wie ich bin, weil ich so denke, wie ich denke, und handle, wie ich handle. Nicht jemanden, der mich trotz all meiner grauenvollen Eigenschaften zu lieben glaubt. Mir würde es mehr geben, alle paar Tage eine liebe Mail zu bekommen, eine SMS: ›Lieb dich‹, ›Vermiss dich‹, anstatt jeden Abend am selben Esstisch zu sitzen. Liebe und Zuneigung, Freundschaft und Freiheit finden im Kopf statt, im Herzen, in der Seele …«

Reiber nickte. »Ich hab mich verändert. Ich habe was dazugelernt … glaub ich.«

»Das war jetzt aber kein Antrag, oder?« Der Witz war eindeutig misslungen, fand Jo.

»Nein, aber ich bin heute nicht mehr auf der Flucht. Damals war ich es. Getrieben. Gejagt. Und du warst so verwurzelt. So erdig, so geerdet. Deshalb hab ich dich beneidet.«

»Volker, ich weiß jetzt gar nicht, was ich sagen soll. Wieso hab ich das nie bemerkt?«, fragte Jo.

»Weil du nur Augen für Gerhard hattest?« Er lächelte wieder dieses Lächeln, für das sie ihn am liebsten sofort geküsst hätte.

»Aber Gerhard, er und ich, wir waren doch immer nur gute Freunde, wir kannten uns ewig, wir …« Jo beendete den Satz nicht. Sie und Gerhard, diese »Neverending Story«.

»Ihr wart vielleicht Freunde, aber gar nicht so gut zueinander. Du hast diesem Weinzirl ganz schön zugesetzt. Jo, damals vor hundert Jahren im Allgäu ...«

»Sieben Jahren ...«

»Ja, aber es kommt mir vor wie hundert. Vor hundert Jahren, da war ich gefangen in meinem Job, gefangen in der Falle, als Zug'roaster in einer Region arbeiten zu müssen, die nichts verzeiht. Gefangen in meiner Rolle. Ich war der schnieke Arsch aus Augsburg, ich habe alles getan, um diese Rolle perfekt zu spielen, und ihr habt alles getan, mir ja keine Chance zu geben.«

»Komm, so schlimm waren die Allgäuer nun auch wieder nicht!«

»Doch, schlimmer! Und du warst am schlimmsten. Selbstgefällig in deiner Landpomeranzenarroganz. Du hast das kultiviert und allen anderen das Gefühl vermittelt, dass wir Spießer sind. Du mit deinem nonkonformen Lebensstil, wir Idioten, die wir sogar noch das Gesetz hüten.«

Jo blickte zu Boden und wusste, dass er recht hatte. Sie predigte immer Toleranz, aber sie hatte ihren Toleranzbegriff stets auf ausgeflippte Künstler, Kiffer und Sonderlinge angewendet, nie aber auf all jene, die sich für den Weg mit Reihenhaus, Kindern und Adria-Urlaub entschieden hatten. Trotzdem sagte sie: »Das ist ganz schön hart, oder?«

»Nein, eigentlich nicht. Ich glaube, ich war nicht der Einzige, der so empfunden hat. Deine damalige Assistentin Patrizia hat ziemlich darunter gelitten, sie hat sich ja nicht mal getraut, dir zu sagen, dass sie baut – in einem spießigen Neubaugebiet.«

Jo schluckte. »Du hast damals über mich nachgedacht?«,

fragte sie schließlich zögernd. »Warum habe ich das nicht bemerkt?«

»Weil du eine klare Meinung von mir hattest und nicht bereit warst, sie zu revidieren. Außerdem war dein Kopf voll, wenn du nicht in Gerhard verliebt warst, dann in diesen Martl, und der war pikanterweise mein Hauptverdächtiger, ein Sportsuperstar, was war denn ich gegen so einen?«

»Volker, ich weiß nicht. Ich dachte immer, du schwimmst in Selbstvertrauen, hast Arroganz inflationär zur Verfügung. Was du gewesen wärst gegen den Superstar? Ein normaler Mann vielleicht, der kein schlechtes Gewissen gegenüber seiner Frau und Familie gehabt hätte. Weißt du, der Herr Superstar hat mich schon durch ein paar sehr tiefe emotionale Täler getrieben, und doch konnte ich's nicht lassen. Es war die Hölle, ihn am nächsten Tag zu sehen, aber nicht anfassen zu dürfen, nicht lieben zu dürfen. Mein Leben war in der Zeit mehr Talsohle als Gipfelsturm.«

»Ja, ich weiß, es ist schwer auszusteigen, wenn man liebt oder glaubt zu lieben. Wenn man nicht zurückgeliebt wird.« Reiber lächelte ein so melancholisches Lächeln, dass Jo versucht war, ihn augenblicklich zu umarmen. Was sie aber nicht tat.

»Aber du hättest doch mal einen Vorstoß machen können, ich meine, am Ende, als die Wahrheit über Martl zum Greifen nahe war, da waren wir doch ein gutes Team«, sagte sie.

Reiber lachte trocken. »Inmitten von Menschen, die mich grauenvoll fanden, wie hätte ich da reagieren sollen? Bei dir vor der Tür stehen? Fragen, ob wir Freunde werden

oder so? Auch du warst zeitweise sogar eine Verdächtige.«
Er sah aus dem Fenster, und plötzlich sagte er leise: »Hättest du mit mir geschlafen damals?«

Jo war aufgestanden. »Aber du hast dich doch nicht für mich als Frau interessiert! Das haut mich jetzt schon etwas aus den Socken. Aus den Skisocken oder Bergsocken. Was hättest du denn von einer Frau mit dreckigen Gummistiefeln und Karohemd gewollt?«

Reiber hatte sich Jo wieder zugewandt und sah ihr in die Augen. »Es ihr ausziehen? Wie wäre das gewesen?«

»Aber ich passe doch nicht in dein Beuteschema. Du stehst doch auf blonde Hungerhakenmodels, auf stylische Großstadtpflanzen, die an Mineralwasser nippen. Du trinkst ja selber keinen Tropfen Alkohol. Was hättest du mit einer übergewichtigen, Wein saufenden Bauersfrau zu tun haben wollen?«

»Erstens mal hast du kein Übergewicht, höchstens ein paar Pfund an jenen Stellen, wo sie bei Frauen auch hingehören. Und zweitens: Woher weißt du eigentlich, auf was ich stehe? Und drittens: Willst du jetzt so einen abgedroschenen ›Salz auf unserer Haut‹-Vergleich heranziehen?«

»Ja, vielleicht, die Rollen waren doch klar verteilt: die Bäuerin, gesellschaftlich nicht vorzeigbar, nicht alltags- und stadttauglich. Ich kann mir vorstellen, was du davon hältst, all diese arbeitsintensiven Tiere im Haus, im Bett, einfach überall zu haben«, sagte Jo.

»Auch das kannst du nur annehmen, nicht wissen. Außerdem hast du mir deutlich zu spüren gegeben, dass du deine Berge nicht loslassen kannst, dass du die Schwaben wegen ihres Dialekts hasst und Augsburger insbesondere!«

»War ich echt so schlimm?«, fragte Jo.

»Ja, und jetzt sag: Hättest du damals mit mir geschlafen?«, fragte Reiber leise.

Jo sah ihn überrascht an. »Nein. Wahrscheinlich nicht. Quatsch: sicher nicht!«

Volker lachte. »Und heute?«

Auch er war aufgestanden. Jo ging auf ihn zu und legte vorsichtig ihren Kopf an seine Brust. Sie standen lange so da, mitten im Zimmer. Dann stiegen sie die steile Treppe hinauf.

»Heute schon«, flüsterte Jo.

Jo glitt ab, gedankenlos, schwerelos, seelenlos. Reiber war durchtrainiert ohne Bodykult. In Zeiten des Androgynenwahns hatte er seine Brusthaare stehen lassen. Er war ein Mann voller Sicherheit. Als sie aufwachte, lag Reiber auf der Seite und schien kaum zu atmen. Ein Mann, der nicht schnarchte! Und auf einmal wusste Jo, dass es nicht bloß Schwarz und Weiß gab. Nicht nur Sex oder keinen Sex, sondern ein instinkthaftes Zwischenstadium, das keiner Begründung bedurfte. Grautöne zwischen Licht und Schatten konnten so sexy sein. Sie schlief wieder ein. Am nächsten Morgen lag da statt Reiber Bianchi von Grabenstätt. Sie hatte eine ihrer schmalen weißen Pfötchen zierlich auf einen Zettel gelegt. Jo zog ihn vorsichtig heraus:

»Ich bin in Weilheim bei einer Befragung. Habe gehört, hier gebe es heute eine Party, ich würde gerne kommen. Wenn du mich also haben willst?«

Zwölf

Sie trafen sich in Weilheim. Die drei Jungs samt Eltern – auch bei Luggi war der Papa dabei gewesen – hatten bereits um acht bei Melanie ein Protokoll gemacht. Das war vom Tisch.

Gerhard sprach kurz mit Melanie und setzte sich dann zu Evi und Reiber. Er gab sich neutral-professionell-freundlich. Reiber auch. Evi servierte Kaffee und Tee. Alles wie immer, alles auf Anfang. Und doch waren sie alle sehr angespannt. Was, wenn die Anwältin allein kam? Und überhaupt, was brachte das alles? Denn Gerhard hatte heute in der Frühe beim Staatsanwalt vorgefühlt, und der hatte ihm klipp und klar gesagt, dass eine Präsenz am Tatort und ein Motiv für einen Haftbefehl nicht ausreichen würden. »Kriegen Sie ein Geständnis, Weinzirl!«

Es war kurz nach zehn, als Melanie Sandra Angerer ankündigte. Sandra Angerer hatte die Nacht sichtlich nicht gutgetan. Sie schlief sicher sonst auch nicht viel, aber nun sah sie aus, als hätte sie wochenlang nicht mehr geschlafen. Sie hatte eine spitznasige Anwältin an ihrer Seite.

»Wollen Sie, Reiber?«, fragte Gerhard. »Gehen wir beide rein?«

»Nein, nein. Das ist Ihr Herrschaftsgebiet. Ich schau mir das von draußen an.«

Sie saßen kaum, als Gerhard wie eine Gewehrsalve losknatterte. »Sie waren in Berlin! Am Tag, an dem Frau Leanora Pia Pfaffenbichler ermordet wurde!« Gerhard warf die Bilder auf den Tisch. »Die stammen aus der Überwachungskamera, mit Datum und Uhrzeit. Möchten Sie mir das mal erklären?«

Sandra Angerer schwieg.

Gerhard wandte sich an die Anwältin. »Ich nehme an, dass Sie Ihrer Mandantin nahegelegt haben auszusagen. Je länger sie schweigt, desto schlechter sieht das aus. Sie hat ausgesagt, dass sie im Haus der Frau Pfaffenbichler war, dass sie nach dem vermeintlich echten Testament gesucht hat. Sie hat dementiert, mit diesen armen Hunden etwas zu tun gehabt zu haben. Sie hat zu Protokoll gegeben, dass sie Frau Pfaffenbichler am Tag ihrer Abreise zuletzt gesehen hat. Und nun war sie in Berlin, genau dort, wo Frau Pfaffenbichler ermordet wurde. Was sollen wir da wohl denken? Dass Ihre Mandantin eine Doppelgängerin hat? Dass sie sich hat klonen lassen?«

»Herr Weinzirl, lassen Sie Ihre Sparwitze. Bleiben Sie beim Sachlichen«, wies die Anwältin ihn zurecht.

Gerhard wandte sich an Frau Angerer. »Sie haben uns verschwiegen, dass Ihr Kind immer vormittags in einer betreuten Einrichtung ist. Außerdem besteht die Möglichkeit, die Kinder auch mal länger dort zu lassen. Sie haben das Kind am Mittwoch abgegeben und das Personal dort gebeten, die Kleine bis Freitag dazubehalten, weil Sie einen wichtigen Termin in der Klinik in Garmisch hätten. Weil Ihr Mann ja leider auf Reisen war. Sie hätten da angeblich mittwochs einrücken müssen und wären freitags in der Frühe entlassen worden. Meine Mitarbeiter haben das überprüft. Sie waren nicht in Garmisch. Sie waren in Berlin. Ich habe kein gestochen scharfes Foto, aber eins, auf dem Sie sehr gut zu sehen sind! Also?«

Sandra Angerer sah die Anwältin an, diese nickte. »Ja, ich war in Berlin.«

»Na prächtig, wunderbar! Und was haben Sie da gemacht? Christmas-Shopping? Reichstagsbesichtigung? Vorweihnacht auf der Museumsinsel? Frau Angerer!«

»Herr Weinzirl!«

Diese Anwältin hatte eine ziemlich nervige Stimme, fand Gerhard. Er betrachtete Sandra Angerer. Sie hatte ihre weißen Hände ineinander verschlungen. Die Knöchel traten hervor.

Sie seufzte. »Ich wusste von dieser Veranstaltung. Ich wusste, dass der Abgeordnete da sein würde und viele einflussreiche Leute. Ich wollte die Veranstaltung sprengen, wollte sie vor allen Leuten zur Rede stellen, hatte gehofft, dass das etwas in Gang bringt. Eine Diskussion, vielleicht Sympathien für mich. Ich wollte dem Bundestagsabgeordneten in die Augen sehen. Soll er doch mal was tun für die Menschen in seinem Wahlkreis. Letztlich wollte ich, dass da Druck entstehen würde, dass sie später einlenken würde.«

»Aber stattdessen haben Sie Frau Pfaffenbichler auf dem Klo erschlagen! Im Affekt von mir aus! Vielleicht kommen

Sie mit Totschlag da raus, vielleicht! Wenn Sie jetzt endlich mal die Wahrheit sagen.«

Es war der 24. Dezember. Heute in der Frühe hatte ihn schon wieder Wham! gequält. Er war mehrfach in der Nacht aufgewacht und hatte Jo gesehen. Und Reiber – und das hatte ihm noch mehr vom Schlaf geraubt. Er war sauer.

»Das ist die Wahrheit. Ich bin gar nicht bis in den Trakt gelangt, in dem die Vernissage war. Ich wurde von der Security aufgehalten. Ich stand dann vor dem Gebäude rum und wusste, dass es vorbei war. Das war meine letzte Chance.«

»Schöne Geschichte, Frau Angerer! Und wie sind Sie denn nach Berlin gelangt? Hat Sie jemand gesehen? Haben Sie irgendwo übernachtet? Kann jemand Ihre Geschichte bestätigen?«, fragte Gerhard, der nun auch noch Kopfweh bekam.

»Ich bin in der Nacht auf Donnerstag nach Berlin gefahren. Ich war um zehn Uhr da, habe gefrühstückt, habe mich herumgedrückt bis zu dieser Vernissage. Als sie mich dann gar nicht reingelassen haben, bin ich wieder nach Hause gefahren. Ich war kurz nach eins am Freitag wieder daheim.«

»Ziemlicher Höllentrip, so ganz ohne Schlaf«, pflaumte Gerhard sie an.

»Es ist kaum relevant, wie viel meine Mandantin schläft!« Die Anwältin sah ihn provozierend an.

Evi, die mit Reiber zusammen draußen geblieben war, streckte den Kopf herein. »Entschuldigung, Gerhard, könntest du kurz mal?«

»Was ist denn jetzt los? Willst du einen auf Dramaturgie

machen?« Gerhard merkte selbst, dass er ein bisschen zu laut geworden war.

Evi runzelte nur die Stirn. »Die Ergebnisse des Hundes sind da. Vielleicht hilft uns das weiter.«

Sie lasen den Bericht. Die Hunde waren mit Valium betäubt worden. Bei einem Zehn-Kilo-Hund reichte eine Fünf-Milligramm-Tablette, dass er selig schlief und auch wieder aufwachte.

»Kein explizites Mittel aus der Tiermedizin! Valium hat ja bald jeder zu Hause, das hilft uns nicht weiter«, sagte Reiber.

»Das heißt aber auch, dass irgendjemand die Hunde aufgehängt haben kann, der über wenig Fachwissen verfügt und eben keinen Zugang zu Medikamenten für tierärztlichen Gebrauch hat. Die Dosierung findet man wahrscheinlich im Internet«, meinte Evi.

Gerhard hatte gar nichts gesagt. Er zum Beispiel besaß kein Valium, er besaß Weißbier, aber jeder hatte da so seine Präferenzen bei den Drogen. Jo hielt es mit Weißwein, verdammt, warum fiel ihm eigentlich immer Jo ein? Er ging nun wieder in den Verhörraum.

»Frau Angerer, haben Sie Valium zu Hause?«

»Ja, warum?«

»Weil man damit wunderbar Hunde in Schlaf versetzen kann! Frau Angerer, ich glaube Ihnen sofort, dass Sie keine Hand an Hunde anlegen, aber wen haben Sie dazu angestiftet?«

»Herr Weinzirl.« Die Anwältin konnte irgendwie das Gesicht so verziehen, dass ihre spitze Nase noch spitzer wirkte. Sie klang, als redete sie mit einem nörgelnden Kleinkind. »Meine Mandantin hat ihre Aussage gemacht. Sie hat nichts zu verbergen, deshalb ist sie auch termingerecht hier erschienen. Von Hunden wissen wir nichts. Wir reichen Ihnen gerne die Tankquittungen meiner Mandantin nach – ansonsten gehen wir dann jetzt.« Sie erhob sich, Sandra Angerer auch. »Ach ja, frohe Weihnachten, Herr Weinzirl!«

Als die beiden draußen waren, hieb Gerhard ganz kurz und hart auf den Tisch. Hoffentlich hatten Reiber und Evi das nicht gesehen. Sie saßen bereits im Büro, Evi hatte ihm Kaffee hingestellt.

»Damit kriegen wir sie nicht!«, sagte Reiber.

»Nein, und die Story ist perfekt. Denn sie passt genau zum Zeitrahmen. Sie gibt alles zu, außer der klitzekleinen Tatsache, dass sie Frau Pfaffenbichler ermordet hat«, sagte Evi. »Mist aber auch! Sie ist wirklich abgebrüht.«

»Und es fehlt die zweite Kleinigkeit, dass sie nämlich jemanden angestiftet hat, diese Hunde aufzuhängen. Du sagst ›Zeitrahmen‹, Evi! Das passt auch hier: Sie wartet ab, bis die Bilder gemacht sind, fährt nach Berlin, konfrontiert Frau Pfaffenbichler mit den Bildern. Sie sollen der Tierschützerin zeigen, dass es Sandra Angerer ernst ist. Sie will, dass Frau Pfaffenbichler das echte Testament rausrückt und/oder auf die Erbschaft verzichtet. Irgendwie kommt es zum Streit, wie gesagt: Totschlag im Affekt.« Gerhard nahm einen kräftigen Schluck Kaffee und fühlte sich immer noch wie durch den Fleischwolf gedreht.

»Aber ein Schlagstock. Hatte Sandra Angerer einen Schlagstock?«, fragte Reiber.

»Es muss ja kein echter Schlagstock gewesen sein. Es kann etwas gewesen sein, das ein ähnliches Muster abgibt«, sagte Gerhard. »Ihr werdet doch zugeben, dass das alles passt wie die Faust aufs Auge, wie der Stinkefuß in den Turnschuh.«

»Ja, das mag sein, aber allein die Tatsache, dass sie da war, genügt uns nicht. Wir in Berlin müssen Beweise finden, dass sie es war, DNA, sonst was – und ihr hier braucht diese Hundehenker. Wenn da einer redet und sagt, das sei die Idee von Sandra Angerer gewesen, dann haben wir sie.« Reiber klang nun auch ein wenig zornig.

»Schließt ihr wirklich aus, dass das zwei unterschiedliche Attacken gewesen sind? Müssen die Hunde zwingend mit dem Mord zu tun haben?«, fragte Evi.

Da reichte es Gerhard plötzlich. Er brüllte: »Ja, wenn wir auch das noch für einen Zufall halten, dann können wir doch gleich einpacken!« Im Radio whamte es wieder, und Gerhard schaffte es gerade noch, ein »'tschuldigung, Evi« zu murmeln und so weit die Contenance zu bewahren, dass er mit mühsam beherrschter Stimme fragen konnte: »Wie gehen wir jetzt weiter vor?«

Reiber zuckte die Schultern. »Heute ist der 24. Dezember, die Welt wird abtauchen in eine Orgie von Gänsebraten und Plätzchen, benebelt von Schnaps mit Onkel Willi und Likörchen mit Oma Walburga. Ich bin über die Feiertage personell extrem schlecht besetzt. Unter voller Flagge kann ich erst wieder am 27. segeln. Oder sagen wir mal, auf Halbmast, denn die meisten kommen erst am 2. Januar wieder.«

Evi nickte. »Gut, wir müssen weitere Nachbarn befragen,

Leute aus dem Umfeld von Sandra Angerer, die Mitarbeiter dieser betreuten Einrichtung hatten wir ja bisher noch kaum im Visier. Wir brauchen mehr Infos über Sandra Angerer. Freunde, Bekannte, Verwandte – wer ist ihr so nah, dass er für sie so weit gehen würde, Hunde zu erhängen?«

Reiber überlegte. »Bisher haben Sie ja wohl nur Menschen getroffen, die mehr oder weniger gesagt haben, dass sie Frau Pfaffenbichler ums Eck bringen würden, aber diese Viecher ja nichts dafürkönnten.«

»Ich würde mich darauf nicht verlassen«, meinte Gerhard. »Wir haben Katzen, auf die mit dem Kleinkaliber geschossen wurde, Hunde, die Fleisch mit U-Hakerl drin zu fressen bekamen. Ich hatte Pferde, denen das Wasser vergiftet wurde, Irre, die Tiere aufschlitzen. Es gibt genug liebende Nachbarn, die Pferdekoppeln einfach öffnen und in Kauf nehmen, dass die Tiere auf die Straße laufen. Was meinen Sie, was passiert, wenn Ihnen so ein Süddeutsches Kaltblut in die Windschutzscheibe fliegt? Die Leute haben keine Hemmschwelle mehr. Der Hass sitzt so tief!«

Es war eine Weile sehr still im Büro, bis Evi sagte: »Aber es muss jemand gewesen sein, der alles für sie getan hätte. Ihr Mann?«

»Der aber gar nicht da war!«, schnauzte Gerhard Evi an. »Wir müssen sein Alibi nochmals überprüfen!«

»Und auch er hat Kumpels, Freunde, raue Fernfahrerburschen, die ihm wahrscheinlich gerne einen Gefallen täten. Es erscheint mir auch plausibler, dass ein Mann andere Männer findet, die Hunde meucheln, als eine Frau.«

Reiber sah Gerhard fragend an.

Der antwortete unwirscher als nötig. »Ja sicher. Wir ziehen einen Joker aus der Kiste. Wenn sie es nicht war, dann war es ihr Mann.«

»Fällt Ihnen was Besseres ein, Weinzirl? Erinnern Sie sich doch bitte, dass Sie meine Hinweise auf ›Gut Sternthaler‹ und ›Sternenhunde‹ abgetan haben. Sie haben sich doch auf Sandra Angerer eingeschossen.« Auch Reiber war jetzt etwas zu laut.

Evi versuchte sich in der Rolle der Vermittlerin. »Das bringt ja nun alles nichts. Ich würde vorschlagen, wir hocken uns alle mal vor den Weihnachtsbaum, ermitteln, soweit das über die Feiertage möglich ist, weiter und telefonieren uns am 27. zusammen. Oder sagen Sie, Herr Reiber, sind Sie dann noch da?«

»Nein, sicher nicht. Ich fahre morgen, wobei ich das Angebot von Johanna, heute auf die Christmas-Party zu kommen, gerne annehme. In Berlin erwartet mich niemand. Sie kommen doch auch, Frau Straßgütl?«

Evi nickte und sagte dann in den Raum hinein: »Gerhard kommt auch!«

»Nein, Gerhard kommt nicht! Frohes Fest!« Gerhard packte seine Jacke, würgte sich noch einen Abschiedsgruß für Reiber heraus, und weg war er. Er hatte es so satt! Er musste raus hier. Einfach weg. Er landete in der Fußgängerzone.

Vor der Buchhandlung, dem Modeladen und gegenüber beim Drogeriemarkt wurden die letzten Outdoor-Aufsteller ins Innere geschoben. Es war kurz vor zwölf. Die Verkäuferinnen waren gezeichnet vom vierwöchigen Marathon. Die Stadt leerte sich schnell, letzte Sehr-spät-Einkäufer hasteten dahin, über die zermanschten Herbstblätter, die immer noch in der Fußgängerzone lagen, herangetragen von den Dezemberstürmen, die Weilheim auf der Hölle Regen gebracht hatten, aber immer noch nicht den erhofften Schnee.

»Brauchen Sie noch was?«

In der Stimme der jungen Frau mit den dunklen Augenringen lag Verzweiflung. Gerhard schüttelte den Kopf. Er brauchte ein bisschen Schlaf und ein Weißbier, mehr brauchte er nicht. Jo hatte ihn vorhin nochmals angerufen wegen der Weihnachtsparty für all die Heimatlosen. »Volker kommt auch. Ich finde, Volker hat sich echt zum Besseren entwickelt. Was war das für ein geschleckter Arsch im Allgäu.« Dazu hatte sie künstlich gelacht und eilfertig hinzugefügt: »Evi kommt ja auch, einfach alle!« Aber er war nicht alle. Er wusste schließlich, dass Evi und Volker kamen. Und so wie Jo über Volker gesprochen hatte, wusste Gerhard Bescheid. Der Name Volker war zu oft gefallen, und er kannte Jo einfach zu gut. Sie hielt es mit der Theorie, dass der offensive Umgang mit Namen und Typen weniger verdächtig sei als das Verschweigen. Wahrscheinlich war sie damit bei einigen ihrer Beziehungen ganz gut gefahren, die von keiner der kleinen und großen Affären etwas gemerkt hatten, Jo hatte einfach so viele gute Kumpels und Freunde. Aber Gerhard hatte das immer gewusst. Der, dessen Name im Plauderton fiel, der war der nämliche. Volker und Jo, das war ja eigentlich unvorstellbar, oder? Aber Jo hatte bei der Auswahl ihrer Männer nie ein gutes Händchen gehabt. Nur – er war einer davon gewesen, und auch er war nun mal keine gute Wahl gewesen. Aber Volker? Volker und Jo – Gerhard spürte, dass ihm das nicht gefiel.

»Na dann, frohe Weihnachten«, sagte die junge Frau und ging hinein. Von drinnen klang »Last Christmas« an sein gepeinigtes Ohr. Plötzlich war es still. Rüde hatte sie den Song unterbrochen. »*I gave you my hea...*« Die automatische Türverriegelung gab ein Knacken von sich, und auf einmal war es totenstill.

Er sah sich um. Er war allein. Eine bleierne Schwere zog ihn erdwärts, er war nicht im Stande loszugehen. Zwei, drei Schneeflocken schwebten herab, zögerlich erst. Er schloss die Augen, legte den Kopf in den Nacken. Der Schneefall nahm zu, und er würde erst dann weitergehen, wenn der Schnee seine Schritte verschlucken würde. So lange, bis seine Schritte nicht mehr hallten zwischen den leeren Häusern. Bis der Schnee die Welt und alles darin verschlucken würde.

Ganz so lange blieb er denn doch nicht. Er fuhr in seine Wohnung, packte ein paar Sachen in einen Rucksack und warf ihn in den Bus. Er war heilfroh, als der Angerufene ranging. »Matte, wie steht's?«

»Es steht mir bis Oberkante Unterlippe!«

»Hört sich gut an, wir liegen auf dem gleichen Level.«

»Weihnachtsblues?«, kam es vom anderen Ende.

»In etwa, ein Scheißfall zudem.«

»Das erzählst du mir, wenn du hier bist«, sagte Matte.

»Wo, hier?«

»In Konstanz, wo sonst? Ich kühle schon mal das gute Ruppaner-Weißbier ein, das schmeckt besser als dein Dachs. Ich hab ein paar Malts, sehr viel Pizza, und ich stecke das Telefon aus, hau den BlackBerry ins Eck, und dann lassen wir es uns gut gehen.«

»Das klingt nach einem Plan.« Gerhard lachte leise. »Versprich aber, das Radio auch ins Eck zu werfen. Noch einmal Wham!, und ich schlag alles kurz und klein. Bis dann!«

Es war gespenstisch. Kein Verkehr, keine Autos. Er flog nur so durch das Allgäu, als wäre er auf der Flucht. Erst auf Höhe der europäischen Wasserscheide kam ihm ein Auto entgegen. Der Hauchenberg war weiß überzuckert, Weitnau lag still in der Winterlandschaft. Eine Welle von Traurigkeit überflutete ihn. Das Allgäu, sein Allgäu – er hatte es verloren, er hatte den Bezug dazu verloren. Er sah es wie ein Tourist, der fast überrascht war, wie schön es sein konnte auf der Welt. Ein durchreisender Tourist, der beschloss, hier mal Urlaub zu machen.

In Isny nahm er wie stets den Schleichweg am Krankenhaus vorbei. Sein Vater, der immer im Frühling an den See hatte fahren müssen, weil er den Allgäuer Schnee nicht mehr hatte sehen können, war schon hier gefahren. War das alles lange her, und doch gab es noch die Tanzbar Hecht. Und den »Fliegenden Bauern«. Das Schild, das er links aus dem Augenwinkel wahrnahm, veranlasste ihn zu einer Vollbremsung. Obsthof Weber, na, er würde Matte wenigstens ein Präsent mitbringen. Eine junge Frau öffnete auf sein Klingeln. Seine Entschuldigung, er sei etwas spät dran, quittierte sie mit einem Lachen. Mit einem Obstler und einem Willi bewaffnet zog er davon. Nach eineinhalb Stunden seit seinem Aufbruch war er am Pfändertunnel – eine gute Zeit für eine Strecke, die man sonst nur im Zuckeltempo bewältigen konnte. Der Tunnel war ebenfalls gespenstisch leer, Gerhards Laune stieg.

Und weil das der Tag der Reminiszenzen war, fuhr er erst auf der Ösi-Autobahn in die falsche Richtung, um dann den Grenzübergang Diepoldsau zu nehmen. Auch das hatten sie früher so gemacht, um das Chaos rund um den See zu umfahren. Der Grenzer winkte ihn mit einer laschen Handbewegung weiter. Der Mann hätte wahrscheinlich auch was anderes vorgehabt an diesem Tag. Selbst die Seestraße auf der Schweizer Seite war leer, es dämmerte allmählich.

Nach zweieinhalb Stunden stand er bei Matte auf der Dachterrasse. Das erste Ruppaner trank er in zwei Zügen. Für das zweite hatte er mehr Zeit. Der Bodensee lag spiegelglatt, die Lichter am anderen Ufer tanzten in Nebelbänken. Es war nicht sonderlich kalt, und so saßen sie in Mattes Deckchairs und blickten ins Nichts. Im Schweigen war so viel Raum für Gedanken, die aufzogen und wieder verschwanden. Sie verschwanden sanft und unaufdringlich, Gerhard atmete tief durch. Mit dem dritten Ruppaner gingen sie hinein. Matte hatte sich beim Italiener eine Platte zusammenstellen lassen: Salami, Mortadella, Mozzarella, Oliven, Parmesan, Taleggio, Carpaccio, Weißbrot – Weihnachten war eigentlich gar nicht so übel!

Er hatte am 24. später am Abend Evi noch eine SMS geschickt: »Brauch mal 'ne Denkpause«, und Jo eine weitere: »Danke für die Einladung. Aber drei sind einer zu viel.«

Nach diesen zwei Tagen mit Matte, die sie mit Trinken, Reden, Reden und Trinken, Schweigen und Dösen verbracht hatten, fühlte er sich frisch. Sie waren joggen gewesen am See, und sie hatten alte Scheiben gehört. Scheiben aus Vinyl, die das Lagerfeuerknistern in ihren Rillen trugen. Matte hatte fast die gleichen wie er. Sie alle waren Kinder des Pegasus, sie alle hatten ihren Musikgeschmack Gino zu verdanken. Gino dem Alterslosen! Sie hatten ihre Hymnen gehört: »Heroes« von David Bowie, »Julia« von Pavlov's Dog, natürlich Queens »Bohemian Rapsody« und dann Aphrodite's Child, »The Four Horsemen«.

Sie schwelgten in den Texten. Natürlich durfte »Stairway to Heaven« von Led Zeppelin nicht fehlen, denn das war nun mal der ultimative Büchsenöffner gewesen. Und wenn das nicht gefruchtet hatte, dann hatte man mit »Nights in White Satin« von The Moody Blues ja noch einen drauflegen können. Matte hatte lachend gemeint, dass er damals ungefähr so oft über Sex nachgedacht hatte, wie er heute über Baustatik sinnierte. Und so oft Sex gehabt hatte, wie er heute nächtelang über Plänen saß. Sie hatten noch zwei alte Kumpels getroffen und gelacht über den Solistenklub. Alle vier waren sie eigentlich hübsche Kerle, der Kripomann, der Informatiker, der Architekt und der Internist. Der unbeweibte Solistenklub! Weil Frauen einfach zu viel Raum beanspruchten, den sie alle vier nicht gewähren konnten. Nicht in ihren Wohnungen und nicht in ihren Seelen.

Dreizehn

Es war am 26. gegen Mittag, als Gerhard wieder in Weilheim eintraf.

Er fuhr direkt ins Büro und war ziemlich überrascht, dort Evi und Melanie zu finden.

Er drückte Evi kurz, gab Melanie die Hand. »Mädels, was macht ihr hier?«

»Wir haben uns nach all den Plätzchen gedacht, wir entschlacken bei Büroarbeit.« Evi lachte. »Und da wir im Leben der Sandra Angerer für den Moment nichts Spannendes gefunden haben, haben wir gedacht, wir schnüffeln mal weiter im Leben der Frau Pfaffenbichler.«

»Aha«, sagte Gerhard nur.

»Ja.« Evi klang sehr aufgeräumt. »Melanie hat hier ihre Kontobewegungen. Das ist schon sehr interessant.«

»Inwiefern?«

»Also, Frau Pfaffenbichler bezieht aus ihrem eigenen Aktienfonds fünftausend Euro im Monat, die Mitgliedsbeiträge machen auf den Monat gerechnet gerade mal fünfhundert Euro aus. Es gehen in unregelmäßigen Abständen Summen von zehn bis tausend Euro ein, das sind Spenden, diese Spender kann man nachvollziehen. Im Mittel – ich hab mir das mal in der Spanne eines Jahres angesehen –

hat der Verein im Monat achttausend Euro zur Verfügung«, erklärte Melanie.

»Na ja, immerhin. Besser als in d' Hosen g'schissen«, sagte Gerhard.

»Ja schon, aber die Logistik eines solchen Hofes ist gewaltig, die Kosten sind es auch: fünfzehntausend Euro im Monat für Miete, Müll, Energie, Personal, Tierärzte, Auto, Flüge und Reisen, Versicherungen, Reparaturen und so weiter«, sagte Melanie.

»Melanie, Sie meinen also, dass da rund siebentausend Euro im Monat fehlen?«

»Ja, so sieht es auf dem Papier zumindest aus.«

»Aber der Verein bekommt doch sicher auch Bargeld, wahrscheinlich auch Futterspenden und solches Zeugs«, warf Evi ein.

»Fragt sich nur, ob da jeden Monat siebentausend Euro zusammenkommen. Das ist ganz schön viel Holz!«, beharrte Melanie.

»Melanie hat recht. Lässt sich denn sagen, ob Frau Pfaffenbichler ihre Rechnungen immer bezahlt hat?«, fragte Gerhard.

»Ja, das ist eben das Interessante. Ihre Buchhaltung weist keine Unregelmäßigkeiten auf. Alle kommunalen Kosten werden abgebucht, Moritz' Gehalt und das von Sandra Angerer. Frau Eisele erhält eine Aufwandsentschädigung, wie man den Auszügen entnehmen kann. Ich hab mal ein bisschen rumtelefoniert: Eicher hat für seine Jobs und für Futter immer Bargeld erhalten; ein Münchner Tierarzt sagt, er sei auch immer bar bezahlt worden, manchmal zwar mit Verzögerung, aber die habe sich in Grenzen gehalten. Handwerker hat sie ebenfalls bar bezahlt. Das leuchtet mir ja noch ein, aber obwohl die da ein topmodernes Computerterminal hat und eine wirklich gute Homepage, hat sie ihre Flugtickets bar bei einem kleinen Reisebüro in Lechbruck gekauft. Nix mit Onlinebuchen. Das ist doch komisch, oder?«

Gerhard und Evi tauschten Blicke, bis Evi vorsichtig sagte: »Es sieht also so aus, als habe sie ganz normal gewirtschaftet, völlig unauffällig im Prinzip.«

»Ja, aber ihre Ausgaben übersteigen die Einnahmen bei Weitem, und Sonderausgaben bezahlt sie cash. Auf den Tisch des Hauses. Nur, woher stammt dieses Geld?«, fragte Melanie.

»Na, eben aus Barspenden. Wie ich gesagt habe«, meinte Evi.

»Jeden Monat siebentausend Euro?«, fragte Gerhard.

»Da wird die eine oder andere alte Dame ihren Sparstrumpf plündern. Und in solchen Socken sind gerne mal zwanzigtausend Euro und mehr drin«, meinte Evi. »Und dann sind da immer diese Prominentengalas, da wird doch gespendet wie verrückt.«

»So verrückt nun auch wieder nicht. Eicher hat bei der letzten Gala Bier ausgeschenkt, das Buffet betreut und den ganzen Tag über die Kasse unter sich gehabt. Abzüglich der Kosten sind da viertausend Euro hängen geblieben. Die hochgelobte göttlöberische Britt hat gerade mal fünfzig Euro lockergemacht«, sagte Melanie.

»Okay, fassen wir mal zusammen. Selbst wenn die mehrmals im Jahr solche Galas macht und selbst wenn da einige Sparstrümpfe entleert werden, Monat für Monat wird das elend knapp. Frau Pfaffenbichler muss irgendwoher Geld haben. Geheime Konten in der Schweiz, in Liechtenstein, in Luxemburg. Wenn das so ist, wird es schwer werden, das zu beweisen. Trotz der Liechtenstein-Affäre und des Ruhmesblatts des deutschen Staates, seine Bürger zu bespitzeln.« Gerhard grinste.

»Wenn sie keine weiteren semilegalen Geldquellen hat, dann macht sie was Kriminelles. Prostitution, Drogenhandel, Schleusereien – ja genau: Sie schleust Menschen von Schwaben nach Oberbayern. Sie hat eine geheime Pontonbrücke über den Lech.« Evi sah Gerhard herausfordernd an.

»Du nimmst mich nicht ernst, Evilein. Vielleicht geht es auch subtiler. Vielleicht erpresst sie jemanden. Vielleicht kooperiert sie mit einer Pharmafirma und führt illegale Tierversuche durch.«

»Super, Weinzirl, das klingt wie aus einem B-Movie. Oder eher C. Vielleicht würde darin sogar Britt Göttlöber noch 'ne Rolle kriegen«, murrte Evi.

Gerhard zwinkerte Melanie zu. »Die Kollegin versteht uns nicht. Gute Arbeit, Melanie! Bleiben Sie dran. Ich denke, Sie haben völlig recht mit Ihrer Einschätzung. Da ist was faul im Staate Sternthaler. Wühlen Sie in der Vergangenheit der Dame!«

»Was mir noch aufgefallen ist: dass da ständig Gelder aus den Niederlanden überwiesen werden, verbucht als Spende, und es geht auch wieder Geld von Deutschland in die Niederlande. Von ›Gut Sternthaler‹ zu ›Sternenhunde‹ –

das ist völlig undurchschaubar, das ist alles sehr seltsam.«

Evi horchte auf. »Hat uns da nicht Reiber schon mal was erzählt?«, fragte sie.

»Ja, dass er einst in grauer Vorzeit seines erfolgreichen Schaffens in München dabei war, als eine Flugpatin, die einem räudigen Köter die Einreise erleichtert hat, des Drogenschmuggels überführt wurde. Da der gute Reiber aber keine Ahnung hatte, ob Frau Pfaffenbichler daran beteiligt war, scheint mir diese Spur nun wirklich zu lau.«

»Komm, Weinzirl, sei mal fair. Die Idee gefällt dir nur deshalb nicht, weil sie von Reiber stammt!«, rief Evi.

Melanie zog ein bisschen den Kopf ein, so als wolle sie sich aus der Schusslinie bringen. Aber Gerhard reagierte nicht. Evi hatte ja recht. Er war ein ziemlicher Stinkstiefel gewesen. Matte hatte schon am zweiten Tag die elementare Frage gestellt: »Hat Jo einen Neuen? Einen Mister Wonderful, einen, der besser ist, als du es bist?« Matte kannte Jo genauso lange, wie Gerhard Jo kannte. Matte war auch mal das Objekt ihrer Begierde gewesen, und in einem Städtchen wie Kempten war es in den lustigen bunten Achtzigern auch nicht ausgeblieben, dass jeder mal mit jeder … Dass nicht nur innerhalb der angesagten Cliquen gevögelt wurde, sondern auch mal ausgetauscht. Matte war damals eine Randfigur gewesen, schwer einzuordnen. Und er war wahnsinnig hübsch gewesen, was Jo natürlich auch aufgefallen war. Dass Jo mit Matte und vielen anderen seiner Freunde etwas gehabt hatte, hatte Gerhard damals immer nur kurz gestört, und heute war das eher eine Gemeinsamkeit aus jener verklärten Jugend in den Achtzigern.

Gerhard hatte Jos weltmeisterlichen Alpinlover hingenommen, auch den jungen Ungarn, sie waren alle Episoden gewesen, hatten Jo ein bisschen unterhalten, sodass er sie nicht hatte unterhalten müssen. Verloren hatten sie sich beide darüber nie. Matte hatte die richtige Frage gestellt: »Einen, der besser ist?« Ja, besser für Jo.

»Lass sie endlich ziehen«, hatte Matte gesagt. »Dann kann sie mal zu leben beginnen und du auch.« Gerhard hatte jedes weitere Gespräch abgeschmettert und doch gewusst, dass Matte recht hatte. Jo und Reiber – warum nicht? Sie war schön und intelligent, aufbrausend und höchst explosiv. Er war schön und intelligent, aber beherrscht und ausgleichend. Wenn Jo es schaffte, diesem Mann mit Respekt zu begegnen, würden sie ein grandioses Paar abgeben.

Gerhard konzentrierte sich wieder auf Evi. »Doch, die Theorie gefällt mir so gut wie jede andere. Ich zweifle nur stets an solchen abstrusen Geschichten. Morde passieren am häufigsten im allernächsten Bekannten- und Verwandtenkreis. Wir bleiben an allem dran, wir sollten auch Herrn Angerer nochmals ins Visier nehmen.«

»Ach, jetzt doch? Vor Weihnachten warst du weniger überzeugt.« Evi musste heute ein bisschen stänkern.

»Ja, all die Kerzlein und die beschauliche Musik haben meine aufgewühlte Seele beruhigt, meine Beste! Diese stade Zeit, die i so moag, hat so viel Beruhigendes.« Gerhard grinste Melanie an.

»Depp! Wo warst du eigentlich?«, fragte Evi.

»Och, am Bodensee bei Freunden. Man sieht sich ja sonst so selten.« Das kam lässig rüber, ließ zudem offen, ob die Freunde männlich oder weiblich gewesen waren. Und weil er heute so gut drauf war, schickte er ein »Und bei euch war's auch nett?« hinterher. »Jos Feste sind ja immer legendär!«

»Ja, sehr lustig, Reiber hat mich echt überrascht. Ganz locker, sehr nett, fanden wir alle.«

Das war eine Provokation, aber Gerhard ging nicht darauf ein. Wer »alle« war, wusste er.

»Gut, Mädels, dann mal auf! Dieser Angerer täte doch alles für seine Frau. Warum nicht auch Hunde aufhängen?«

Reiber war an diesem 26. wirklich frustriert. Er war am 25. gegen Mittag gefahren, sehr ungern und voller widersprüchlicher Gefühle. Er mochte Jo wirklich, er mochte sie sogar sehr, und das passte nun gar nicht in seinen Plan vom Leben. Vom Berliner Leben.

Arbeit lenkte ja bekanntlich ab. Er ließ den Fall Revue passieren, die Gespräche mit Sandra Angerer. Es gab einfach nichts, was eine Tatbeteiligung Sandra Angerers nahelegte.

Es war wie verhext, der oder die den Schlagstock geführt hatte, war ein Phantom. Keine Spuren, einfach nichts! Reiber blätterte in seinen Unterlagen, und da blieb sein Blick an einem gelben Klebezettelchen hängen. Jemand hatte mit Krakelschrift eine Telefonnummer hingeschmiert und den Namen eines Blumenladens. Akim war nicht zu erreichen, und erst nachdem er ewig auf der Inspektion herumtelefoniert hatte, löste sich das Rätsel.

Am 24., als er nicht da gewesen war, hatte sich der Blumenladen gemeldet. Einer hätte wohl was aussagen wollen.

»Ach, und das erfahr ich jetzt!«, brüllte Reiber die junge Polizistin an, die nur noch hauchen konnte: »Sie waren ja nicht da.«

Reiber trat einen Stuhl zur Seite, das tat er äußerst selten, aber er war so was von wütend.

Wegen des Feiertags war es einigermaßen schwierig, den Blumenhändler an die Strippe zu kriegen, der ihm dann aber die Mobilnummer von »Otto« gab, einer seiner Aushilfen. Der hätte was zu sagen.

Otto hatte was zu sagen, oh ja! Otto, ein Mann Ende fünfzig mit Tonsur und weißem tief gebundenem Pferdeschwanz, Fransenlederjacke, Cowboystiefeln und übler Bierfahne, kam umgehend in Reibers Büro.

»Also noch mal wie vorhin am Telefon«, sagte Reiber.

»Na, ich bin da mit dem Lieferwagen hingefahren, fang an auszuladen, als mich so ein Typ anspricht und fragt, ob er mir helfen kann. Ich dachte erst, der verarscht mich oder is' echt der Weihnachtsmann oder so.«

»Ja, und weiter?«

»Na, er hat mir gesagt, er würd mir zweihundert Euro geben, wenn er helfen dürft. Zweihundert Euro, ganz schön viel Moos!«

»Ja.« Reiber versuchte, nicht zu genervt zu klingen. »Und noch weiter?«

»Der hat dann eben auch einige der Blumentöpfe gepackt, wir haben das Zeug platziert, und plötzlich war der weg.«

»Wie, weg?«

»Na, eben weg.«

»Sie können also nicht sicher sagen, ob er das Gebäude wieder verlassen hat?«, fragte Reiber. In seinem Kopf wirbelten die Gedanken wie Konfetti im Wind.

»Nö!«, sagte Otto.

»Und die Türsteher?«

»Ach, die haben nicht auf uns geachtet, die haben sich Kaffee geholt. Ham Sie vielleicht 'nen Kaffee für mich?«

»Hab ich, Otto, hab ich! Und ich hab dann noch einen Job für Sie. Wir müssen ein Phantombild erstellen. Es kann ein bisschen dauern, bis mein Spezialist für so was da ist.«

Ganz so lange dauerte es nicht, allein das Ergebnis war nicht sehr zufriedenstellend. Der Mann hatte eine Nikolausmütze, hatte einen Bart und eine Brille.

»Was ist das denn?«, fragte Reiber.

»Ich sag doch, das war der Weihnachtsmann«, meinte Otto treuherzig.

»Wie? Der Bart war ein Nikolausbart?«

»Klar!«

Reiber notierte Ottos Adresse und Telefonnummer und verfluchte den Tag, an dem er diese Münze geworfen hatte. Sie hatte damals entschieden, ob er Jura studieren oder zur Polizei gehen sollte. Oh wäre sie doch andersrum gelandet!

Zumindest war sich Otto sicher, dass der Mann etwa eins fünfundsiebzig gewesen war, sehr dunkle Augen und einen leichten Akzent gehabt hatte. Welcher Art? Natürlich

Fehlanzeige! Fakt war immerhin, dass ein Mann sich auf diese Weise Zutritt zur Vertretung verschafft hatte. Nicht nur ein Mann, sondern der Weihnachtsmann. Und nicht Sandra Angerer.

Reiber starrte wütend in seinen PC und blieb wieder an der Sache mit der Flugpatin hängen. Und plötzlich konnte er nicht anders. Was sollte es auch, mehr als auflegen konnte sie ja nicht!

Roswitha Maurer hatte noch dieselbe Nummer und ging dran. Reiber erklärte ihr, wer er war. Dass sein Anruf wirklich nichts mit der Sache damals zu tun hatte. Dass er nun ihre Hilfe brauche.

»Ich will damit nichts mehr zu tun haben. Was glauben Sie, wie lange ich damit zu kämpfen hatte? Etwas bleibt immer zurück. Also lassen Sie mich in Ruhe!«

Sie war kurz davor aufzulegen, als Reiber seinen Trumpf ausspielte. »Frau Maurer, Sie lieben doch immer noch Tiere. Sie sind ein guter Mensch, das hat man im Blut. Und nun mussten sieben Hunde elend sterben. Sie wurden aufgehängt, stellen Sie sich diesen Frevel vor! Frau Maurer, Sie müssen mir helfen, für diese Tiere!«

Am anderen Ende war es still. Reiber nutzte die Chance und breitete die ganze Geschichte aus. Den Mord an Frau Pfaffenbichler, den grausamen Tod der Tiere.

»Und was wollen Sie jetzt von mir? Ich kann Ihnen auch nichts anderes sagen als damals«, sagte sie.

»Sie hatten wirklich keinen Namen? Ich meine, Sie wussten wirklich nicht, wer den Hund in München in Empfang nehmen sollte?«

»Nein, es hieß, jemand würde ein Schild mit ›Sternenhunde‹ hochhalten. Das hab ich alles tausendmal gesagt.«

Aber da war etwas in ihrer Stimme, das Reiber aufhorchen ließ. »Frau Maurer, das glaube ich Ihnen, und das ist heute alles nicht mehr relevant. Aber wenn Sie irgendwas wissen, Frau Maurer, für diese armen Kreaturen!«

Es war still, und dann hörte er ein Schnaufen wie eine Entladung. »Brigitte kannte den Namen Pfaffenbichler!«

»Brigitte?«

»Brigitte, eine Freundin von mir. Sie hatte schon mehrmals als Flugpatin fungiert. Sie hatte mir das damals ans Herz gelegt. Bei ihr gab es auch nie ein Problem. Und sie wurde zweimal in München von einer Frau Pfaffenbichler erwartet.«

Ja! Er hatte gespürt, dass da etwas im Verborgenen lag. »Frau Maurer, erst einmal: danke. Vielen Dank, Sie sind eine Frau mit Gefühl und Anstand. Ich weiß, das ist jetzt schwer für Sie: Aber könnten Sie mir sagen, wo ich Brigitte finden kann? Ihre Freundin Brigitte, die doch sicher einen Nachnamen hat.«

»Aber ich kann doch nicht so einfach eine Adresse, ich meine …«

»Frau Maurer, ich verstehe Sie da zu gut. Aber wir ermitteln in einem Mordfall, und wir stecken fest. Wenn mir jemand zweifelsfrei bestätigt, dass Frau Pfaffenbichler die Abholerin war, dann würde das für mich einen Quantensprung bedeuten.« Reiber legte alles an Schmelz in seine Stimme.

»Die Brigitte ist auch gar nicht mehr in Ebersberg«, sagte Roswitha Maurer nach einer Weile.

»Aber Sie wissen, wo sie lebt?«

»Ja, in Stuttgart.«

Brigitte aus Stuttgart, ja das war eine prägnante Aussage. Reiber mahnte sich zur Geduld. »Und wie heißt Ihre Freundin nun? Ich verspreche Ihnen, dass ihr dadurch kein Nachteil entsteht.«

»Brigitte Gruber. Ihr Mann heißt Erich.« Roswitha Maurer stöhnte auf. »Gott, jetzt hab ich Ihnen das gesagt.«

»Und das war goldrichtig, goldrichtig! Vielen Dank!« Reiber legte Pathos in seine Stimme, und als er das Gespräch beendete, standen ein paar winzige Schweißperlen auf seiner Stirn. Jetzt musste etwas weitergehen.

Brigitte Gruber war leicht zu finden, und sie erwies sich als weniger zickig als erwartet. »Die gute Rosi, immer ängstlich, und dann passiert ihr so was. Unglaublich!«

»Frau Gruber, Sie haben auch Hunde mitgenommen. Gab es da Komplikationen?«

»Nein, ich habe mich dreimal angeboten. Die Tiere wurden mir in München abgenommen. Händedruck, das war's!«

»Und die Dame, die die Tiere in Empfang genommen hat?«

»Hieß Lea oder so ähnlich. Pfaffenbichler in jedem Fall. Nicht unnett, die Dame. Sie hat mir jedes Mal eine selbst gemalte Postkarte übergeben, Künstlerin, die Guteste. Na ja, nicht so sehr mein Geschmack, aber bitte!«

»Haben Sie jemals etwas Merkwürdiges erlebt?«, fragte Reiber.

»Drogen wie bei der armen Rosi?« Sie lachte. »Nein.« Dann sagte sie weit ernster: »Nein, das war schon sehr tragisch für Rosi. Wo sie doch vom Typ her eh jemand ist, der unentwegt darüber nachgrübelt, was die Leute wohl über sie denken. Sie hat den Vorfall nur schwer verwunden, das sag ich Ihnen! Ich hingegen habe diese Boxen übergeben, und das war's. Und glauben Sie mir: Ich habe tausendmal überlegt, ob ich wohl auch Drogenkurier war. Da läuft's einem doch eiskalt den Rücken hinunter.«

»Gar nichts Auffälliges, Frau Gruber? Überlegen Sie!«, insistierte Reiber.

»Nein, oder halt, warten Sie mal. Beim zweiten Mal habe ich Frau Pfaffenbichler vor dem Flughafen noch gesehen. In der Parkzone hat sie den Hund in eine andere Box gesetzt und die, mit der der Hund gekommen war, jemandem gegeben.«

»Jemandem?«

»Ja, nun – sie reichte die Box in eine geöffnete Autotür. Das Auto hatte hinter ihr geparkt. Ich habe ihr noch zugewinkt, aber sie hatte es eilig. Ja meinen Sie ...«

Sie brach ab, und Reiber wusste, dass sie sich nun den restlichen Abend wilde Geschichten zusammenspinnen und mit Sicherheit ihre Freundin Rosi anrufen würde. Er dankte auch dieser Dame überschwänglich, und als er aufgelegt hatte, waren da noch ein paar Tröpfchen Schweiß dazugekommen. Es ging los!

Die nächsten Stunden war er höchst aktiv. Er telefonierte mit den Niederlanden, er führte Gespräche mit Rumänien. Sehr aufschlussreiche Gespräche, wie er fand. Als er dann erneut zum Telefon griff und eine deutsche Nummer wählte, waren einige Stunden vergangen. Er dankte noch kurz Gott und allen Heiligen, dass er all diese Menschen in der staden Zeit, wie die das in Bayern nannten, überhaupt erreicht hatte. Aber es war ihm so vorgekommen, als wären die eher froh gewesen über die Ablenkung. Zu viel Romantik, Süßkram und Kerzenschein tat den Menschen nicht gut.

Gerhard ging schnell ans Handy. Reibers Nummer, na dann. Der Mann würde wohl noch eine Weile durch sein Leben und seine Gedanken spuken.

»Hallo, Weinzirl. Ich hoffe, Sie haben die Plätzchenorgie gut überstanden?«

»Danke der Nachfrage. Und Sie, auch schon wieder im Dienst?« Gerhard bemühte sich um einen freundlichen Ton. Keiner von ihnen beiden ging näher auf das Wer-war-wo-an-Weihnachten ein.

»Ja, Weinzirl, und nun passen Sie mal auf: Ich habe zwei feine Neuigkeiten. Ich habe ein Phantombild vom Weihnachtsmann.«

»Haben Sie zu viel Punsch erwischt, Reiber?«, fragte Gerhard.

»Nein.« Reiber lachte, berichtete von Otto und schloss: »Aber das wird wohl unser Mann sein, unser mörderischer Weihnachtsmann!«

»Und nicht Sandra Angerer, das wollen Sie sagen, oder?« Gerhard bemühte sich um Freundlichkeit.

»Zumindest war sie es dann nicht selbst. Aber vielleicht

kannte sie den Weihnachtsmann. Und, Weinzirl, ich hab noch mehr: Ich habe alte Unterlagen von ›Sternenhunde‹ aus den Niederlanden gemailt bekommen, weil ich nämlich den Webmaster der damaligen Homepage aufgetan habe. Frau Leanora Pia Pfaffenbichler war bei Silvi de Vries Kassenwart, sie war von Anfang an dabei. Es gab außer dem Fall in München einige Übergaben, die reibungslos verlaufen sind. Ich habe zudem eine Dame in Stuttgart, die aussagt, dass es Frau Pfaffenbichler war, die damals den Hund abgeholt hat. Weinzirl, verschließen Sie nicht mehr die Augen. Die künstlerische Tierschützerin war in eine ganz große internationale Drogensauerei verwickelt!«

Gerhard überlegte eine Weile. »Gut, Reiber, von mir aus! Meine findigen Damen hier haben Unregelmäßigkeiten in ihren Finanzen gefunden. Sie hat definitiv mehr Geld ausgegeben, als sie hatte. Das Geld muss ja irgendwoher gekommen sein. Ich bin dabei, den Gedanken weiterzudenken. Aber was wollen Sie jetzt tun? Frau Pfaffenbichler ist tot. Diese holländischen Damen werden kaum mit uns plaudern. Also was?«

»Deshalb, mein lieber Weinzirl, werden wir ausfliegen. Morgen schon. Waren Sie schon mal in Rumänien, Weinzirl?«

Vierzehn

Rumänien? Gerhard überlegte und registrierte mit einer gewissen Verwunderung, dass dieses Land immerhin zur EU gehörte. Damit endete sein Wissen dann auch; was er noch im Kopf hatte, waren Geschichten über ein Land gebeutelt von Ceaușescu, das keine guten Straßen hat, wo Waisenkinder in elenden Heimen verwahrt sind, Straßenhunde zu Handschuhen werden, Zigeuner sowieso klauen und Autoknacker- und Diebesbanden ihr Unwesen treiben. Deshalb rief Gerhard auch: »Was um Himmels willen soll ich in Rumänien? Da klauen die bloß mein Auto!«

»Falsch, Weinzirl. Erstens klaut Ihren Bus nirgendwo auf der Welt irgendwer, und zweitens sind die Diebe alle bei uns. Das ist die Chance, Klischees abzubauen. Wir fliegen nämlich morgen Vormittag nach Bukarest. Ich habe Ihnen einen Flug ab München gebucht, meiner geht ab Berlin. Wir kommen fast gleichzeitig an. Lufthansa überdies, ich dachte mir, dass Sie der Karpat Air vielleicht nicht trauen.« Reiber lachte kurz auf.

Gerhard hatte eine Schrecksekunde, er musste das Gehörte erst mal sacken lassen. »Reiber, hängen Sie so sehr an der Theorie, Frau Pfaffenbichler habe sich mit rumänischen Kriminellen angelegt, dass wir bis Rumänien reisen müssen?«

»Ja, ich habe da, sagen wir mal semioffiziell, Kontakt zu einem Kollegen, und der hat Interessantes zu berichten! Packen Sie ein paar Sachen zusammen, Ihr Ticket kommt per E-Mail. Bis morgen, Weinzirl!«

Reiber, dieser sture Hund! Wenn der sich in eine Idee verbissen hatte ... Gerhard musste zugeben, dass er das bewunderte. Dann fliegen wir mal spontan nach Rumänien. Tja, *why not*? Es gelang ihm auch ohne Evis Hilfe, sein Etix-Ticket auszudrucken. Da er momentan sozusagen sein eigener Chef war, gab es auch niemanden, den er hätte fragen können. War das nun eine Dienstreise? Er beschloss, sich bedeckt zu halten. Und rief Evi.

»Evi-Maus, ich muss morgen mal weg. Du und Melanie, ihr kümmert euch weiter um Herrn Angerer und diese Einrichtung für behinderte Kinder, ja?«

»Was heißt, du musst weg?«, fragte Evi und sah ihn misstrauisch an.

»Na weg. Im Sinne von weg. Was im Prinzip meint: Ich bin dann mal weg.«

»Du Vollgasdepp!«, rief Evi, und das war für ihre sonst so dezente Art ein echter emotionaler Ausbruch. »Machst du jetzt wieder einen deiner Geheimniskrämer-Alleingänge, die dazu führen, dass wir dich fast in einer Feuersbrunst verlieren, du in einem Container ohne Luft endest oder fast im Gips verreckst? Ich besuch dich definitiv in keinem Krankenhaus mehr!«

Evi, die gute Evi. Sie machte sich echt Sorgen. Und wie

das klang! Gut, ihm waren bei seinen letzten Fällen kleinere Unfälle zugestoßen. Na ja, größere auch. Aber es war ja immer gut ausgegangen. Er schenkte Evi ein bezauberndes Lächeln. »Evi, wirklich, kein Alleingang. Ich verspreche es. Indianerehrenwort!« Stimmte ja auch. Er war nicht allein. Reiber war dabei, der Mann, den alle so gut fanden.

»Ach, ich pfeif auf deine Rothaut-Worte. Lass wenigstens dein Handy an!«

Und damit stampfte sie wutentbrannt von dannen, was bei der zierlichen Fünfundfünfzig-Kilo-Evi eher belustigend wirkte.

Als er zu Hause war, warf Gerhard ein paar Sachen in einen Rucksack. Da war es ja auch Winter, oder? Gerhard merkte, dass Rumänien wirklich Terra incognita für ihn war. Rumänien, klar, da gab es doch auch Berge, wo Dracula wohnte!

Weil Gerhard zwar nichts über Rumänien wusste, aber viel über die Deutsche Bahn, kalkulierte er Zeit ein. Viel Zeit. Und das war weise. Denn schon in Tutzing gab es ein Problem, das ihnen zehn Minuten Verspätung einbrachte. Die Dame mit Ossi-Zungenschlag konnte über Lautsprecher auch nicht sagen, warum sie hier festhingen. Folglich konnte er in Pasing erst eine Flughafen-S-Bahn später nehmen. Oder besser: Er wollte sie nehmen. Denn wie immer im winterlichen München gingen die Türen nicht auf, nach ewigem Geziehe und Gezerre startete dann auch diese Bahn deutlich zu spät. Bis er im schicken Terminal 2 ankam, hatte er zu tun, den Flieger zu erwischen. Zumal er bei der Sicherheitskontrolle einen halben Strip hinlegen musste. Gürtel runter, Stiefel auch, und dann hatte er noch zwei verschiedene Socken an: eine in Blau, eine in Braun.

Reiber traf er in Bukarest am Gepäckband. Die Flieger waren fast zeitgleich gelandet. Und als sie nach draußen gingen, stand da schon ein junger Mann, der ein Schild vor seine Brust gepresst hielt. »Herr Reiber« stand da in schwungvollen Lettern. Er stellte sich als Mihnea vor, Inhaber eines Reisebüros und einzig abkommandiert, die beiden abzuholen und in die Stadt zu fahren. Er sprach ein nahezu akzentfreies Deutsch und verwendete Wörter, die niemals zu Gerhards aktivem Sprachschatz gezählt hatten. Altertümliche Wörter, die Sachverhalte perfekt trafen, allein, man hatte sie inzwischen gegen Anglizismen ausgetauscht.

»Bisweilen nenne ich das Vergnügen mein Eigen, Mitgliedern der Polizei die Kleinodien unserer Stadt zeigen zu dürfen. Hatten Sie einen angenehmen Flug, oder ist Ihnen gar ein wenig blümerant?«

Volker verneinte jede Blümeranz, bedankte sich für den Empfang, und sie setzten sich in einen französischen Wagen, nix mit Dacia. Sie verließen den Flughafen und tauchten augenblicklich ein in eine gewaltige Riesenbaustelle. An der Einfallstraße in die Stadt reihten sich die Super- und Baumärkte: Praktiker und Kaufland – omnipräsent. Outlet-Stores, mal halb fertig, mal brandneu, und dazwischen letzte Brachflächen, wo mal eine einzige Kuh neben einer windschiefen Hütte stand und missmutig in Richtung der Supermärkte starrte, mal eine Sau im Schlamm herumrüsselte. Allmählich erreichten sie das Stadtgebiet, passierten einen Triumphbogen, irgendwo vibrierte ein Presslufthammer. Und auf einmal war Gerhard hellwach, hier vibrierte mehr als nur ein Presslufthammer. Es lag etwas in der Luft, Aufbruch, Energie – gefährlich und verführerisch zugleich.

An einer Ampel klopften ein paar Kinder laut an die Scheibe, Mihnea ließ die Scheibe herunter, zischte ein paar Worte und sagte dann: »Um das zu verstehen, muss man wissen, dass Ceaușescu den Kinderreichtum förderte und es so keine Rarität war, dass Sinti und Roma mit zwölf bis zwanzig Kindern gesegnet waren. Das Problem entstand eigentlich erst in der erzwungenen Sesshaftigkeit, denn in Ermangelung traditioneller Gelegenheitsarbeiten wurden die Finger länger. Aber in Rumänien ist es immer schon gelungen, unterschiedliche Nationalitäten, Sprachen und Religionen unter einen Hut zu bekommen. Wir arbeiten auf der Baustelle unserer Zukunft.«

Gerhard, der hinten saß, blickte auf den Hinterkopf des Fahrers. Auf einmal wusste er, dass diese Generation von Mihnea, hochgebildete junge Leute Ende zwanzig, Anfang dreißig, mehrsprachig, in Europa gereist, in Rumänien geerdet, ein Schwungrad waren. Mihnea sprach in einem so fein ziselierten Deutsch und verwendete die Worte so sorgsam, dass Gerhard jeder Kommentar auf der Zunge erstarb. Dass er spürte, wie satt man in seinem Land war, wie satt er selbst war und dass er nie – auch nicht als junger Mensch – wirklich aktiv an seiner Zukunft gearbeitet hatte.

Sie hatten das Zentrum von Bukarest erreicht, ein merkwürdiges Monument vor den Monumentalbauten nannte Mihnea gerade eine »Olive auf Zahnstocher, die ein seltsames modernistisches Erzeugnis ist«. Er führte ihnen Prachtboulevards neben fast ländlichem Ambiente vor, orthodoxe Kirchen, sozialistische Bombastbauten neben einer Karawanserei, »dem einzigen Überbleibsel aus der unseligen türkischen Periode«. Sie passierten das Parlamentspalais, »mit sechstausend Räumen und dreihundertdreißigtausend Quadratmetern Fläche darf es sich nach dem Pentagon als zweitgrößtes Gebäude dieser schönen weiten Welt in die Liste der Superlative einreihen«. Vor dem Gebäude verkaufte eine alte Frau selbst gestrickte Socken. Nebenan spiegelte sich die Silhouette eines Leierkastenmanns in der Glasfassade eines Nobelhotels, eine Glasfassade, wie sie Hotels von Lima bis Peking anscheinend haben mussten, wenn sie internationale Konzernnamen trugen. Gerhard war auf eigentümliche Weise berührt. So war dieses Rumänien: anrührend altmodisch und seltsam modernistisch zugleich. Ein Land voller Zwischentöne, irgendwo zwischen Ost und West. Gerhard realisierte, dass er wieder mehr reisen musste, dass er sein Weißbier verlassen musste, um einmal wieder weiter sehen zu können.

Auf dem Platz nebenan standen einige windschiefe Marktstände. Rote Cowboyhüte wurden verkauft, Schaffelle und Keramik.

»Braungrün ist die ungarische Variante, Blau sächsisch, und wenn's geometrische Muster sind, dann stammen die Teller aus Rumäniens Süden«, sagte Mihnea und: »Wir erreichen gleich unser Ziel.«

Das Ziel hieß »Caru' cu bere«, die Straße hatte den

unaussprechlichen Namen »Stabropolcos«, und der Treffpunkt war eine altehrwürdige Bierbrauerei im Gewand eines edlen österreichischen Kaffeehauses. Ein Mann kam auf sie zu. Er war jung, sehr groß, hatte ein schmales aristokratisches Gesicht, eine markante Nase. Seine linke Gesichtshälfte zierte eine Narbe, sie verlief fast parallel zu seinen hohen Wangenknochen. Das gab ihm etwas Verwegenes, gleichzeitig aber auch Verletzliches. Wenn er eine Frau gewesen wäre, diesen Burschen hätte er sich näher angesehen, dachte Gerhard. Aber Frauen wählten ja erfahrungsgemäß immer die Männer aus, die man als Mann als ausgesprochen unpassend empfand. So wie Jo. Jo und Reiber – das bohrende Gefühl in der Magengrube überfiel ihn wieder. Aber er konnte Reiber ja schlecht fragen, ob da was lief, was da lief … Zudem hatte er momentan Wichtigeres zu tun.

»Răzvan«, stellte sich der Rumäne nun mit Vornamen vor und bat die Herren, sich zu setzen. Mihnea verabschiedete sich und sagte noch: »Zögern Sie nicht, mich anzurufen, ich harre Ihrer weiteren Wünsche.«

Răzvan nickte ihm zu und wandte sich an Gerhard und Reiber. »Willkommen, es freut mich sehr, dass Sie sich die Zeit nehmen konnten. Herr Weinzirl, ich nehme an, dass Herr Reiber Sie ins Bild gesetzt hat?«

Auch sein Deutsch war perfekt, Himmel, was war er dagegen für eine Sprachlusche. Gerade mal auf Englisch konnte er sich einigermaßen verständlich machen, und seine Wortwahl und Grammatik waren sicher keine Offenbarung. »Ja, wobei ich gestehen muss, dass mich das alles nicht so ganz überzeugt. Ich habe eine Verdächtige, verzeihen Sie mir, wenn ich das so sage: Aber solche internationalen Verwicklungen sind eher Kinostoff und Fernsehfutter. Meiner Erfahrung nach passieren Morde zu neunundneunzig Prozent im Familienkreis und im engsten Umfeld.«

Răzvan lächelte, was sein strenges Gesicht aufhellte und belebte. »Verstehe, aber da bleibt ein Prozent.« Er zwinkerte Reiber zu.

»Okay.« Gerhard atmete tief durch. »Sie wollen also sagen, dass Tierschützer schmuggeln?«

»Ja, wir haben sogar Beweise.« Er legte eine Akte auf den Tisch und klappte eine Seite auf. Ein Foto zeigte fünf Menschen, drei Frauen, zwei Männer. Eine der Frauen war eindeutig Leanora Pia Pfaffenbichler.

Reiber sah Răzvan fragend an.

»Die eine Dame kennen Sie, die andere ist Holländerin, Rina van Menne, Tieraktivistin. Die Dame mit dem Pagenschnitt ist Rumänin, Ionela Raț. Sie leitet eine Tierschutzorganisation vor Ort, sie kooperiert mit ausländischen Organisationen. Es gibt ein großes neues Tierschutzzentrum in Brașov, Sie kennen die Stadt vielleicht unter dem Namen Kronstadt. Das Zentrum wird vor allem von ausländischen Sponsoren getragen, hier haben die meisten Menschen keinen finanziellen Spielraum für Tierschutz. Auch nicht das Bewusstsein.« Er lachte leise auf. »Bei den Herren handelt es sich um Gheorghe Mutu, einen steinreichen Magnaten, der bei allen großen Investitionen die Finger im Spiel hat. Zudem spielt er sich als Kulturfreund auf und unterhält eine Galerie auf der Calea Victoriei in Bestlage. Er lobt Stipendien für junge rumänische Literatur aus. Der andere ist Constantin Nagy. Er ist ungarischstämmiger Kulturjournalist, der in diversen Zeitungen schreibt, eine Talkshow im Radio hat und bei Gesprächsrunden im Fernsehen immer geladen ist. Die beiden verkaufen ganz offiziell ins Ausland, sie fördern rumänische Künstler, helfen ihnen, im Ausland Fuß zu fassen, stellen Kontakte zu Galeristen und Literaturhäusern her.«

»Und inoffiziell?«, fragte Reiber.

»Inoffiziell verkaufen sie Drogen. Hoffnungsvolle Künstler fungieren als Drogenboten. Touristen und eben auch diese Tierschützer.«

»Und das wissen Sie? Haben Sie Beweise?«, wollte Gerhard nun wissen.

»Ich will Sie jetzt nicht mit endlosen Vorgeschichten langweilen, wir haben die beiden seit Jahren im Auge, und einmal konnten wir in Zusammenarbeit mit Europol so einen Transport stellen. Drogen waren in einer Hundetransportbox im doppelten Boden versteckt.«

»Und das wurde in München entdeckt, nicht wahr?«, unterbrach Reiber ihn, er wirkte angespannt.

»Ja, eine sogenannte Flugpatin hatte den Hund dabei und sollte ihn in München an eine Tierschutzorganisation übergeben.«

»Ja, und da schließt sich der Kreis.« Reiber sah Gerhard triumphierend an. »Das ist der Fall, den ich damals in den Fingern hatte. Die Frau, eine Roswitha Maurer, schwor bei Gott und allen Heiligen, dass sie davon nichts gewusst hatte. Sie wurde am Ende auch freigesprochen. Die Organisation, mit der die Flugpatin via Internet Kontakt gehabt hatte, saß in Holland. Die Vorsitzende war eine Silvi de Vries von der Organisation ›Sternenhunde‹, die ...«

»... die Vorgängerin von Rina van Menne ist«, ergänzte Răzvan. »Diese Silvi de Vries wusste aber auch von nichts, die Beweislage war zu dürftig. Die Hundetransportbox war zu lange unbeaufsichtigt, und der Anwalt von de Vries hatte damals so argumentiert, dass ein Loader am Flughafen der Schmuggler sei. Wir konnten nichts beweisen, bis heute sammeln wir, und dann hoffen wir auf den großen Schlag. Oder lassen Sie es mich anders formulieren: Ich sammle Material zusammen mit einem Kollegen, denn seit der De-Vries-Sache wurde mir aus höchsten Polizeikreisen vermittelt, ich solle mich raushalten. Ich nehme stark an, Gheorghe Mutu hat interveniert. Er hat in diesem Land überall die Finger im Spiel.«

Sie schwiegen eine Weile, eine zweite Runde Bier wurde aufgetragen, das schummrige Licht im »Caru« war einlullend, die Welt war weit draußen.

»Und diese Frau de Vries hat sich dann zurückgezogen?«, fragte Gerhard.

»Ja, angeblich, weil sie dieser Verdacht so aus der Bahn geworfen hätte. Weil sie enttäuscht war von der Welt, sie, die doch nur Gutes tat.« Răzvan förderte ein paar holländische Zeitungsausschnitte zutage. »Es gab einiges an Presse, Frau de Vries gehört in den Niederlanden zum Geldadel, ist bekannt mit dem Königshaus und allem, was Rang, Namen und Einfluss hat. Es war eine gewaltige Show, sie ist eine perfekte Schauspielerin. Aber ich bin mir sicher, dass

Gheorghe Mutu und Constantin Nagy sie aus dem Verkehr gezogen haben. Sie ließen Gras über die Sache wachsen, und nun geht's wieder los.«

Gerhard nahm einen Schluck von dem süffigen Bier. »Und unsere Frau Leanora Pia Pfaffenbichler war ja schon in der Ära de Vries mit im Tierschutzboot, hat sich dann aber von ›Sternenhunde‹ getrennt und ihre eigene Organisation ›Gut Sternthaler‹ gegründet.«

»Ja, ein geschickter Schachzug, wenn Sie mich fragen. Sie gab unüberbrückbare Differenzen an, andere Tierschutzziele. Sie wollte sich angeblich ganz auf die Arbeit in Deutschland konzentrieren. Ich denke aber, sie hatte damals auch schon Dreck am Stecken und hat sich so dezent aus der Affäre gezogen«, sagte Răzvan.

Reiber verzog den Mund. »Und in dieser Tierschutzszene ist es völlig normal, dass sich der Polarhunderettungsverein in drei Untergruppierungen aufspaltet, dass aus Windhundeschutz die Nothilfe armer Windhunde hervorgeht, dass die einen nur Siamkatzen in Not retten und keine Maine Coon aufnehmen. Diese Tierschützer sind Rassisten, unflexibel und verbohrt!«

»Ja, und das wohl wissend, gibt es nun ›Gut Sternthaler‹, das natürlich international immer noch mit ›Sternenhunde‹ kooperiert, weil alle ja eine große liebe Tierschutzfamilie sind.« Allmählich kam Gerhard das alles ziemlich logisch vor. Hatte Reiber doch recht?

»Genau«, sagte Răzvan. »Und der Deal geht weiter. Die drei Tierschutzdamen können in Rumänien schalten und walten, wie sie wollen. Sie stehen unter Gheorghe Mutus

Schutz, und Constantin Nagy schreibt immer mal wieder Gefälligkeitsartikel. Er ist ein Intellektueller mit messerscharfem Verstand, eiskalt. Ich nehme ihm niemals ab, dass er sich für Tierschutz interessiert. Wir haben in diesem Land wahrlich andere Probleme als die Frage, ob es EU-relevant ist, dass eingefangene Straßenhunde zu Handschuhleder verarbeitet werden. Es interessiert auch niemanden, dass am Ende der Touristensaison an der Schwarzmeerküste Katzen und Hunde vergiftet werden. Zu Tausenden werden sie vernichtet, denken Sie bloß an die beispiellose Massenvernichtung vor den ›sauberen‹ Spielen in Athen, wo die Olympiastadt von Streunern gereinigt wurde. Constantin Nagy hat erst kürzlich einen Artikel geschrieben, dass solche Tötungsaktionen nichts bringen, weil in den ›gereinigten‹ Bezirken sofort neue Populationen an wilden Hunden und Katzen zuziehen. Kastration ist die einzige Chance, aber die ist bei uns geradezu verpönt. Es kommt immer wieder zu unschönen Szenen zwischen ausländischen Tierschützern und Leuten vor Ort. Einen rumänischen Macho überzeugen Sie weder mit guten Worten noch mit Hysterie. Vielleicht mit Geld.« Er lachte. »Und dann gehen die ja auch so weit, Hunde einzufangen, die kein Halsband haben. Manche Tiere haben durchaus ein Zuhause, die Mensch-Tier-Bindung ist im Süden und Osten nun mal anders als bei Ihnen. Die Tierschützerinnen haben schon Hunde eingesammelt, die sehr wohl jemandem gehört haben.«

»Und Frau Pfaffenbichler mittendrin?«, fragte Gerhard.

»Ja, an vorderster Front. Letztes Jahr war sie an der Schwarzmeerküste unterwegs. Es überleben ja immer einige Tiere, vermehren sich weiter, das ist sozusagen Tourismus-Darwinismus. Die Tierchen können die Touristen dann in der neuen Saison füttern, sich gut fühlen, abreisen, und im Herbst geht dieser Kreislauf von Neuem los. Wir würden in verwahrlosten Tieren ersticken, wenn das nicht so geschehen würde. Eigentlich ist ein Artikel darüber nach rumänischer Ansicht nicht mal das Zeitungspapier wert, auf dem er gedruckt ist. Es sei denn, er stammt von Constantin Nagy. Er ist eben die Stimme Rumäniens.«

»Und Sie gehen davon aus, dass im Gegenzug für das Protektorat im Land die Tierschutzdamen Drogen außer Landes bringen?«, fragte Gerhard.

»Ja, davon gehe ich aus. Zudem nehme ich mal an, dass die Damen fürstlich entlohnt werden für ihre Botendienste«, sagte Răzvan.

»In bar, nehme ich an. Das erklärt auch, weswegen das Vereinskonto viel zu wenig Geld für die Ausgaben aufweist, Frau Pfaffenbichler dennoch genug Geld hatte. Sie fährt also teils selbst mit dem Kleinbus und bringt die lieben Tierchen über Ungarn und Österreich nach Deutschland. Und die Drogen gleich mit.«

»Wer möchte schon in Hundekäfige greifen, wenn einen die Kläffer anknurren? Und wer würde diese Dame kontrollieren, die Empfehlungsschreiben von Mutu und Nagy hat? Die so viel Gutes tut? Das wäre ja so, als würde man Bambi verdächtigen, ein Spion zu sein. Oder Lassie des Drogenschmuggels bezichtigen.« Reiber lachte trocken.

»Und warum musste Frau Pfaffenbichler dann sterben? Weil sie die heiße Ware nicht ordnungsgemäß abgeliefert hat? Oder sich geweigert hat, weiter mitzumachen?«, fragte Gerhard.

»Ich nehme eher an, sie hat einen Teil der Ware unter der Hand verkauft. Vielleicht wurde die Ware auch mit anderen Substanzen gestreckt. Ionela Raţ ist Tierärztin, a.D., aber sie verfügt über medizinisches Fachwissen«, sagte Răzvan.

»Und gefährdet wissentlich die Gesundheit von Menschen, um damit Tieren zu helfen? Ist das nicht pervers?«, fragte Reiber.

»Sie wissen doch, wie das ist mit Fanatikern. Sie sehen nichts mehr links und rechts von ihrem Weg. Sie sind fixiert, gefangen in ihrer Idee. Sie bewegen sich in geschlossenen Systemen mit eigener Logik.« Er lachte bitter. »Ich weiß, wovon ich rede. Ich bin in eine Familie von Systemkritikern hineingeboren worden. Aber lassen wir das.« Sein Blick verdunkelte sich für Sekunden. Răzvan war jung, aber er hatte mit Sicherheit so einiges an Düsternis erfahren.

»Wir bewegen uns im Reich der Spekulation«, meinte Gerhard schließlich.

»Ja, aber das alles ist so verdammt logisch. So schlüssig. So klar«, sagte Reiber.

»Und klug und kaltblütig zugleich«, meinte Răzvan.

»Oder verzweifelt!«, sagte Gerhard. »Ich sehe die Theorie mal als Wahrheit an. Ich konstruiere eine Geschichte, wie sie hätte sein können. Frau Lepipfa! hat Finanznöte, sie rutscht immer tiefer in diese rumänische Geschichte rein, das Geld reicht hinten und vorne nicht. Da kommt der Geldsegen von Agnes Angerer, an dem sie aber auch keine rechte Freude hat, weil ihre Putzfrau sie deswegen nervt. Sie weiß, dass diese ganze Testamentsgeschichte nicht vom Tisch ist, dass sie womöglich vor einem Gericht landen wird, sie kann mit diesem Geld nicht planen. Also liefert sie von der rumänischen Ware immer nur einen Teil aus, den Rest behält sie und vertickt das unter der Hand. Oder streckt das Zeug.«

Reiber fiel ein: »Die Rumänen durchsuchen ihr Haus und finden nichts. Also erhängen sie die Hunde, schicken Bilder des Massakers nach Berlin. Sie bricht zusammen, sagt, wo die Drogen sind. Sterben muss sie dennoch, sie ist zu gefährlich als Zeugin, als Mitwisserin. Das waren Profis, Profikiller, Profidiebe, Profikriminelle.«

»Und diese gestohlenen Bilder?«, fragte Gerhard. Er hatte Răzvans düstere Worte über Fanatiker noch im Ohr. Auch Sandra Angerer war eine Fanatikerin, gefangen auf ihrem Weg, den sie selbst mit hohen Mauern eingezäunt hatte. Sie hatte sich verrannt in ihren Feldzug gegen Leanora Pia Pfaffenbichler. Sie war für Gerhard immer noch eine sehr wahrscheinliche Verdächtige.

»Ich glaube, das diente zur Verwirrung. Ich glaube, das war ein Ablenkungsmanöver und eine Botschaft an uns: Seht her! Vor euren Augen ermorden wir eine Frau, vor euren Augen stehlen wir ein paar Bilder. Das passt zu Constantin, das ist sein Stil. Er liebt es, andere vorzuführen«, sagte Răzvan grimmig.

»Und wie beweisen wir das? Und mehr noch: Wie helfen wir dem Kollegen Răzvan, der ja wahrscheinlich dran interessiert ist, diesen Gheorghe als Drahtzieher des Ganzen zu entlarven?« Gerhard war zwar immer noch nicht überzeugt, aber für den Moment mal bereit, mitzudenken, mitzuarbeiten. Er überlegte. »Wenn wir wüssten, wer die Drogen in Berlin hätte kaufen wollen. Das könnte helfen.«

»Drogen in Berlin! Nicht mal die Drogenfahndung kommt da noch hinterher, so schnell wechseln diese mafiösen Zirkel, die in großem Stil Drogen verkaufen. Vergesst das!«, rief Reiber. »Schade nur, dass Frau Pfaffenbichler uns nichts mehr erzählen kann, oder?«

Răzvan wiegte den Kopf hin und her. »Ich glaube, dass Ionela Raț ebenfalls Bescheid wusste. Ohne eine Mitwisserin in Rumänien hätte Ihre Frau Pfaffenbichler das nicht durchziehen können. Und wenn unsere Theorie stimmt, dass die an den Drogen manipuliert haben, dann muss Ionela Raț dabei gewesen sein.«

»Das will meinen?«, fragte Reiber und lächelte.

»Wir fahren nach Brașov. Sie beide müssen die Dame befragen. Das ist dann allerdings nicht ganz legal. Ich bin offiziell raus aus dem Fall, und Sie sind offiziell nicht befugt.«

»Aber weiß das Ionela Raț?«, grinste Reiber und sah Gerhard fragend an.

»Ja, von mir aus, ihr habt mich fast überzeugt.« Er trank einen Schluck Bier. Auf was hatte er sich da eingelassen?

»Gut«, sagte Răzvan, »ich habe Ihnen beiden einen Tisch in der Terasa Doamnei bestellt, Sie machen auf ganz normale Touristen. Gheorghe und Constantin haben da eine Art Stammtisch, wie Sie in Deutschland sagen. Sie erkennen die beiden sicher. Lassen Sie das einfach mal auf sich wirken. Mihnea wird Sie begleiten. Wir sehen uns dann morgen, ich stoße unterwegs dazu.«

Fünfzehn

Diese Terasa Doamnei in der Strad Doamnei 9 mitten im modernen Bukarest lag ganz unauffällig in einer kleinen Straße in einer Art Scheune. Auf der Karte stand: »*Urs carpatin cu ghebe*«. Laut Mihneas Übersetzung war das »Karpatenbär mit Pilzen und Muschi. Oder mögen Sie lieber Hirn genießen?«. Gerhard bevorzugte den Karpatenbär, und während Mihnea bestellte, sah er sich um. Das Ganze war wirklich eine Art Scheune mit langen Tischen, fast ein Art Indoor-Biergarten. Vorne gab es eine Band, dazu sangen resonanzkörperstarke Damen in gold-grünen Kleidern rumänische Volkslieder.

»Diese Gewänder stammen aus der Westwalachei«, erklärte Mihnea.

Es war bizarr, aber die Rumänen schienen es zu lieben. Das Publikum war mehr als gemischt: staunende Ausländer, meist Geschäftsleute im typischen Business-Look. Einige rumänische Durchschnittspaare, relativ viele Neureiche, zumindest ließ das der ganze Behang an teuren Halsketten, Armbändern und Uhren vermuten.

Gheorghe Mutu hatte seinen Hofstaat um sich versammelt: einige Männer mittleren Alters und sehr junge, sehr dünne, für die Jahreszeit spärlich bekleidete Mädchen. Es war Gerhard den ganzen Tag über schon aufgefallen. Es gab hier extrem viele schöne Frauen. Die Kellner benahmen sich wie Leibeigene, es fehlte nur noch, dass sie einen Diener machten und rückwärts katzbuckelnd den Tisch verließen. Immer wieder kamen Leute an den Tisch, die Gheorghe Mutu huldvoll begrüßte, der manchmal auch ein donnerndes Lachen vernehmen ließ. Einer der singenden großbusigen Dragoner war an den Tisch von Gheorghe Mutu getreten und sang ihm ein Ständchen. Er stopfte ihr Geldscheine ins Dekolleté, und da war ja wahrhaft Platz genug!

Ein Mann kam just in dem Moment herein, unverkennbar Constantin Nagy. Er hatte auf dem Foto schwammiger gewirkt. In Wirklichkeit war er eher muskulös, als habe er früher Hochleistungssport betrieben und sei dann in die Breite gegangen. Er war nicht übermäßig groß, sehr teuer gekleidet. Seine dunklen Augen glitten durch den Raum. Er scannte ihn regelrecht ab, binnen Sekunden schien er alles registriert zu haben. Sein Blick blieb ganz kurz an Gerhards Tisch hängen. Ihre Blicke kreuzten sich. Constantin Nagy runzelte die Stirn, so als tue er sich schwer, die Gesellschaft einzuordnen. Und Gerhard wusste, dass er auf der Hut sein musste. Vor diesem Mann weit mehr als vor Gheorghe.

Der Karpatenbär mundete vorzüglich, sie wollten gerade bezahlen, als eine Runde Schnaps an ihren Tisch gebracht wurde. Mihnea sah sich irritiert um, als Constantin Nagy aufstand und an ihren Tisch trat.

»Sie sind aus Deutschland, habe ich gehört? Geschäfte? Ich bin Journalist, ich schreibe eine Serie über ausländische

Investitionen in Rumänien.« Seine Stimme war angenehm, sein Deutsch so perfekt wie das der anderen, die sie hier kennengelernt hatten.

Reiber reagierte blitzschnell. »Oh, da sind wir schlechte Kandidaten. Ich bedaure. Mein Kumpel und ich haben zusammen studiert und treffen uns einmal im Jahr in einer europäischen Hauptstadt, in einem Land der Europäischen Union. Die neuen Länder interessieren uns besonders. Das ist zur Tradition geworden. Mit Investitionen haben wir gar nichts am Hut. Außer der Investition in Museumsbilletts und Restaurantbesuche.« Reiber gelang es, ein wenig dümmlich zu lachen und etwas unsicher zu wirken. Gerhard zog innerlich den Hut. Chapeau!

Constantin hatte sich gesetzt und mit einer fast unmerklichen Handbewegung nochmals Schnaps geordert. »Was haben Sie denn studiert?«

»Lehramt«, sagte Reiber, und in dem Moment verfluchte ihn Gerhard. Wie sollte er einen Lehrer mimen?

»Ach was! Welche Fächer denn?« Constantin setzte ein Lächeln auf, das nur um seinen Mund spielte. Seine Augen waren hellwach und skeptisch.

»Deutsch und Latein«, sagte Reiber. »Der Kollege Sport.«

»Nur Sport, ist es in Deutschland nicht so, dass man stets zwei Fächer braucht?« Er gab sich interessiert und sah Gerhard siegesgewiss an.

»Durchaus! Ich bin aber Diplomsportlehrer, habe erst später aufs Lehramt umgesattelt. Es werden ja händeringend Lehrer gesucht. Ich arbeite Teilzeit an einer Privatschule.« Gerhard ging das ganz locker über die Lippen.

Er erzählte gerade die Karriere seines Schulfreunds Ralf, schon komisch, was einem so aufs Stichwort einfiel.

Constantin nickte und wandte sich an Reiber. »Lehrer, ja, ja. *Bene docet, qui bene distinguit.*«

»Ich bemühe mich oder: *Dum spiro spero*«, sagte der.

Gerhard musste sich immens zusammenreißen. Reiber konnte Latein, zumindest nahm er mal an, dass das ein akkurater Satz in der Sprache Vergils und Ciceros gewesen war.

Constantin Nagy prostete ihnen zu. »Na, dann willkommen in unserer schönen Stadt. Was haben Sie denn schon gesehen?«

»Nur einen Schnelldurchlauf, wir haben einen ganz wunderbaren Fremdenführer angeheuert«, Reiber nickte Mihnea zu, »wir wollen morgen mit den Museen beginnen. Eine vielversprechende Stadt auf den ersten Blick. Vielleicht fahren wir auch ins Umland, die Karpaten sollen ja sehr schön sein, gerade im Winter.«

Reiber war brillant, das stand absolut außer Frage. Und kaltblütig.

»Da habe ich einen Tipp für Sie. Das ›Caru' cu bere‹, oder waren Sie da schon?«

Spätestens jetzt war Gerhards Ahnung zur Gewissheit geworden. Das hier war alles kein Zufall. »Das ist ja lustig, dass Sie das erwähnen. Wir waren heute Nachmittag dort. Wunderbare Räumlichkeiten«, sagte er.

Reiber fiel ein: »Und die Menschen – so gastfreundlich und warmherzig. An unserem Tisch saß ein reizender Mann.« Er wandte sich an Gerhard. »Wie unhöflich, wir haben gar nicht gefragt, wie er heißt.« Dann wieder zu Constantin: »Er hat uns einige schöne Tipps für unseren Aufenthalt gegeben. Wirklich sehr nett, die Leute hier. Sie ja auch, vielen Dank für den Schnaps. Der nächste geht auf uns. Mihnea, würden Sie?«

Sie tranken eine dritte Runde, und plötzlich verabschiedete sich Constantin. »Ich muss dann mal wieder zu meinen Freunden. Schönen Aufenthalt Ihnen beiden.«

Reiber hob die Hand zu einer Art Winken. »Danke nochmals«, hörte Gerhard sich sagen. Mihnea war wie abgeschaltet, als hätte jemand den Stecker herausgezogen. Sie bezahlten und verließen die Scheune, nicht ohne Constantin Nagy noch zuzuwinken. Schweigend gingen sie durch die Strad Doamnei. Erst als sie auf der Hauptstraße waren, ließ Mihnea hören: »Ich war dem Tode nahe.«

»Wir auch«, sagte Reiber.

Gerhard sah ihn an. Da brannte ein Feuer in seinen Augen, das er nicht kannte. Er musste es zugeben: Er bewunderte Reiber in dem Moment, und er verstand Jo. Verdammt!

Als sie im Hotel angekommen waren, den Gang entlangliefen, bedurfte es nur eines kurzen Nickens. Gerhard kam mit in Reibers Zimmer, sank in einen Sessel, und dann entlud sich die Anspannung in einem »Wow«.

Reiber stand ans Fensterbrett gelehnt da und atmete einmal tief durch. »Das war knapp.«

»Ab wann haben Sie es gewusst?«, fragte Gerhard.

»Als er an den Tisch kam. Und Sie?«

»Als ich seinen Blick sah.«

Reiber nieste herzhaft und öffnete ein Mineralwasser. »Verdünnungseffekt! Scheiße, ich vertrag doch keinen Alkohol. Allergie. Der Tag heute war alkoholtechnisch der Super-GAU für mich.«

Gerhard lächelte. »Sie haben brillant reagiert. Hat er uns das abgenommen?«

»Ich denke, schon.«

Reiber warf Gerhard ein Bier zu. »Sie können das vertragen. Aber warum hat Răzvan uns da so dermaßen vorgeführt?«

»Genau das fragen wir ihn morgen!«, rief Gerhard.

Reiber trank die kleine Flasche Wasser in einem Zug aus. Gerhard tat das Gleiche mit dem Null-Komma-drei-Liter-Warsteiner. Warsteiner, so weit war es mit ihm gekommen. Das war diese globale Welt, weltweit musste man Warsteiner trinken. Oder gar Löwenbräu, »Lätschenbräu«, die Rache Münchens an der Biertrinkerwelt.

Sie schwiegen, tranken noch je ein Wasser und ein Zwergenbier. Dann öffnete Reiber zwei Flaschen Warsteiner, und die Flaschen rumpelten zusammen. »Wir waren nicht schlecht.«

»*Sie* waren nicht schlecht«, sagte Gerhard. »Das wäre mir so spontan nicht eingefallen.«

»Oh, die Antwort mit dem Diplomsportlehrer war aber auch nicht ohne.« Die Flaschen rumpelten wieder zusammen. Vom Gang hörte man gedämpft Stimmen, von weit her hupte ein Auto, das das gleichmäßige einlullende Rauschen des Verkehrs durchbrach.

Reiber nieste wieder, öffnete aber erneut zwei Bier und sah Gerhard an. »Stört es Sie wirklich? Ich meine, pfusche ich da in etwas hinein, das nicht ausgestanden ist?«

Gerhard kräuselte die Lippen, legte die Stirn in Falten. Die Frage hatte im Raum gestanden, war überfällig. Eigentlich hätte *er* Reiber fragen müssen, was da mit Jo lief. Aber nun fragte Reiber. Gerhard überlegte. All die Jahre, all diese vielen Jahre hatte Jo ihn begleitet. Und er sie. Und wenn er ganz ehrlich zu sich selbst war: Er hatte sie nie geliebt, wirklich geliebt. Er hatte sie begehrt, gewollt, verachtet, verspottet, sie hatte ihn aufs Blut gereizt, sie war zu schnell, zu laut, zu emotional – für ihn. Sie war einfach ein wunderbarer Mensch, den er in seinem Leben nicht missen wollte. Aber er war für Jo als Lover, als Partner, als Lebenspartner denkbar ungeeignet. Dennoch hatte ihn diese Idee nie losgelassen. Weil sie ihn stets davor bewahrt hatte, sich auf eine andere Frau einlassen zu müssen. Seine Beziehung zu Kassandra war daran gescheitert – und die hatte er geliebt. Das wurde ihm hier schlagartig und schmerzhaft bewusst. Er sollte vielleicht mal aufhören, sich selbst und Jo im Weg zu stehen. Reiber war ein Typ voller Energie und Tiefe, er schien ein Rezept zu haben, mit dem Jo zu bändigen war.

»Nein, es stört nicht. Du hast gewonnen, und das passt so.« Das war sportlich formuliert, männlich.

Reiber lächelte. »Das mit dem Du wollte ich auch gerade vorschlagen.« Er gab Gerhard die Hand, ein kräftiger Händedruck war das, und Gerhard stellte fest, dass Reiber schöne Hände hatte mit langen schlanken Fingern. Frauen standen auf so was, oder?

Gerhard erhob sich. »Na dann, morgen um halb acht Frühstück?«

»Ja, Mihnea ist um acht da, er will uns dann mit Răzvan zusammenbringen. Dem gnade Gott!«

Gerhard schlief sofort ein, das war eine seiner besten Gaben, die ihm der liebe Himmelpapa mitgegeben hatte. Bettschweres Grübeln lag ihm nicht. Der Kas war bissn – so oder so.

Sechzehn

Das Frühstück fiel kurz aus, sie luden ihr Gepäck ins Auto.

»Hegen Sie weiterhin den Wunsch, nach Braşov aufzubrechen?«, fragte Mihnea.

Hegten sie? Er hegte vor allem den Wunsch, Răzvan zu erwürgen, dachte Gerhard. »Wo ist Răzvan?«, fragte er deshalb.

»Er wird uns treffen«, sagte Mihnea und nahm Gerhards Sporttasche.

Sie verließen die Stadt Richtung Norden, der Verkehr wälzte sich stadteinwärts, wieder reihten sich die Bau- und Supermärkte aneinander. Ein uniformes Europa, wo alle Holzleisten vom Praktiker verbauten, egal ob sie in Riga, Warschau, Berlin, Barcelona oder Bukarest wohnten.

Sie passierten alte Industrieanlagen und Ölpumpen, das Land war flach und weit, die Straße brandneu, weit am Horizont sah man Berge. Es war still im Auto, bedrückend still. Deshalb fragte Gerhard, um irgendwas zu sagen: »Warum heißt es eigentlich Siebenbürgen?«

»Darf ich Sie mit einer kleinen Geschichtsstunde erfreuen?«, fragte Mihnea und fuhr, ohne eine Antwort abzuwarten, fort: »Im ersten Jahrhundert schickten sich die Römer an, Dazien einzunehmen, und in ›Dacia Felix‹ entstand ein Völkergemisch aus Römern und Daziern. Ab dem dritten Jahrhundert konnte man dem Ansturm diverser Völker standhalten, dann aber fielen im neunten Jahrhundert die Ungarn ein. Die Adligen, die im Banat und in Transsilvanien das Sagen hatten, leisteten erbitterten Widerstand, und der Ungarnkönig Géza musste Hilfe holen. Die fand er in Form der Sachsen, die er mit Privilegien ausstattete und die jene sieben Burgen errichteten, heute die sieben Siebenbürger Städte.«

»Waren da nicht auch mal die Türken?«, fragte nun Reiber.

Mihnea strahlte ihn an. »Da liegen Sie richtig. Nach der Schlacht bei Mohács in Südungarn kamen die Türken an die Macht, einige Provinzen mussten Tribut zahlen. Es gab immer wieder Bemühungen, sich der Osmanen zu entledigen, nachhaltig war aber erst der österreichisch-türkische Friedensvertrag von 1699 – und Transsilvanien stand unter dem Protektorat des österreichischen Kaiserreichs. Von 1867 bis 1918 war Transsilvanien Teil des k.u.k. Reichs.«

Er formulierte so elegant, sein leichter Akzent hatte etwas Aristokratisches. Inzwischen hatten sie die Berge erreicht, verspielte Holzhäuser säumten den Weg, die Sonne tanzte in den Schneekristallen. Schnee, der auf einmal lag und zunehmend mehr wurde.

Mihnea stoppte in Sinaia, »der Perle der Karpaten. Der Ort entstand um ein 1695 vollendetes Kloster, und Carol I. von Hohenzollern-Sigmaringen war von dem Ort so bezaubert, dass er hier seine Sommerresidenz bauen ließ.

1883 war das Schloss Peleș fertig, im Stil der deutschen Neorenaissance. Ein bisschen kitschig, ein bisschen kokett – und in seinem Dunstkreis kamen Adelige und Günstlinge und bauten jene typischen verspielten Häuser, die Sinaia und dem benachbarten Bușteni den unvergleichlichen Charme verleihen«, erzählte der Guide voller Inbrunst, und Gerhard musste zugeben, dass er von Rumänien gar keine Vorstellung gehabt hatte, schon gar nicht die von einem schroffen Bergland. Dass hier Leute mit geschulterten Ski über die Straße liefen, war bizarr und doch logisch. Wo Berge waren, waren auch Skifahrer.

Mihnea parkte vor einem kleinen Café in einer Seitenstraße. Es war schummrig im Inneren.

Dort saß Răzvan. »Guten Morgen, meine lieben Freude.«

»Na, Sie haben Nerven. Liebe Freunde! Da haben Sie uns ja in eine tolle Situation gebracht gestern!«, brüllte Gerhard so laut, dass die Kellnerin, die gerade an den Tisch getreten war, einen Satz rückwärts machte.

»Das war unvermeidbar«, sagte Răzvan sehr ruhig.

»Unvermeidbar? Ich bitte Sie!«

»Herr Weinzirl, wir wurden gestern im ›Caru‹ beobachtet. Diese Leute sind gefährlich. Die einzige Chance war die Flucht nach vorn. Ich musste Sie in die Höhle des Löwen jagen«, sagte Răzvan.

»Hätten Sie uns nicht vorwarnen können?«, fragte Reiber.

»Nein, so waren Sie unbeeinflusst, locker, spontan. So war es besser.«

»Ach was, das wissen Sie? Dass es so besser war? Wenn

der Kollege nicht so spontan und intelligent reagiert hätte, hätte das ganz schön in die Hose gehen können.« Gerhard war immer noch sauer.

»Ich habe Sie beide beobachtet, Sie sind Profis. Ich wusste, dass Sie das im Kreuz haben. Ich wollte Sie nicht in Gefahr bringen. Hat Constantin Ihnen Ihre Geschichte denn abgenommen? Was haben Sie erzählt? Die Lehrer-Chose?«

»Ach, das wissen Sie auch schon?« Gerhard hatte den Eindruck, dass er hier an den Fäden eines Puppenspielers zappelte. Und das gefiel ihm gar nicht.

»Mihnea hat mich ins Bild gesetzt. Sie sind anscheinend ein guter Schauspieler, Herr Reiber. Haben Constantin und Gheorghe es geglaubt?«

»Auch Constantin Nagy kann ein guter Schauspieler sein. Auf den ersten Blick würde ich sagen: Ja, er hat es geglaubt. Oder, Herr Wein... Gerhard?« Reiber lächelte.

»Auf den ersten ja. Aber es gibt ja bekanntlich zweite und dritte Blicke.« Gerhard war immer noch verschnupft.

Răzvan lehnte sich zurück, gab der Kellnerin die Chance, eine Bestellung aufzunehmen, und fuhr dann fort: »Ich muss mich entschuldigen für die Kalamitäten, aber ich glaube, es war der bessere Weg so. Im ›Caru‹ wurden wir von einem gewissen Mihail bespitzelt, Kellner im ›Caru‹. Nicht der, der an unserem Tisch bedient hatte, übrigens. Er beäugt genau, mit wem ich unterwegs bin, ich muss immer einen Zug voraus sein. Sehen Sie, die letzten Drogenschiebereien haben das Leben zweier Kollegen gekostet, wir waren so nah dran, aber irgendwer hat uns verpfiffen.

Wenn ich Constantin Nagy nun wegen eines Mordes in Berlin drankriegen könnte, wäre das der schönste Tag seit Langem. Seit ich offiziell nicht mehr ermitteln darf, werden die Herren wieder etwas unvorsichtiger, aber sie beobachten mich immer noch.«

»Und das wissen Sie?«, fragte Reiber ein wenig ungläubig.

»Ja, hier ist die einzige Chance, zu überleben, dem Gegner immer einen kleinen Schritt voraus zu sein«, sagte Răzvan. »Willkommen in Rumänien!«

Das klang wie in einer Ludlum- oder Clancy-Verfilmung, fand Gerhard. Jeder bespitzelte jeden, es ging um Wissen und Halbwissen, um Ahnungen und Vorahnungen. Es gab anscheinend weit mehr Ebenen als die offensichtliche. Nein, das gefiel ihm alles gar nicht, weil er spürte, dass ihn die Situation überforderte. Er war Bulle aus dem Oberland, wo die Motive meist in Familientragödien begründet lagen. Er merkte, wie weit er weg war vom organisierten Verbrechen, wo die Opfer teils gar nichts direkt mit den Mördern zu tun hatten. Wo es Auftragskiller gab, Händler und Zwischenhändler. Diese Strukturen waren organisiert wie eine Firma, in der der Angestellte den Chef nur vom Hörensagen oder aus der Zeitung kannte. Das war nicht seine Welt, und auf einmal mischte sich noch ein Gefühl darunter: Angst. Die Angst kroch in ihn hinein wie zäher Nebel, die Angst, die er erst kannte, seit er bei seinem letzten Fall in Todesgefahr geraten war. Fast elend verreckt war in seinem kalten Gefängnis aus Gips. Er sah Reiber an, der hatte wieder dieses Leuchten in den Augen. Ja, Volker

Reiber war ein Großstadtbulle. Er selbst war ein Landei-Ermittler.

»Nehmen wir mal an, sie haben uns geglaubt«, sagte Reiber nun, »wie soll das weitergehen?«

»Sie bleiben die beiden netten Lehrer aus Deutschland. Um ganz sicherzugehen: Sie verhalten sich wie Touristen. Gehen eine Runde Ski fahren und besuchen dann das ›Sura Dacilor‹, eine Touristenkneipe mit Fellen und Fleischbergen am Spieß. Sehr beliebt. Und direkt nebenan ist die Tierrettungsstation von Ionela Raț. Reden Sie mit ihr. Zeigen Sie ihr das Foto der toten Deutschen. Ich glaube, sie redet.«

»Ski fahren?« Reiber sah Răzvan entsetzt an. »Ich bin zum letzten Mal vor etwa zwanzig Jahren Ski gefahren und schon damals nicht gut.«

»Oh, das macht nichts, hier gibt es viele Leute, die nur so rumrutschen. Solche oder die, die den Sport wirklich exzellent beherrschen. So wie Sie, Herr Weinzirl? Sie sind Allgäuer, saugt man da den Skisport nicht mit der Muttermilch in sich auf?« Er lächelte freundlich, das war wahrscheinlich ein Friedensangebot.

»Womöglich.« Gerhard fühlte sich nach wie vor ungut. »Und wo treffen wir Sie?«

»Wir bleiben über Handy in Kontakt.«

Man verabschiedete sich. Eine waldreiche Landschaft flog vorbei, Felsen, die viel schroffer waren, als Gerhard es diesen Karpaten zugetraut hätte. Sie erreichten Poiana Brașov, Rumäniens größtes Skigebiet. Mihnea lotste sie am Parkplatz zu einem kleinen windschiefen Hüttchen. Drinnen drängte sich eine Bank an die Wand, ein Mann mit ebenso windschiefen Zähnen und Brennglasbrille quetschte sich hinter einen Tresen, und an die andere Wand waren Ski gelehnt. Gerhard stand kurz vor einem Lachkrampf. Ski? Das waren Antiquitäten. Der Kästle, wer hätte den nicht mal gehabt, ein Top-Ski, so wie der Renntiger – nur eben war das in den Achtzigern gewesen. Passend dazu gab es völlig verorgelte Heckeinsteiger, es war wie eine Zeitreise zurück in die Skivergangenheit. Sie fielen in ihren Jeans gar nicht auf, viele Leute hier trugen Jeans statt Skihosen.

Sie schulterten das Material und marschierten ins Zentrum des Geschehens. Kinder rodelten, Skidoos röhrten, Quads gab es auch, und die Grillbuden kamen kaum mehr hinterher, die fettigen Würstel zu braten. An der Gondel war schon eine endlose Schlange entstanden, die sich die Treppe hinauf staute. Bilder, die man aus den Alpen nicht mehr kannte. Als sie endlich vor der Gondel waren, wurden ihre Punktekarten sorgfältig abgeknipst, auch das eine Reminiszenz an das Skifahren in Gerhards Jugend. Sie landeten immerhin auf fast eintausendsiebenhundert Metern, die Optik war gar nicht so sehr mittelgebirgshaft und die Piste am Gipfelhang durchaus nicht von schlechten Eltern.

Was auch Reiber zu bemerken schien. Seine sonstige Selbstsicherheit war wie weggeblasen, verblasen vom Wind, der hier oben recht zackig pfiff. Es war Mihnea, der sich in Ausübung seiner Fremdenführerpflicht mutig in den Hang warf, Reiber hinterher, und so schlecht sah das gar nicht aus. Allein das untaillierte Brett war schier manövrierunfähig, die Piste auch nicht wirklich präpariert.

Gerhard musste grinsen und besann sich auf den guten

alten Umsteiger und das Springen mit zwei Stöcken. Die Piste mit dem schönen Namen Lupului hatte immerhin fast drei Kilometer, aber sie schlugen sich sturzfrei und wacker. Im Tal gelandet, stellten sie fest, dass die alte Gondel nur eine Seite der Skimedaille Poiana war, denn am Berg gab es auch eine moderne kuppelbare Bahn und einen superschicken Intersport-Skiverleih mit dem neusten Material. Sie schaukelten nochmals hinauf, Reiber flehte um eine blaue Piste und wurde erhört. Auf einem Ziehweg, der Familienabfahrt Drumul Roşu, ging es talwärts, alles in allem ein wirklich erheiternder Skiausflug, wenn sie nicht alle so unter Anspannung gestanden hätten.

Sie befanden, dass ein spätes Mittagessen durchaus angesagt war, und rutschten auf Ski zum »Sura Dacilor«. Sie traten in ein schummriges Dunkel ein. Eine russische Großfamilie hatte noch einen Tisch okkupiert, der Lärmpegel war gewaltig. Ansonsten war das Lokal leer, ein Kellner, der professionell-freundlich-gelangweilt war, führte sie in den dritten Raum unter den schweren Holzbalken. Man saß auf Fellen, das Kaminfeuer prasselte, aber Gerhard fühlte sich nach wie vor nicht richtig wohl. Eine gewaltige Fleischplatte wurde aufgetragen, und die versöhnte ihn dann doch mit dem Tag und dem gestrigen Abend. Sie bezahlten, für Rumänien durchaus ein sattes Sümmchen.

Mihnea erzählte gerade, dass es in dem Ort während seiner Schulzeit – und das konnte ja gar nicht so lange her sein – einen Zoo gegeben hatte, aus dem ein kleiner Bär entlaufen war. Im nächsten Frühjahr saß Bärchen dann mitten auf der Piste und ließ sich von den Skifahrern füttern.

»Im rumänischen Karpatenbogen sind rund fünftausend Bären unterwegs, ich habe vernommen, dass auch Sie in Deutschland einen Bären hatten«, sagte Mihnea, nun wieder ganz der rührige Fremdenführer.

»Hatten, die Betonung liegt auf *hatten*, wir sind nicht mehr wildtierkompatibel in Deutschland«, brummte Gerhard und dachte bei sich: Aber wir importieren dreibeinige Hunde aus Rumänien. Irgendwie hatte das Essen ihn wohl doch nur bedingt milde gestimmt.

Mihnea erläuterte, dass Ionelas Hundehaus vom ehemaligen Zoo einige Zwinger und Material erhalten habe und sie bewusst diese Lage in Brașov gewählt hatte, »weil Touristen ja immer mehr Herz haben«.

Siebzehn

Sie umrundeten das »Sura Dacilor«, leicht versetzt dazu stand ein kleiner Neubau, an den sich eine Reihe von Zwingern anschloss. Nicht so luxuriös wie im »Gut Sternthaler«, die Gitter waren verrostet, aber die Hunde hatten zumindest je eine Hütte, und diese Hüttchen waren üppig mit Stroh eingestreut. Als sie näher kamen, schossen sogleich drei undefinierbare mittelhohe Zamperl an den Zaun. Einer hatte nur ein Auge, ein anderer trug einen Verband um die Pfote. Aus drei anderen Hütten schoben sich nur sehr vorsichtig spitze Schnauzen; diese Kameraden hatten wohl lernen müssen, dass die Kontaktaufnahme mit Menschen meist Schmerz bedeutete. Plötzlich hatte Gerhard das Bild der Galgenhunde wieder vor Augen, und das üppige Mahl machte ihm auf einmal schwer im Magen zu schaffen. Es rumorte und drängte nach oben.

»Ionela Raţ wird im Haus sein«, mutmaßte Mihnea. »Sie hat dort auch noch Hunde, die kleineren.«

Sie klopften, nichts tat sich. Es gab keine Klingel, also pumperten sie erneut. Von drinnen bellte es mehrstimmig aus Leibeskräften. Schließlich drückte Reiber die Klinke hinunter, die Tür war offen. Er streckte den Kopf ein Stück weit hinein. »Frau Raţ, sind Sie da?«

Die Antwort blieb aus, Reiber öffnete die Tür weiter. Ein kleiner drahthaariger Hund mit Dackelbeinen und viel zu großem Kopf kläffte wie wild.

»Na, du bist ja eine scheußliche Töle, du, du, du. Ja, so ein hässliches Viechlein hab ich ja noch nie gesehen, gell, du Hundi?« Reiber säuselte wie ein Frühlingswind, seine Stimme war einschmeichelnd, und Gerhard gluckste in sich hinein. Die vielen Facetten des Volker Reiber, heute mal als Hundedompteur. Das Tier war anscheinend wirklich beeindruckt, mehr noch, als Reiber ihm einige Knochen hinwarf, die er wohl im »Sura Dacilor« eingesteckt hatte. Sogleich kamen noch zwei Minihunde, auch nicht gerade mit tierischer Schönheit gesegnet.

Sie traten in den Gang, riefen erneut. Mihnea rief irgendwas auf Rumänisch. Es kam eine Antwort, es war ein Laut, den Gerhard kannte. Wie auf dem Gut an jenem nebligen Tag, als er diese Galgenhunde gesehen hatte. Es war ein schauerliches Hundeheulen, das vom Ende des Ganges kam.

Gerhard warf Reiber einen schnellen Blick zu, sie hätten vielleicht doch offiziell reisen und eine Waffe mitnehmen sollen. Dieses ganze Touristengetue war doch von Anfang an ein totaler Blödsinn gewesen. Gerhard machte Mihnea ein Zeichen, im Gang zu bleiben. Er und Reiber gingen langsam vorwärts.

»Frau Raț?«

Die Tür am Ende des Gangs war offen, der Raum war ein Praxisraum, sie hatten ja von Răzvan erfahren, dass Ionela Raț früher Tierärztin gewesen war. Früher! Denn Ionela

Rat war gegen eine Glasvitrine gefallen, Scherben waren zu Boden gerieselt, die Frau blutete an mehreren Stellen, am meisten aber aus einer Kopfwunde. Vor ihr hatte sich etwas Bullterrierartiges aufgebaut, die Lefzen hochgezogen. Die Pfoten des Hundes bluteten, er blutete auch aus dem Maul und bewachte in den Scherben sein totes Frauchen. Falls sie tot war. Gerhard lief blitzschnell zurück in den Gang, entriss einem der Hunde einen Knochen, zischte Mihnea zu, er solle Răzvan anrufen und eine Polizeieinheit sowie den Notarzt. Gab es so was in Rumänien? Hoffentlich!

Der Hund hielt Reiber in Schach, dieser Hund war sauer, das war kein Angstbeißer, bei dem man deeskalieren konnte, der war scharf.

Gerhard fixierte das Tier, sein Blick heftete sich auf dessen Augen. Es war auf einmal, als wäre da ein Band zwischen ihnen. Gerhard wusste, dass er gewinnen musste, nein, er würde gewinnen. Es war mehr eine Ahnung als Erfahrung mit Hunden, die ihm sagte, dass da mit guten Worten nichts zu machen war. Er ging einen Schritt zur Seite, den Blick auf das Tier gerichtet, nahm den Knochen, ließ ihn zu Boden fallen.

»Wir können ihr nur helfen, wenn du kooperierst. Ich habe einem Kumpel von dir was versprochen, mach du das jetzt nicht zunichte.« Er sprach sehr leise, kaum hörbar, nur sein Blick blieb eisenhart. Der Hund entspannte sich. Die aufgestellten Nackenhaare glätteten sich.

»Gut, und jetzt friss was. Essen beruhigt.« Gerhard deutete auf den Knochen, es war eine unsichtbare Leine, die das Tier leitete. Es kam auf Gerhard zu, knurrte nur noch leise und nahm sich dann den Knochen vor.

Den Hund im Auge behaltend, ging Reiber zu der Frau. »Sie hat noch schwachen Puls.«

Gerhard rief in Richtung Gang: »Mihnea, was ist mit Răzvan? Dem Notarzt, der Verstärkung?«

»Kommt! Was ist Ihnen dort drinnen widerfahren?«

»Frau Raț ist schwer verletzt, und ein Zerberus bedroht uns. Mihnea, gehen Sie langsam und möglichst geräuschlos raus und weisen Sie Răzvan und den Arzt ein!«

Reiber hatte der Frau vorsichtig eine Jacke unter den Kopf gelegt und war dabei, eine schwere Blutung am Bein mit einem Druckverband zu stillen. Ein »Scheiße!« entglitt ihm. Gerhard fixierte noch immer den Hund, der an dem Knochen kaute. An einem Kleiderhaken hing eine Leine, und es war wieder mehr ein Impuls, diese zu nehmen und ganz langsam auf das Tier zuzugehen.

»Sitz!« Gerhard dachte noch, dass das Tier eher Rumänisch verstehen würde, aber es machte wirklich Sitz. Gerhard hakte die Leine ein, und als wären sie ein eingespieltes Team, folgte ihm der Hund in den Gang. Gerhard stieß wahllos eine Tür auf, es war die Küche. Er hieß den Hund nochmals Sitz zu machen, löste die Leine und zog ganz schnell die Tür zu.

»Reiber! Das Vieh ist kaserniert. Wir können versuchen, Frau Raț aus den Scherben zu befreien.« Gerhard eilte retour in die Praxis, im Türrahmen hielt er kurz inne.

In dem Moment flog eine Tür auf, die wohl zu einer kleinen Kammer am Ende der Praxis führte, ein Mann mit Maske stürmte vorbei, er hieb mit irgendwas auf den am Boden knienden Reiber ein, der zur Seite fiel. Der Angriff kam völlig überraschend, Gerhard wurde einfach überrannt, er spürte einen schmerzhaften Hieb, taumelte und rannte dann los. Oder versuchte zu rennen, er trug ja immer noch die Skischuhe. Dank sei den Heckeinsteigern, sie waren zwar völlig ungeeignet für einen modernen Carvingstil, aber als Laufschuhe nicht unbequem. Der Mann hatte auch Mihnea zur Seite geschubst und rannte in Richtung »Sura Dacilor«. Auf einmal realisierte Gerhard, dass auch der Maskierte Skischuhe trug. Er griff sich Ski aus dem Skiständer und sprintete weiter. Gerhard packte seinen Uralt-Kästle – und hinterher. Für den Bruchteil einer Sekunde überlegte er noch, was passieren würde, wenn der Maskierte sich umwenden und schießen würde.

Der Mann rannte in Richtung Liftanlagen bergauf. Es war gut, ein passionierter Skitourengeher zu sein, Gerhard hatte eine gewisse Grundkondition, der Abstand verringerte sich. Der Mann erwischte eine der Umlaufgondeln, Gerhard die nächste. Der Typ war oben in seine Ski gesprungen, Gerhard tat es ihm gleich. Der Mann stürzte sich regelrecht in die Lupului-Piste, im Schuss ging es dahin. Wenn er kein ehemaliger Abfahrtsläufer war, dann würde er abschwingen müssen, der Hang war steil, verdammt steil! Es war ein Kinderskikurs, der den Flüchtenden zu einem scharfen Richtungswechsel zwang, Gerhard gewann dadurch etwas an Raum.

Plötzlich schwang der Mann scharf ab und schoss in einem Ziehweg in den Wald hinein. Verdammt, fast hätte es Gerhard zerlegt, er ruderte in Rückenlage, das war eben kein Carver, den man auf die Kante stellen konnte. Wie ein gehetzter Hase änderte der Mann nun wieder die Richtung, hinein in die Bäume. Tree-Skiing, im Prinzip ein Traum, eine Challenge für einen guten Skiläufer, allerdings weniger, wenn man das Terrain nicht kannte. Der Mann fuhr wie ein Irrer und verdammt präzise. So fuhr nur jemand, der diesen Sport besser beherrschte als zu Fuß gehen. Scheiße, fast hätte Gerhard einen Baum touchiert, das waren einfach verdammt enge Torstangen. Trotzdem holte Gerhard auf, denn auch wenn Jo ihm immer seinen Holareidulijö-Stil vorgeworfen hatte, er war einer von der alten Schule. Bruchharsch und Bäume – das war seine Domäne.

Ein neuer Ziehweg kreuzte ihre Direttissima, Gerhard wurde ausgehoben, erneut gelang es ihm, artistisch aus der Rücklage wieder in Vorlage zu kommen. Der Gehetzte hatte ebenfalls Probleme, er verkantete kurz, musste stark abbremsen. Gerhard schaffte es, neben ihn zu kommen, fast gleichauf, nur durch Bäume getrennt. Sie fuhren wie in einem irrwitzigen Parallelslalom!

Aber was sollte Gerhard tun? Eine Schlägerei riskieren, womöglich einer Waffe ausgeliefert sein? Er war so wütend gewesen, völlig impulsgesteuert. Jedem Mitarbeiter würde er böse Vorhaltungen machen wegen so eines sinnlosen Alleingangs. Sein ehemaliger Chef Baier würde sagen: »Sie Erzdepp, Sie sturer.« Und recht hatte er!

Gerhard hatte auf seiner Seite mehr Glück, die Bäume hatten ein paar größere Lücken gelassen, er überrundete seinen Kontrahenten und zog nun nach rechts. Er war ganz dicht dran, der andere warf ihm einen Blick über die Schulter zu, ein Blick aus der Skimütze mit den Löchern. Es waren seine Augen, Gerhard war sich völlig sicher. Und seine Statur, athletisch und nur ein bisschen vernachlässigt.

In der Sekunde bremste der andere ab, machte eine Spitzkehre in Hochgeschwindigkeit, schoss in einen dieser elenden kleinen Querwege, die diesen ganzen Berg zu durchziehen schienen. Und war weg! Verdammt! Gerhard wusste, wer es gewesen war. Nur, wie würden sie das beweisen, und wieso machte der Mann sich selbst die Finger schmutzig?

Gerhard landete auf der Drumul Roşu, schwang langsam ab bis zur Talstation. Rief Reiber an, der gottlob ans Handy ging.

»Weinzirl, Sie Derwisch, wo sind Sie?«

»Wir waren per Du! Alles klar, Volker?«

»Ja, kleinere Blessuren. Frau Raţ lebt. Sie haben sie nach Kronstadt gefahren. Wo sind ... bist du?«

»Am Lift. Ich bin gleich bei euch! Seid ihr noch an der Hundestation?«

»Ja, Himmel, Gerhard, ich hoffe, du hast eine gute Geschichte parat.« Reiber klang besorgt.

»Oh ja, eine sehr gute.«

Inzwischen hatte sich Dämmerung über Poiana und die typische Betonklötzchen-Ferienhausarchitektur des Sozialismus gelegt. Wieder glitt Gerhard mit Doppelstockeinsatz und Skatingstil zur Hundestation. Dort herrschte hektisches Treiben, Răzvan hatte augenscheinlich die Sache in die Hand genommen. Als er Gerhard erspähte, hob er eigenhändig das Absperrband. »Sind Sie okay?«

»Durchaus, ich spüre lediglich meine Knie. Das Skimaterial ist nicht gerade knochen- und sehnenschonend.«

Reiber kam dazu. Er hatte einen Verband um den Kopf und trug eine Augenklappe.

»Fluch der Karibik oder was?« Gerhard grinste.

»Eher Fluch der Karpaten«, konterte Reiber, und schlagartig wurden sie beide wieder ernst.

»Können wir irgendwohin gehen, wo wir in Ruhe reden können?«, fragte Gerhard.

Răzvan nickte. »Ich habe im ›Sura Dacilor‹ eine Art Kommandozentrale eingerichtet. Kommen Sie!«

Als sie eintraten, salutierte der Beamte am Eingang regelrecht. In einer der Stuben standen Laptops, ein Mann hackte auf der Tastatur herum. Răzvan stellte ihn als das größte Computergenie zwischen Sofia und Rom vor. Kaffeekannen standen auf dem Tisch und ein fetttriefendes Gebäck. Mihnea tauchte aus dem Dunkel des Nebenraums auf und reichte Gerhard seine normalen Schuhe. Die ganze Szene hatte etwas Bizarres wie in einem Aki-Kaurismäki-Film.

Gerhard trank Kaffee, biss in eines der Schmalzteilchen und sagte dann: »Es war Constantin Nagy, dem ich gefolgt bin. Ich bin mir sicher.« Er berichtete von der aberwitzigen Verfolgungsjagd und schloss: »Der Typ fährt wie die Hölle.«

Răzvan sah ihn durchdringend an. »Sind Sie ganz sicher?«

»Ja!«

»Constantin Nagy war Mitglied der rumänischen Skinationalmannschaft. Er stammt aus Predeal. Er kennt alle Skiberge hier wie seine Anzugtasche, oder wie sagen Sie in Deutschland?«

»Westentasche. Das passt, so fährt nur einer, der das von Kindheit an draufhat. Der Skifahren vor der Dekade der platt gebügelten Carvingpisten gelernt hat. Er war es!«

»Nur schwer zu beweisen«, murmelte Reiber, der ebenfalls so ein schmalziges Ding im Mund hatte.

Sie schwiegen. »Hätte es nicht Sinn gemacht, den Ort abzusperren? Damit Constantin nicht mehr rauskommt?«, fragte Reiber schließlich.

»Das habe ich in Erwägung gezogen, aber einer, der auf Ski unterwegs ist, hat viele Möglichkeiten. Die Karpatenwälder sind verschwiegen. Und wenn es wirklich Constantin Nagy war, dann hat er Mittel und Wege, zu entwischen.«

»Verdammt, ich hätte ihn stellen müssen!« Gerhard hieb mit der Faust auf den Tisch.

»Verdammt! Nein, die ganze Aktion war mehr als fahrlässig. Er hätte dich erschießen können«, wetterte Reiber.

»Hat er aber nicht!«

Răzvan hob beschwichtigend die Hände. »Wir sind in der Beweispflicht. Meine Leute untersuchen die Praxis, ich hoffe, Constantin Nagy hat irgendwas hinterlassen. Und wenn es ein Nasenhärchen ist.«

»Ist Ionela Raţ denn vernehmungsfähig?«, fragte Gerhard.

»Nein, und das wird sie eine Weile auch nicht sein. Sie

liegt im künstlichen Koma. Es ist unklar, ob sie durchkommt. Wir müssen anders an Constantin rankommen.«

Gerhard überlegte, ließ die Bilder vor seinem inneren Auge nochmals ablaufen. Der Mann dringt ein, attackiert Ionela Raț. Er und Reiber kommen dazwischen, der Mann versteckt sich und wartet auf einen günstigen Zeitpunkt, auf einen Ausfall. Schon komisch, dass er in Militärterminologie dachte. Aber sie waren auch im Krieg! Er dachte an all das Blut, und auf einmal entfuhr ihm ein »Das ist es! Natürlich!«.

»Bitte, was ist was?« Captain Sparrow funkelte mit dem noch verbliebenen Auge.

»Der Hund! Der Hund hat Constantin sicher attackiert, der Hund blutete stark. Ich wette, dem netten Tierchen haften Spuren von Constantin an den Zähnchen.« Gerhard sah sie triumphierend an. »Wo ist der Hund überhaupt?«

»Im Haus. Wir haben eine Mitarbeiterin von Ionela angerufen. Wir haben sie befragt, wir können davon ausgehen, dass sie wirklich keine Ahnung davon hatte, was Ionela und ihre Frau Pfaffenbichler außer der Tierliebe noch verbunden hatte. Sie ist auch erst zwei Monate da, sie ist eine Tierarzthelferin aus Hermannstadt, die über internationale Spendengelder finanziert wird und hier viel besser verdient als in Sibiu, also Hermannstadt. Sie versorgt nun die Hunde, kümmert sich um die Wunden des Tiers.« Răzvan starrte Gerhard an.

»Wir müssen sie aufhalten!« Die drei Männer stürzten aus der Stube, hinüber in die Hundestation. Răzvan schrie etwas, Gerhard verstand nur den Namen »Wilhelmine«.

Wilhelmine entpuppte sich als eine sehr attraktive Frau, etwa Mitte dreißig. Sie hatte Einweghandschuhe an und eine Jodtinktur in der Hand.

»Hat sie schon?«, fragte Gerhard.

»Nein, sie wollte, dass sich das Tier erst etwas beruhigt.« Er wandte sich wieder an diese Wilhelmine und übersetzte dann für Gerhard und Reiber. »Ich hab ihr erklärt, dass wir Proben vom Blut an seinem Körper brauchen und Material von den Zähnen. Der Hund ist noch in der Küche.«

Wilhelmine öffnete die Tür, und der Hund fletschte sofort wieder die Zähne. Sie redete leise auf ihn ein und ging langsam auf ihn zu. Kniete sich nieder, begann vorsichtig das Blut abzutupfen und in die Röhrchen zu geben. Sie strich dem Tier über den bulligen Kopf und versuchte mal probehalber an seinen Lefzen zu zupfen. Nur weil sie eine sehr schnelle Reaktion hatte, war der Finger noch dran. Sie sagte etwas zu Răzvan.

»Sie sagt, dass er sich nie ins Maul fassen lässt. Nur unter Betäubung. Wir brauchen einen Tierarzt.«

Gerhard hatte die Szene wie Răzvan und Reiber auch vom Türrahmen aus verfolgt. Langsam ging er in den Raum hinein. »Junge, ich hab dich einmal gebeten, zu kooperieren, geht das noch ein zweites Mal?«, fragte er leise.

Der Hund sah ihn, da war es wieder, dieses Band. Da war dieser Strahl zwischen ihren Augen. Es gab nur noch Gerhard und den Hund. Wilhelmine hatte sich vorsichtig erhoben und folgte mit den Augen jeder von Gerhards Bewegungen. Langsam reichte sie ihm ein Röhrchen, einen kleinen Spatel und ein paar Leckerlis.

»Du hilfst deinem Frauchen, es liegt an dir«, sagte Gerhard und hockte sich zu dem Hund. Auf Augenhöhe, er konnte seinen Atem riechen, etwas Mundwasser hätte ihm sicher nicht geschadet. Gerhard reichte dem Tier ein Leckerli, der Hund nahm es nicht gierig, eher sehr höflich und nachdenklich. Gerhard strich ihm über die Nase, und dann schob er vorsichtig den Kiefer auseinander, kratzte mit dem Spatel an den Zähnen entlang, warf ein Leckerli hinterher. Mit einem »Klack« schloss sich das Maul mit den Piranhazähnen.

»Danke, mein Freund«, sagte Gerhard. Sie sahen sich nochmals an, dann erhob sich das Tier und ging zu Wilhelmine hinüber. Seine rauen Pfoten auf dem Linoleum erzeugten das erste Geräusch in einer gespenstischen Stille. Gerhard erhob sich, drehte sich um und sah in Gesichter, die ihn anstarrten, als wäre er über Wasser gewandelt. Als hätte er Wasser in Wein verwandelt. Er ging auf Răzvan zu, drückte ihm die Röhrchen in die Hand. »Ab damit!«

Răzvan sagte ein paar Dinge zu Wilhelmine, dann gab er Gerhard die Hand. »Ich hab so was noch nie gesehen. Danke.«

Die Anspannung wich, Reiber legte Gerhard die Hand auf die Schulter. »Ich wusste nicht, dass du ein Hundeflüsterer bist.« Das war locker dahingesagt, aber Gerhard hörte den Respekt heraus.

»Ich auch nicht.«

Răzvan erklärte ihnen, dass er Zimmer im Hotel »Piatra Mare« gebucht hätte, dass er und sein Computerguru nach Bukarest ins Labor fahren und am nächsten Tag die Ergebnisse erwarten würden. Er hatte trotz der Kälte Schweißperlen auf der Stirn, seine Augen glänzten fiebrig. Gerhard verstand ihn, er war zum ersten Mal wirklich nahe dran. Răzvan bat Gerhard noch, Wilhelmine ein bisschen auszufragen. Über Ionela, über Frau Pfaffenbichler, über Constantin ...

Das Hotel war einer dieser Ostklötze in Pyramidenform, hatte diesen Riesenspeisesaal, aber auch eine Bar, und Gerhard und Reiber waren durchaus erfreut, als Wilhelmine sich zu ihnen setzte. Sie sprach zwar kein Deutsch, aber ein hervorragendes Englisch, das ihr ganz leicht von den Lippen kam. Gerhard verfluchte sich mal wieder, dass er nie eine Sprache richtig gelernt hatte und auf Schulniveau rumstümperte. Sie tranken Wein und Bier, Reiber Wasser.

Wilhelmine war immer noch völlig konsterniert, dass jemand Ionela Raț halb totgeschlagen hatte. Aber sie reagierte doch anders, als alle Frauen, die Gerhard kannte, es getan hätten. Sie weinte nicht, war weder hysterisch noch panisch, sie stellte auch nicht unentwegt die Frage nach dem Warum. Aber sie stellte intelligente Fragen: Was jemand so gegen Ionela aufgebracht habe? Warum sie so oft mitten in der Nacht telefoniert habe – auf Deutsch, was Wilhelmine nicht verstanden hatte. Obwohl sie aus Hermannstadt kam, ihre Familie war eigentlich ungarischstämmig, Ungarisch hätte sie verstanden.

»Hatten Sie denn Besuch aus Deutschland?«, fragte Reiber in bestem Oxford-Englisch, und Wilhelmine erzählte bereitwillig, dass sie Leanora Pia Pfaffenbichler einmal getroffen hätte. Frau Pfaffenbichler hatte drei Hunde mitgenommen.

»Und wie fanden Sie die Dame?«, fragte Gerhard.

»*Pretty bizarre*«, meinte Wilhelmine mit einem leisen Lächeln. »*The Germans have different attitudes towards animals. More dramatic, more serious. As if they were humans. Better humans, I guess.*«

Gerhard verstand sie sehr wohl, die Zusammenfassung brachte es auf den Punkt. Und klang in Englisch einfach besser als in Deutsch. Bevor er noch eine Erwiderung zusammenstammeln konnte, erhob sich Reiber.

»So, ich geh ins Bett. Noch eine schöne Nacht.« Es war der Unterton in seiner Stimme. Jetzt kapierte es Gerhard auch. Reiber räumte das Feld. Sein »*Good night*« wurde von Wilhelmine mit einem entzückenden Lächeln quittiert. Alle hatten verstanden, bloß Gerhard hatte wieder mal nichts geschnallt.

Er trank mit der schönen Rumänin noch zwei grauenhaft starke Schnäpse, die wahrscheinlich blind machten. Allerdings würde es ab jetzt hoffentlich genügen, sich auf den Tastsinn zu verlassen. Und wirklich waren Wilhelmines Finger an bestimmten Stellen fast nicht auszuhalten, er war ja auch etwas aus der Übung. Aber er war frei – so frei wie in diesem Moment war er selten gewesen. Er kannte diese Frau gerade mal einige Stunden, und er wusste, dass er auf ihrer Tanzkarte vor allem wegen seines Geschicks mit dem Hund einen Platz bekommen hatte. Er kannte sie nicht, und doch hatte er ein Gefühl von tiefer Freundschaft für sie. Er hatte keine Ahnung, mit welchem anderen Mann er sie teilte, ob sie verheiratet war oder Kinder hatte. Sie war eine Frau, vor der er in dieser kurzen Zeit Achtung erworben hatte. Weil sie weder in ihren Worten noch in ihren Taten unsensibel war. Weil sie so souverän reagierte und doch so gar nicht abgestumpft war. Im Gegenteil! Ganz im Gegenteil. Gerhard hatte sich nie etwas auf seine Fähigkeiten im Bett eingebildet, aber er hatte nur sehr selten das Gefühl gehabt, dass Sex so hinreißend sein konnte und dass eine Frau sich so bedingungslos hingab.

Am Morgen war sie weg. Als er in seine Jeans stieg, hatte ein Bein einen dicken Knoten. »*Knots are for remembrance!*«, stand mit Lippenstift auf einem Zettelchen geschrieben. Ganz klein darunter eine E-Mail-Adresse.

Achtzehn

Als Gerhard in den Speisesaal hinunterging, war Reiber bereits da. »Guten Morgen!« Keinerlei Ironie lag in seiner Stimme. Kein dummes Grinsen. »Răzvan hat angerufen. Wir fahren nach Bukarest. Er will uns Ergebnisse präsentieren.«

Mihnea-stets-zu-Diensten hatte bereits die Taschen verladen, er nahm nun eine andere Strecke über Râşnov und Bran. Es war wieder so weit, Mihnea gab den perfekten Reiseführer: »Hier würden Sie nun das Dracula-Schloss besichtigen können, würden wir uns die Zeit nehmen können anzuhalten. Aber leider nein, schade. Nun, ich muss Ihnen aber auch sagen, dass Sie im Dracula-Schloss zu Bran nicht einen Hauch von Dracula entdecken würden. Unsere Törzburg oder Castelul Bran dient der Welt als Dracula-Schloss. Es hat mit der Geschichte nichts zu tun. Lediglich die Figur von Vlad Tepeş, der als ›Pfähler‹ bekannt ist, gibt Anlass zu Spekulationen. Vielleicht war er das Vorbild. Ob er sich im fünfzehnten Jahrhundert aber in der Burg aufgehalten hat, ist fraglich. Die Burg ist natürlich dennoch sehenswert.«

Mihnea fuhr langsam durch Bran, sie erhaschten einen Blick auf das Schloss, das trutzig und irgendwie trotzig über dem Ort thronte. Busse parkten überall, Autos standen quer, zu Füßen der Burg tobte ein unüberschaubares Chaos zwischen Souvenirbuden. Nichts ging mehr. Ein Mann klopfte an Gerhards Fenster. Er öffnete.

»*Dracula wine, very good*«, rief der Mann und hielt ihm eine Rotweinflasche mit Draculas Konterfei vor die Nase. Mihnea begann zu schimpfen, aber Gerhard beruhigte ihn.

»Ist gut, ich brauch eh ein Souvenir.« So bekam er drei Flaschen zum Preis von zwei. Der Wein war blutrot, und Dracula hatte *seine* Augen, die Augen von Constantin Nagy!

Viel redeten sie nicht auf dem Weg nach Bukarest. Sie tranken an einer Tankstelle Cola; als Gerhard zahlte, fühlte er einen kleinen Zettel in seiner Tasche. Den würde er hüten, ein Lächeln umspielte seine Lippen. Diesmal trafen sie Răzvan ganz offiziell. Wie er das mit seinem Chef geregelt hatte, blieb wohl sein Geheimnis. Kaffee wurde gereicht, dann legte Răzvan einige Blätter auf den Tisch. Sie waren auf Rumänisch.

»Wir haben ihn!« Der ganze Mann bebte geradezu vor Euphorie. »Herr Weinzirl, Sie sind ein Genie!«

»Oh, das weiß der Kollege!« Reiber zwinkerte ihm zu.

»Am Gebiss des Hundes konnten wir DNA-Spuren von Constantin Nagy nachweisen. Er hat Ionela Raț attackiert.«

»Gratulation«, sagte Reiber. Er sah Răzvan forschend an. »Aber die Sache hat einen Haken, oder?«

»Sind Sie Hellseher?«

»Nein, nur Realist.«

»Nun.« Răzvan verzog das Gesicht. »Die Vergleichsprobe haben wir, sagen wir mal, auf Umwegen erhalten. Wir haben sie schon länger. Constantin hat sie uns damals nicht freiwillig gegeben. Das macht die Sache bei einer Verhaftung schwer.«

»Verdammt! Es wäre also gut, Ionela Raț könnte aussagen? Wie geht es ihr eigentlich?«, fragte Gerhard.

»Sie liegt nach wie vor im künstlichen Koma. Ich lasse sie bewachen wie einen Schatz. Wie das Bernsteinzimmer, sollte es jemals wieder auftauchen.«

»Und Constantin?«

»Den jage ich durch die halbe Welt, wenn es sein muss!« Răzvan klang entschlossen.

Reiber lehnte sich zurück und lächelte. »Sie haben uns ein turbulentes Programm geboten, Răzvan. Respekt! Darüber haben wir den Grund unseres Kommens fast vergessen.«

»Ja, ich verstehe, was folgern wir für Ihren Fall daraus? Das ist Ihre Frage, nicht wahr? Erlauben Sie mir den Versuch einer Antwort. Sie kommen hierher auf der Suche nach dem Mörder oder den Mördern von Frau Pfaffenbichler, von der wir annehmen, dass sie Drogen unterschlagen hat. Sie machen sich auf zur einzigen Zeugin, die prompt aus dem Weg geräumt wird. Von Constantin Nagy. Das wissen wir sicher. Wollen wir dann nicht auch davon ausgehen, dass er Frau Pfaffenbichler in Berlin ermordet hat oder hat ermorden lassen?«

Reiber sah Gerhard an und dann Răzvan. »Ich würde davon ausgehen, mein Lieber. Der Kollege glaubt wahrscheinlich immer noch lieber an seine Hauptverdächtige Sandra Angerer. Wir haben Ihnen den Fall ja geschildert.«

Răzvan wandte sich an Gerhard. »Ich verstehe Ihre Skepsis, das macht einen guten Kriminalisten aus. Immer auch rechts und links des eingeschlagenen Wegs die Augen zu haben, auch mal zurückzusehen. Aber was mir daran nicht gefällt: Wen hat Sandra Angerer angestiftet, diese Hunde aufzuhängen? Und warum hat sie die Bilder genommen?«

Er brachte es auf den Punkt, genau das störte Gerhard auch. Seine Theorie hätte gepasst, wenn die drei Dorfjungs sich über die Hunde hergemacht hätten. Sie waren mit Sandra Angerer bekannt, und diese wäre in der Lage gewesen, die drei so zu manipulieren, dass sie ihr aus der Hand fraßen. Fanatiker fanden immer willfährige Anhänger. Aber die Hundehenker blieben Phantome, die Spuren des Pickups hatten nicht zu denen von Luggis Vater gepasst. Die Schuhgrößen und Abdrücke der Burschen nicht zu denen an der Mauer. Evi und Melanie hatten sich nicht mehr gemeldet. Das hieß, dass auch sie nicht weitergekommen waren. Es wäre doch zu schön gewesen, wenn Herr Angerer Dreck am Stecken gehabt hätte. Aber was nicht war, konnte ja noch werden. Doch eins blieb irritierend: Sandra Angerer hätte kaum die Chuzpe gehabt, nach einem Mord diese Bilder zu entwenden. Er traute ihr einiges zu, das nicht.

»Was grübelst du? Stimmst du uns etwa zu?«, fragte Reiber.

Gerhard seufzte. »Nun, ich neige dazu, euch zuzustimmen. Ihr meint also, Constantin Nagy hat drei Kriminelle angeheuert, die diese Hunde auf dem Gewissen haben? Er hat sich diese grauenvollen Bilder mailen lassen, hat sie ausgedruckt, Frau Pfaffenbichler vor die Nase gehalten, sie damit so erschüttert, dass sie ihm die unterschlagenen

Drogen gegeben hat. Oder zumindest gesagt, wo sie sind. Er tötet sie, lacht sich ins Fäustchen, entwendet noch schnell und am Rande drei Bilder. War er es wirklich selbst? Haben solche Leute nicht Fußvolk, das die Drecksarbeit macht?«

Răzvan hatte aufmerksam zugehört. »Es muss so gewesen sein, und ich bin mir sicher, dass er es selbst war. Er ist ein ›Gambler‹, wie heißt das auf Deutsch?«

»Ein Spieler«, sagte Reiber.

»Ja, er ist ein Spieler. Deshalb ist er auch auf die Skipiste geflüchtet. Es war ein Spiel. Katz und Maus. Jäger und Gejagter. Er hat noch nie verloren, deshalb spielt er auch so gerne. Er glaubt, er sei unverwundbar, er meint, keiner könne ihm das Wasser reichen. Er ist überzeugt, dass er immer schneller ist.«

»Und genau damit hat er verzockt!«, rief Reiber. »Das war sein Fehler. Er hat nicht damit gerechnet, dass Gerhard ihm bei diesem Skirennen Paroli bieten würde. Wäre er an mich oder Sie geraten, hätte er spielend gewonnen. Wie immer. Aber er ist an einen verdammten Allgäuer geraten, wo die alle besser Ski fahren, als aufrecht zu gehen.« Reiber gab Gerhard einen freundschaftlichen Knuff.

»Und nun? Wie geht's weiter?«, fragte der.

»Ich lasse Constantin Nagy suchen. Ich krieg eine Europol-Fahndung durch, auch wenn das mit der Vergleichsprobe dünn ist.«

»Und wir sehen uns auf jeden Fall die Überwachungsvideos nochmals an, womöglich ist irgendwo ein Mantelzipfelchen von Constantin zu sehen. Bisher haben wir auf ihn ja nicht geachtet! Wir hatten ihn nicht auf der

Rechnung. Wir versuchen über alle infrage kommenden Airlines und Flughäfen eine Einreise von Constantin Nagy zu beweisen«, sagte Reiber.

Es war ein wenig traurig, Răzvan zu verlassen. Die Ereignisse hatten die drei Männer zusammengeschweißt. Sie hatten in der Kürze der Zeit so viel erlebt, Tage im Zeitraffertempo, Tage, die unentwegt Anforderungen gestellt hatten – an Mut und Instinkt. Gerhard und Reiber flogen heim, diesmal hatte Reiber einen Flug nach München gebucht, weil der Berlinflieger schon voll war. Außerdem hatte er nun Freunde in Bayern.

Zur Abwechslung hatte die S-Bahn mal keine Verspätung, der Zug zuckelte ohne Komplikationen durch den frühen Abend. Ab Starnberg lag Schnee, der Winter hatte sich nun doch entschlossen, eine Visite zu machen. Es war nach sieben, als sie am Bahnhof in Weilheim ankamen.

»Sollten wir Evi anrufen?«, fragte Reiber.

»Lass gut sein, es reicht, wenn wir morgen berichten. Ich kann mir ihre Standpauke heute schon lebhaft vorstellen. Ich brauch jetzt nur noch …«

»… was zu essen«, ergänzte Reiber.

Als sie den labenden Toni erreicht hatten, als das Gyros auf dem Tisch stand, als Gerhard ein paar Leute begrüßt hatte, senkte sich ein Gefühl von Ruhe über ihn. Er war hier zu Hause, er war angekommen. Zum ersten Mal spürte er das so deutlich. Nach einer Weile fragte er:

»Magst du nicht Jo anrufen, dass sie dich abholt?«

Reiber schüttelte den Kopf. »Nein, ich geh jetzt erst mal

in die ›Post‹. Ich mag weder erzählen noch Fragen beantworten. Ich muss den Wirrwarr in meinem Kopf sortieren, Gedanken von links nach rechts schaufeln. Ich muss Wege frei räumen, dass neue Gedanken überhaupt durchkommen.«

»Jo killt dich, wenn sie weiß, dass du da bist und dich nicht gemeldet hast«, grinste Gerhard.

»Und deshalb wirst du schweigen wie ein sehr tiefes Grab. Denn sonst«, er zwinkerte Gerhard zu, »lass ich eine Bemerkung über eine wahnsinnig schöne Rumänin fallen. Und dann wirst du in einer Fragensalve umkommen!«

Das hatte nicht anzüglich geklungen, es war Geplänkel, Geplänkel unter Freunden. Ja, Gerhard hatte einen Freund gewonnen. Er und Reiber, vor einigen Jahren hätte ihm das keiner erzählen dürfen.

Er fiel halbtot ins Bett, der Nichtschlaf der vorigen Nacht machte sich bemerkbar. Er lächelte in sich hinein. Einen kleinen Zettel hatte er vorsichtig mit einem Stein beschwert, der auf seinem Küchentisch lag. Ein Stein in Rosé, den er kürzlich mal beim Joggen gefunden hatte.

Neunzehn

Es war gegen acht, als er ins Büro kam. Reiber hatte sich ein Taxi genommen, Evi trudelte auch gerade ein.

»Ach, die Herren!« Sie überlegte kurz. »Ihr wart zusammen unterwegs! Wahnsinn!«

»Ich hab doch gesagt, es gibt keinen Alleingang«, grinste Gerhard.

»Na, da bin ich ja beruhigt. Und?«

»Ja nun, Evilein, wir haben uns weitergebildet, was die EU-Osterweiterung betrifft. Wir waren in Rumänien, wir ...«

»Ihr wart wo?« Evi rollte regelrecht mit den Augen.

»Rumänien, und das war so.« Gerhard und Reiber erzählten abwechselnd, sie waren ein gutes Geschichtenerzähler-Duo. Evi lauschte immer fassungsloser. Als sie fertig waren, sagte sie nur zwei Dinge: »Ihr habt beide ganz schön einen an der Mütze, und seit wann seid ihr zwei per Du?«

»Seit kürzlich«, sagte Reiber, »und Ihnen wollte ich das Du eigentlich schon Weihnachten anbieten. Volker!«

Evi gab ihm die Hand. »Evi! Das dürfte ja bekannt sein. So, ihr zwei Helden, und nun bin ich dran. Auch ich habe eine schöne Geschichte zu erzählen.«

»Bitte, wir lauschen!«

»Nun, ihr könnt euch ja schon mal Gedanken machen, wie ihr das in eure Drogenschmuggelkiste einpackt, es ist nämlich so: Der gute Herr Angerer war gar nicht mit dem Lkw auf Liefertour!«

»Was?«

»Er war nicht auf der Arbeit, der Lkw war weg, genau in der Zeitspanne, die er angegeben hatte. Er kam auch wieder auf den Hof gefahren zur angegebenen Zeit, aber der Lkw stand die ganze Zeit in Lechbruck neben dem Telekom-Häuschen in einem verwilderten Grundstück unweit von diesem Steakhaus«, sagte Evi.

»Du willst sagen, er ist quasi untergetaucht, war offiziell raus, in Wirklichkeit aber in unmittelbarer Nähe?« Gerhard starrte sie ungläubig an.

»Will ich sagen, ja. Oder anders formuliert: Er war zur Hundeaufhängungszeit anwesend, er war da, als die Gattin nach Berlin gepilgert ist. Im Prinzip ein perfekter Plan. Da er selbst der Disponent ist und der Chef, wie anscheinend die halbe Welt, gerade im Urlaub war, konnte er sich das gut einteilen für eine Fahrt an die polnische Grenze. Aber der Lkw hat gerade mal die Strecke bis Lechbruck gesehen.«

»Evi, woher weißt du das alles?«, fragte Reiber.

»Wir leben in einer schlechten Welt. Voller Neid und Missgunst. Auch Herr Angerer hat nicht nur Freunde. Es gibt Kollegen, die ihn für einen arroganten Emporkömmling halten. Die ihn ein bisschen auf dem Kieker haben. Die ihn beobachten, ob er einen Fehler macht. Sein Fehler war es, nur bis Lechbruck zu fahren. Ihm ist ein Spion gefolgt.« Evi grinste.

»Hat der Spion auch gleich noch festgestellt, wo Angerer stattdessen war?« Reiber lächelte Evi an.

»Nein, leider nicht. Der Spion musste selbst fahren, allerdings hatte er nur Tagesfahrten zu bestreiten. Und der Lkw stand zwei Abende an derselben Stelle. Der Spion hat den Fahrtenschreiber geborgen. Den hab ich und die Aussage des Spions. Schriftlich. Der ist bereit, auf volle Konfrontation zu gehen. Ganz schön gnadenlos und extrem verbittert, der gute Mann.«

»Evi, Evi, wenn man dich allein lässt! Da bemühen wir uns in Rumänien um Dramatik, und dann setzt du noch eins drauf. Aber was will uns das alles sagen?« Gerhard hatte wieder seine Dackelfaltenstirn.

»Er hat mit zwei Kumpels diese Hunde aufgehängt, der Gattin das Foto mitgegeben, diese damit nach Berlin geschickt, um das Testament rauszupressen. Dabei ist was schiefgelaufen, Sandra Angerer schlägt zu. Totschlag, aus die Maus.« Evi sah triumphierend aus.

»Und die Bilder?«, warf Reiber ein.

»Hat sie genommen. Zur Ablenkung! Die sind so kaltblütig, diese beiden, das zieht die Angerer durch. Sie ist so weit gegangen.« Evi klang überzeugend.

»Gut, lassen wir das so stehen. Und nun?«, fragte Reiber.

»Ich habe sie beide vorgeladen, diese unsägliche Anwältin ist auch wieder dabei. Ich wusste ja nicht, wann ihr kommt.« Sie machte eine kleine Pause. »Ich bin aber sehr froh, dass ihr da seid. Und bevor ihr fragt: In der Staatsanwaltschaft sitzt nur ein Hiwi, also eine Frau Hiwi. Ein Klassiker zum Thema ›Zwischen den Jahren‹, Deutschland verdämmert bis zum Neujahrsknall. Sie hat stades Beamtenmikado beschlossen. Wer sich zuerst bewegt, verliert. Folgerichtig hat sie jeden Haftbefehl abgelehnt, die Beweise reichen ihr nicht. Dummes Stück!« Evi geriet in Rage.

»Ja, unsere Evi kann zum Tier werden.« Gerhard zwinkerte ihr zu. »Also dann sollten wir …«

Bevor er zu Ende reden konnte, klingelte Reibers Handy. Es war sofort klar, dass es sich um Răzvan handelte. Reiber stellte auf laut.

»Ionela Raț ist aufgewacht!«

»Das ist ja toll!«

»Nicht unbedingt. Ich hatte nur sehr kurz Gelegenheit, mit ihr zu reden. Plötzlich flimmerte irgendwas an ihrem Überwachungscomputer, ein Arzt, groß wie Goliath, hat mich entfernen lassen.« Răzvan bebte vor Wut.

»Aber die Frage ist doch: Hat sie Constantin erkannt?«

»Das ist es ja. Genau diese Frage konnte ich nicht mehr stellen. Sie hat in einem fort immer nach Lea Pia gefragt. Ob diese wirklich tot sei? Und dann sagte sie: ›Das hätte doch alles nicht passieren müssen. Es war doch unter ihren eigenen Bildern.‹«

»Was?«

»Ja! Was? Eben!« Die Worte kamen wie kleine Explosionen. Răzvan war sauer. Er war so kurz vor dem Ziel gewesen.

»Also sie meinte wohl, das Rauschgift war unter den Bildern festgeklebt. Das macht doch Sinn. Jemand hat in

Berlin diese Bilder geklaut, weil die präpariert waren.« Gerhard horchte seinen eigenen Worten hinterher.

Reiber war anzusehen, dass er total unter Anspannung stand. »Răzvan, wir haben hier auch was Neues.« Sachlich und prägnant berichtete er.

Es war eine Weile still, sehr still, bedrohlich still, bis Răzvan sagte: »Dann haben wir zwei Verbrechen? Ihr Ehepaar Angerer hat diese Leanora Pia Pfaffenbichler auf dem Gewissen, und mein Drogenkartell hat in Berlin die Bilder geklaut. Gibt's so was denn?«

Wieder war es ruhig. Der nächste Impuls kam von Reiber. »Oder noch anders: Die Drogenmafia hat sie ermordet, die heiße Ware geholt, und die Angerers sind nur für den Hundemord zuständig. Gibt's so was?«

Es war wie eine Eruption, die aus Gerhard herausbrach. »Nein, das gibt's nicht. Ich weigere mich, an zwei Verbrechen zu glauben. Wir machen einen Denkfehler. Răzvan, treiben Sie diesen Constantin auf, und ich werde diese Angerers zum Reden bringen, und wenn ich sie foltern muss!« Das war ihm so rausgerutscht.

Von Răzvan kam ein Glucksen. »Dafür wäre mein Land besser in Übung. Wir bleiben in Kontakt. Ich finde Constantin, und wenn das das Letzte ist, was mein Leben mir an Kurzweil zu bieten hat!«

Als er aufgelegt hatte, gab Evi ein »Puh« von sich, sie stieß die Luft aus wie ein Blasebalg. »Das darf doch alles nicht wahr sein.«

»So wahr wie das Leben«, stöhnte Reiber. »Dann wollen wir mal sehen, was Angerers zu bieten haben.«

Erst mal hatte jeder von ihnen einen eigenen Anwalt zu bieten; Sandra Angerer die Spitznase und Arthur Angerer einen alerten Mann, der so jung aussah, als hätte er noch nicht mal sein erstes Staatsexamen hinter sich. Sie befragten die beiden getrennt, Sandra Angerer blieb bei ihrer Geschichte.

»Frau Angerer, Ihr Mann war die ganze Zeit in der Nähe. Sein Lkw stand in Lechbruck. Das wollen Sie nicht gewusst haben?«

»Nein.«

Gerhard beobachtete sie sehr genau. Sie war immer so cool gewesen, so entschlossen und trotz der Schicksalsschläge voller Energie. Wenn auch negativer Energie. Aber jetzt lag etwas in ihren Augen, das wie Schmerz aussah. Echter, tiefer Schmerz.

Arthur Angerer hatte eine fahle Gesichtsfarbe. Er sah auf einmal deutlich älter aus. Und er war verstockt. Gerhard wiederholte seine Frage, warum der Lkw in Lechbruck gestanden hatte, mehrmals. Nichts kam Angerer über die Lippen. Der Anwalt hatte sich zu ihm hinübergebeugt und sagte dann: »Mein Mandant wird aussagen.«

Gerhard warf Reiber einen kurzen Blick zu. Würden sie jetzt endlich erfahren, wer die Hunde aufgehängt hatte?

Angerer atmete tief durch, dann begann er zu sprechen. Er tat sich schwer am Anfang, die Worte schienen irgendwo am Gaumen kleben zu bleiben.

»Ja, es stimmt, ich war die ganze Zeit über in Lechbruck.«

»Bis auf die Zeit, in der Sie ein paar arme Kreaturen

erhängt und einige Fotos geschossen haben. Mit denen Sie Ihre Frau nach Berlin entsandt haben! Guter Plan!«, raunzte Gerhard ihn an.

»Ich habe mit den Hunden nichts zu tun. Und ich wusste wirklich nicht, dass meine Frau nach Berlin gefahren ist. Wirklich!«

»Herr Angerer, dann waren Sie in Lechbruck, weil der See im Winter so idyllisch ist? Herr Angerer, es reicht mir jetzt mit der Märchenstunde!« Gerhards Stimme wurde lauter.

Angerer sah seinen Anwalt an, der nickte.

»Ich war in einem Ferienhaus in der Feriensiedlung.« Angerer hatte den Blick gesenkt.

»Ach, Ferien haben Sie gemacht! Raus aus dem Alltag? Chillen vor Weihnachten?« Reiber fixierte Angerer mit einem eisenharten Blick, und der andere sah nun auf.

»Ich war nicht allein.« Das kam sehr leise.

Oh nein, Gerhard ahnte, was nun kam, und die Erste, an die er dachte, war Sandra Angerer. Er hatte ihre Augen gesehen. Verdammt!

»Es ist Ihnen hoffentlich klar, dass die Dame das bezeugen muss! Es handelt sich doch um eine Dame?«, fragte Gerhard.

Der Jüngling mischte sich ein. »Die Dame heißt Angelika Weber. Sie hat hier schriftlich niedergelegt, dass sie mit Herrn Angerer zusammen war. Sie ist jederzeit zu einer Aussage bereit. Das Ferienhaus gehört ihr zudem.«

Angerer starrte wieder zum Tisch, und dann brach es plötzlich aus ihm heraus. »Sie verstehen das nicht! Alles drehte sich nur noch um das Kind. Ich meine, natürlich müssen wir uns um das Kind kümmern. Auf immer und ewig, es ist schließlich mein Kind, auch wenn es ein bisschen anders ist. Aber meine Frau hat sich völlig von mir zurückgezogen. Ich meine, körperlich, also ich meine ...« Er brach ab. »Sie verstehen das nicht!«

Doch, er verstand, Gerhard verstand. Schweigend sah er Angerer an, der fortfuhr: »Und dann hat sie sich so in dieses Testament verbissen. Ich habe mich auch geärgert, ich wollte einen gerichtlichen Weg einschlagen. Aber Sandra hat sich völlig in die Idee verrannt. Sie war wie besessen. Ich musste raus, nicht auf immer. Nur mal ein bisschen raus.«

»Und das wäre nicht ohne eine andere Frau gegangen?« Reiber klang freundlich, er klang neutral.

»Das ist so gekommen, irgendwie. Angelika kenn ich schon seit der Schulzeit. Sie ist eine Freundin. War sie immer. Ich weiß gar nicht, wie das kam. Sie verstehen das nicht!«

Doch, sie verstanden. Beide verstanden sie den Mann.

»Herr Angerer, das heißt, Sie wussten nicht, dass Ihre Frau während Ihrer Abwesenheit nach Berlin fahren wollte?«, fragte Reiber.

»Nein, das hätte ich auch nicht zugelassen. Was für eine schwachsinnige Idee! Sie hat darauf gewartet, dass ich wegfahr. Sie hat mir zu der Fahrt geraten, als ich angedeutet hatte, dass ich so kurz vor Weihnachten noch wegmüsse.«

»Sie wird Ihnen aber kaum dazu geraten haben, dass Sie

sich mit einer andern Frau vergnügen!« Evi hatte bisher zugehört und konnte sich augenscheinlich nicht mehr beherrschen. Sie verstand das nicht. Wie auch?

Sie ließen die beiden gehen, was sonst hätten sie tun können? Sie gingen in Zweierreihen: vorne Sandra Angerer mit ihrer Anwältin, dahinter er und der Jungspund. Ein gebührender Abstand lag zwischen ihnen.

»Wie sollen die denn nun weiterleben können?«, fragte Evi gequält.

Wie alle, dachte Gerhard. Wie alle, die schmerzhaft lernen mussten, dass das Leben weder ein Wunschkonzert noch ein Ponyhof war. Aber das wollte er Evi nun nicht sagen, sie hätte angenommen, er veralbere sie.

»Ist das nicht Irrsinn? Zwei Menschen, die sich nahe sind, die ein böses Schicksal verknüpft, wissen beide nicht, was der andere tut?« Evi sah Reiber an, als könne er ihr das erklären.

»Sie haben sich irgendwo auf dem steinigen Weg verloren. Ihre Herzen verschlossen. Sie haben beide funktioniert, getan, was getan werden musste. Aber nicht mehr geredet. Wahrscheinlich haben sie übers Heizöl geredet und wer einkauft, auch über das Testament, aber nicht darüber, was sie wirklich verletzt hat. Und auch nicht darüber, was sie wirklich brauchen«, sagte Reiber.

»Aber warum muss er denn dann zu einer anderen Frau rennen? Sie hat sich doch auch keinen Tröster gesucht!«

Ja warum? Weil Männer so waren? Weil Sex beim Vergessen half? Weil Sex imstande war, das Selbstwertgefühl aus dem Kohlenkeller wieder ans Tageslicht zu befördern? Gerhard verstand Angerer, und er verstand, dass Evi diese Frage stellen musste.

»Weil wir Männer schwach sind. Viel schwächer als ihr«, sagte Reiber.

»Aber was machen die beiden denn jetzt?«, fragte Evi und klang immer noch verzweifelt.

Seine Evi – eigentlich war sie zu mitfühlend für den Job. Oder aber genau das war ihr Vorteil. Gerhard drückte ihre Hand. »Sie werden einander verzeihen. Ich hoffe, es gelingt ihnen.«

Sie alle drei verbrachten die nächste halbe Stunde mit Ablenkungsmanövern, Übersprungshandlungen. Kaffee kochen, Protokolle tippen, Akten umschichten. Gegen elf saßen sie an einem Tisch. Mit Tee, Kaffee und Brezen.

»Fangen wir jetzt wieder von vorne an?«, fragte Evi.

»Nein, aber jetzt kommt es auf Răzvan an«, sagte Reiber. »Ich denke, die Angerers waren es nicht. Ich habe mir das Phantombild des Weihnachtsmanns faxen lassen.« Er lachte kurz auf. »Aber selbst wenn das Bild unbrauchbar ist, Angerer passt niemals auf die Beschreibung. Er ist viel größer und hat blaue Augen.«

Die »Vogelwiese« erklang. Für einen Moment dachte Gerhard, es könne der Rumäne sein, aber der rief ja meist auf Reibers Handy an. Es war Moritz, der Tierpfleger. Gerhard stellte laut.

»Moritz! Hallo, was für eine Überraschung! Falls Sie allerdings wissen wollen, ob wir was haben: Ich darf Ihnen da keine Auskünfte geben.«

»Nein, schon okay. Ich rufe wegen der Hunde an«, sagte Moritz.

»Wegen der Hunde?«

»Sehen Sie, Herr Weinzirl, diese Gönnerin konnte die sieben Hunde auch nicht ewig aufnehmen. Ich habe jetzt fünf in Garmisch im Tierheim untergebracht, die waren sehr verständnisvoll. Gute Truppe da unten, wahrscheinlich werd ich da auch arbeiten.«

»Ja, schön, Moritz. Gratuliere. Das wollten Sie mir sagen?«

»Na ja, fünf sind da untergekommen ...«

Gerhard war nie eine Leuchte in Mathe gewesen, aber er konnte sieben minus fünf ausrechnen.

»Zwei haben Sie nun behalten, Moritz?«

»Ich nehme den Arco, aber da ist noch Sir Sebastian!«, sagte Moritz.

Der Wolf! Das Tier, dessen Augen auf den Grund von Menschenseelen schauen konnten.

»Ja, Moritz, und?«

»Nun, ich dachte, Sie könnten ...« Moritz klang etwas verlegen.

»Was? Moritz, ich habe das schon mal gesagt! Ich kann keinen Hund brauchen.«

»Aber er Sie! Herr Weinzirl, jetzt schauen Sie sich den Knaben doch noch mal an. Er passt zu Ihnen. Und er ist auch erst zwei. So große Hunde werden nicht so alt, aber der hat noch ein paar Jahre.«

»Moritz, das geht nicht!« Gerhard wurde lauter.

»Schauen Sie sich ihn halt an!«

»Ich fahre jetzt sicher nicht nach Garmisch!«, rief Gerhard. Der hatte ja echt Nerven.

»Müssen Sie nicht, wir stehen unten auf Ihrem Parkplatz.«

Gerhard rang nach Luft. Den Moment nutzte Reiber und schnappte sich das Telefon. »Ich bin der Kollege, hallo, Moritz. Warten Sie, wir kommen.«

Er legte auf. »Los, Weinzirl, auf geht's!«

»Ja, los!« Evi war ganz aufgeregt. »Nach dem, was ich von deinen Talenten in Rumänien gehört habe, musst du den Hund nehmen. Und du tust ein gutes Werk.«

»Das ist kein Hund, das ist ein Kalb. Weißt du, was der frisst?«

»Nein, aber du auch nicht. Los!« Evi zerrte an seinem Ärmel.

Sie gingen die Treppe runter, hinaus in den matschigen Nieselregen, der kurz vor dem Übergang zum Schnee war. Moritz stand zwischen den beiden Hunden. Reiber, Evi und Gerhard blieben stehen. Zwei Dreierformationen standen sich wie bei einem Duell gegenüber. Moritz löste die Leine, und Sir Sebastian trabte leichtfüßig hinüber zu den Kommissaren. So als hätte er sein ganzes Leben nichts anderes getan, bohrte er die lange Nase in Gerhards Hand und machte dann Platz neben ihm.

»Gott, wie der schaut!« Evi fing an zu heulen.

»Eben«, sagte Moritz, der mit Arco näher gekommen war. »Die gehören zusammen.«

»Ihr Deppen!«, brummte Gerhard. Und er begann den Kopf des Tieres zu streicheln. »Moritz, ich hasse Sie.« Er grinste ihn an. »Wir klären das noch wegen Schutzvertrag und was der sonst so braucht und der ganze Kram! Aber eins sag ich Ihnen: Sir Sebastian heißt der nicht.«

Gerhard schnipste mit den Fingern. »Komm, Seppi!« Die beiden gingen aufs Gebäude zu, im Gleichschritt. Gerhard drehte sich nochmals um. »An Wochentagen heißt der Seppi, am Sonntag Sir Sebastian.«

Zwanzig

Es war Gerhards erste Nacht mit Hund gewesen. Auf dem Weg zu seinen Vermietern fiel ihm siedend heiß ein, dass er hätte fragen müssen. Was, wenn die keinen Mieter mit Hund wollten? Eine Befürchtung, die angesichts dieser viechernarrischen Waldfamilie Unsinn war. Als Sarah den Hund nur erblickte, war sie völlig aus dem Häuschen. »Ein Wolfhound, ich wollte immer schon einen Wolfhound! Also wenn du den mal abgeben willst, mal keine Zeit hast, den nehm ich immer.«

Hajo kam hinzu, und sein eigener rasseloser Hund, der Gästen immer als südmongolischer Hirtenhund vorgestellt wurde, war extrem begeistert vom neuen Kumpel. Vor allem, weil der Neue endlich mal größer war als die Katzenviecher, die ihn sonst belästigten. Er war annähernd so groß wie Sarahs Shetty und nahm sich selbst neben dem Fjordhengst noch recht stattlich aus. Gundula sah in dem Ganzen einen hervorragenden Vorwand, endlich einen Prosecco zu öffnen. Sie leerten drei Flaschen, das Leben war schön. Sarah schloss sich mit ihrem kleinen Zoo einem ausgedehnten Spaziergang mit Gerhard und dem Wolf an – und einmal mehr hatte Gerhard das Gefühl, dass Frauen einen als Hundehalter gleich viel attraktiver fanden.

Gerhard zog es aber doch vor, die erste Nacht ganz Seppi zu widmen, der völlig unspektakulär auf der Couch Platz nahm und ratzte wie ein Hund.

Es war kaum sieben, als Reiber anrief. »Mach hinne, wir müssen nach München. Abflug nach Bukarest. Er hat ihn!«

Gerhard war noch nicht ganz wach. »Wer hat wen?«

»Constantin, er wurde verhaftet beim Versuch, mit einer frühen Maschine nach Wien zu entfliegen.«

»Reiber, das sind die besten Neuigkeiten seit Langem. Aber wieso Bukarest?«

»Răzvan will, dass wir dabei sind. Also auf, die Zeit ist knapp.«

»Komme!« Als er in die Hose sprang, fiel sein Blick auf Seppi, der sich höchst genüsslich streckte. Es ging schon los, nach Bukarest konnte Seppi kaum mitkommen. Gottlob schepperte es bei Sarah schon im Stall, sie fütterte gerade. »Sarah, ich muss dein Angebot heute schon annehmen. Ich muss schnell mal ins Ausland. Kannst du ihn, ich meine …?«

Sie strahlte ihn an, und Gerhard fragte sich, wie man um diese Zeit schon so gut aussehen konnte. »Super, ich geh nachher mit dem Pony spazieren, da nehm ich beide Hunde mit. Mach dir keinen Stress, ich werde ihn höchstens verziehen. Gell, Seppi?« Sprach's und warf ihm ein Leckerli ins Maul und gleich noch eins. Seppi ging auch sehr brav mit, sah sich allerdings nach Gerhard um, und Gerhard war sich ziemlich sicher, dass er ihm zuzwinkerte. Das war ein Tier mit der dankenswerten Eigenschaft, das Beste aus jeder Situation zu machen. Er passte wirklich gut zu ihm. Tranken Hunde eigentlich Weißbier?

Die Zeit war knapp. Sie wurden mit einem Auto direkt übers Vorfeld zur Maschine gebracht. Manchmal war es gut, offiziell dem Staate zu dienen. In Bukarest wurden sie von einer Limousine abgeholt und mit trötender Eskorte ins Zentrum geleitet. Răzvan wollte offenbar keine Zeit verlieren.

»Liebe Freunde, da sind Sie schon. Willkommen!«

»Răzvan, Sie sind so gut gelaunt. Hat er gestanden?«

»Er ist kein Idiot. Gegen den DNA-Beweis kann er nichts machen. Er hat ein Geständnis abgelegt. Allerdings hat er keinen Mord gestanden. Er sagt, es wäre zum Streit mit Ionela gekommen, weil sie mit einem Artikel nicht einverstanden war. Der Hund hätte ihn dann angefallen, er hätte sich gewehrt, um sich geschlagen, die Frau getroffen, sodass sie in die Vitrine gestürzt sei.«

»Dieser Fall ist ein Wettbewerb der Geschichtenerzähler! Und nun?« Gerhard schüttelte genervt den Kopf.

»Nun gehen wir da alle drei mal rein und drehen ihn durch die Mangel!«

Als Constantin ihrer ansichtig wurde, trat Spott in seine Augen. »Die beiden Herren Lehrer! Planen Sie einen Schulausflug zur rumänischen Polizei?«

»Wer weiß, vielleicht auch ein internationales Skirennen. Warum sind Sie so schnell auf Skiern geflüchtet? Oder dementieren Sie das auch?« In dem Moment, in dem Gerhard diese Visage gesehen hatte, diese Dracula-Augen ihn spöttisch anfunkelten, wusste er, dass er nicht eher weichen würde, bevor Constantin geplaudert hatte.

»Mein Lieber, das war eine Kurzschlusshandlung. Sie fahren eine sehr heiße Kante. Ich fühlte mich verfolgt, bedroht. Es sah so aus, als würden Sie jeden Moment die Pistole ziehen. Eigentlich sollte ich Anzeige erstatten, Sie haben mich regelrecht gehetzt.«

Das war ein starkes Stück. Angriff ist die beste Verteidigung, dachte Gerhard. Das würde nicht leicht werden.

»Ja, das können Sie ruhig notieren, Răzvan, Sie Superbulle, ich wurde belästigt. Erst attackiert mich eine Bestie, dann werde ich in einen bedauerlichen Unfall verwickelt und dann gejagt.« Constantin funkelte ihn an. Er war sich so sicher, dass er hier erhobenen Hauptes hinausgehen würde.

»Und dieser Blackout, der hat so lange angehalten?«, fragte Reiber.

Constantin gab sich theatralisch. »Ich war ja völlig durch den Sturm oder wie Sie das nennen.«

»Durch den Wind. Aber lassen wir Ihre sensible Psyche mal außen vor. Wieso haben Sie sich später nicht gemeldet, wieso haben Sie den Unfall nicht gemeldet? Das wäre Ihre Pflicht gewesen!« Reiber klang eisenhart.

»Ja, klagen Sie mich an wegen unterlassener Hilfeleistung. Aber Mord, das ist ja eine Farce.« Er legte immer noch jede Menge Theatralik in seine Stimme.

»Und warum sind Sie dann unter falschem Namen nach Berlin geflogen? Just an jenem Tag, an dem eine gewisse

Leanora Pia Pfaffenbichler ermordet wurde? Sie kennen die Dame ja! War sie wegen eines Artikels unzufrieden?« Reiber hatte seine Augen fest auf sein Gegenüber geheftet. Er war ganz ruhig und sehr unterkühlt. Er zeigte keine Regung. Was machte er da? Wie kam er darauf, dass Constantin unter falschem Namen nach Berlin geflogen war? Gerhard registrierte auch in Răzvans Augen Verwunderung.

»Was reden Sie denn da?« Constantin war mit dem Stuhl nach hinten gewippt. So lässig.

»Sie sind von Berufs wegen Geschichtenerzähler.« Reiber klang immer noch völlig neutral. Er zückte eine Liste mit Namen. »Das ist eine Passagierliste der LH 3678 Bukarest–Berlin. Sie haben Ihr Pseudonym Juri Jusenkov verwendet, unter dem Sie für ein Sexmagazin schreiben. Das passt wohl nicht zum Kulturimage des Constantin Nagy! Wollen Sie mir nicht mal den falschen Pass von Juri zeigen?«

Constantin ruckelte nach vorne. Seine Gesichtszüge entgleisten. Er hatte eine Schrecksekunde, die Reiber zu nutzen wusste. »Denken Sie mal kurz darüber nach. Sie sitzen bis zum Kinn in der Scheiße. Der Kollege Răzvan hier macht Ihnen sicher ein gutes Angebot, wenn Sie als Kronzeuge gegen Gheorghe Mutu aussagen. Denn Sie wollen doch nicht Ihren klugen Kopf allein hinhalten? Er ist doch der Drahtzieher dieser netten kleinen Drogengeschäfte.«

Gerhard hatte Constantin die ganze Zeit sehr genau beobachtet. Seine Fassade war eingestürzt. Aber als Reiber das Wort »Drogengeschäfte« benutzt hatte, huschte ein Lächeln über seine Lippen. Er hatte sich wieder im Griff.

»Drogen? Mein lieber Herr Lehrer, mit Drogen habe ich nichts zu tun. Das werden Sie in hundert Jahren nicht nachweisen können!« Dracula war wieder da. Bisswütig und spöttisch.

»Denken Sie nach, Juri-Constantin! Wir machen eine kleine Pause, und dann wollen wir eine bessere Geschichte hören!« Mit einer Kopfbewegung hieß Reiber die anderen beiden, hinauszugehen.

»Uff! Volker, was war das denn? Juri Jusenkov?« Gerhard war auf einen Stuhl im Gang gesunken. Răzvan lehnte sprachlos an der Wand.

»Er ist ein Spieler, daran besteht kein Zweifel. Ihn kann man nur schlagen, wenn man bereit ist, einen sehr hohen Einsatz zu spielen. Ich habe gepokert. Ich habe die letzte Nacht vor dem Computer verbracht und bin darauf gestoßen, dass er auch unter Pseudonym schreibt. Er ist ein Egomane. Es ist nur ein Impuls, aber ich denke, er würde wirklich sein Pseudonym nehmen!«

Răzvan rutschte die Wand hinunter und kauerte auf den Knien. »Sie wollen sagen, Sie wissen nicht, ob er wirklich eingereist ist? Was war das dann für eine Liste?«

»Och, eine Aufstellung von vor Weihnachten, wer welches Geschenk bei uns im Kommissariat bekommt.« Reiber grinste.

Răzvan gab ein Geräusch von sich, als bekomme er kaum mehr Luft, Gerhard stieß ein »Du Hundsfott!« aus. »Aber du hattest ihn! Deine Annahme war richtig. Gut gepokert, du hast das Ass.«

Răzvan hatte sich wieder gefasst. »Ja, er war fast so weit,

aber als Sie das mit den Drogen sagten, war seine Selbstsicherheit wieder da!«

Reiber nickte. »Das seh ich genauso. Also was nun? Er scheint sich sicher zu sein, dass wir ihm keine Drogengeschäfte nachweisen können. Er wird vielleicht sogar zugeben, in Berlin gewesen zu sein. Wie Sandra Angerer wird er uns einen schönen Grund für diese vorweihnachtliche Reise präsentieren. Und dabei hat er eine Frau ermordet, eine andere lebensgefährlich verletzt. Einfach so? Weil er keine Tierschützerinnen mag? *I don't like mondays? I wanna shoot the whole day down?* Verdammt und zugenäht!«

»Wir haben alle den gleichen Eindruck. Wir waren so kurz davor! Wenn diese Ionela nur endlich ansprechbar wäre!«, rief Gerhard.

Reiber nickte, und dann glitt ein Lächeln über sein Gesicht. »Ionela nicht, aber der Weihnachtsmann!«

Răzvan schaute sie eher an wie der Osterhase, Reiber erläuterte den Fall, und dann sagte Răzvan nur eins: »Einfliegen!«

Reiber arrangierte das. Otto Schluckspecht würde gegen Abend da sein.

»Er muss ihn einfach erkennen, er muss!«, rief Răzvan.

Gerhard nickte. »Ja, aber wenn nicht? Hat Ionela Raț wirklich nur diesen einen Satz gesagt? Bevor der Arzt dazwischen ist?«

»Ja, sie sagte: ›Es war unter ihren eigenen Bildern‹«, sagte Răzvan.

»Ja, die Drogen waren unter den Bildern. Festgeklebt an

der Rückwand oder so. Ist doch gar kein schlechtes Versteck.« Gerhard schüttelte unwillig den Kopf.

»Sie sagte: ›Es war unter ihren eigenen Bildern.‹ Wieso sagt sie ›*eigenen*‹?

»Na, weil Frau Pfaffenbichler sie gemalt hat.« Gerhard war nicht ganz klar, worauf Reiber hinauswollte.

»Dann hätte es genügt, zu sagen: ›ihren Bildern‹.«

Gerhard sah Reiber an, dann Răzvan. Ihre Blicke trafen sich in der Mitte eines dreistrahligen Sterns, es war, als entzündete sich dort ein Feuer. Gerhard wusste es, sie alle dachten das Gleiche. Sie waren Kriminaler. Sie hatten alle eine Vorgeschichte, und in ihrer aller Geschichten kamen die Guten selten vor.

»Ich glaube nicht mehr, dass es um Drogen ging«, sagte Reiber leise.

Răzvan schüttelte den Kopf. »Nein, es ging um ihre eigenen Bilder und das darunter. Das ist unglaublich.«

Reiber nickte. Wieder kreuzten sich ihre Blicke. Es war Gerhard, der nun sprach: »Es war eine Trilogie, ein Triptychon, das Format war anders als bei den übrigen Bildern der Lepipfa! Kleiner, nicht wahr? Drei kleine Bilder.«

Sie schwiegen, dann kreuzten sich ihre Blicke. Eigentlich war das unglaublich. Kühn oder verzweifelt, wenn es denn so war, dachte Gerhard.

»Hätte sie das im Kreuz gehabt, ich meine, künstlerisch? Handwerklich?«, fragte Răzvan schließlich.

»Ich denke doch, sie dürfte gewusst haben, wie man eine Ikone so übermalt, dass man später die Ikone wieder freilegen kann. Dass die Ikone ihren unschätzbaren Wert behält. Wir haben lange genug in ihrem Leben gestöbert. Sie hat Vergolderin gelernt. Sie war dann auf der Restauratorenschule. Sie hat sogar einen Meisterbrief. Sie hatte das im Kreuz.«

»Sie tarnen eine Straftat mit einer anderen. Ködern uns mit angeblichen Drogengeschäften, die sich im Kindergartenumfang bewegen. In Wirklichkeit verschieben sie sakrale Kunst, Diebesgut aus Kirchen und Klöstern, vieles, was über die Ukraine oder das Schwarze Meer aus Russland kommt. Das ist es. Das ist brillant!«, rief Răzvan.

»Und sie hatte einflussreiche Freunde, ich denke, da gab es Abnehmer, Irre, die so was in einem gepanzerten Raum im Keller haben und dann zu Beethovens Neunter einmal am Tag betrachten. Die Rumänen kommen dahinter, und sie übermalt die Ikonen mit ihren Hundebildern.« Gerhard atmete tief durch. »Und das alles passt auch sehr gut zu den Aussagen ihrer Zweiten Vorsitzenden Frau Eisele, die Frau Pfaffenbichler ungewöhnlich nervös fand. Ich gehe mal stark davon aus, dass sie die Bilder in Berlin verkaufen wollte. Deshalb war sie so nervös.«

»Aber warum hat sie die Bilder nicht im Hotel gelassen?«, fragte Răzvan.

»Oh, ich nehme an, ihr Gedanke war gar nicht so dumm. Je offensiver man mit etwas umgeht, desto unauffälliger ist es. Die Bilder waren in der Ausstellung besser geschützt als im Hotel, wo ja auch jederzeit hätte eingebrochen werden können«, sagte Reiber.

»Da wird Constantin sicher auch gewesen sein. Er war zuerst bei ihr zu Hause, als er da wieder nichts gefunden hat, schmiedet er den perfiden Plan mit den Hunden. Heuert drei Männer an. Die mailen ihm die Bilder. Er zeigt sie der Dame. Die bricht zusammen, muss dennoch sterben. Auch Ionela Raț sollte sterben, weil die beiden deutschen Spürhunde Witterung aufgenommen hatten. Er hat sie wohl doch nicht geglaubt, Ihre schöne Lehrergeschichte. Und nun hat er die Bilder. Das war niemals eine Ablenkung. Es ging immer nur um diese Bilder!« Răzvan schüttelte den Kopf. »Wir waren blind!«

»Aber nun sind wir Sehende! Wo ist sein Gepäck?« Reiber hatte begonnen, umherzulaufen.

»Am Flughafen. Ich lass es herbringen.« Auch Răzvan schien froh zu sein, zum Telefon gehen zu können.

»Er könnte die Bilder sonst wo haben. In einem Safe. In seiner Wohnung oder längst vertickt«, sagte Gerhard.

»Nein!« Das war alles, was Reiber zu sagen hatte, ein kategorisches Nein.

Es waren lange fünfunddreißig Minuten, bis ein Koffer, ein Skisack und eine Skischuhtasche ankamen.

»Ein Skitourist auf dem Weg nach Österreich, na, das ist doch putzig!« Reiber reichte ihnen allen Handschuhe. Im Koffer gab es erlesene Hemden, einen Kulturbeutel, keinerlei Skioutfit. Keinen doppelten Boden. Sie spekulierten auf die Skischuhtasche, mit einem Messer schnitt Răzvan den Boden auf. Da war ein Zwischenraum, der aber leer war. Also der Skisack. Ski, Stöcke, nichts in den Seitentaschen. Gerhard stellte die Ski zur Seite und stülpte den Sack wie eine Socke auf die linke Seite. Und da war sie. Eine zweite Haut, von innen verschweißt, gleiche Farbe wie der Sack.

Vorsichtig lösten sie die Verklebungen. Düsterer Donnerhall, Orgiastischer Orkus, Schauriges Schattenreich. Signiert mit »Lepipfa«. Ausrufezeichen!

»Nun wird Dracula kein Blut mehr schlürfen«, sagte Gerhard.

Sie schüttelten sich die Hände. Drei Männer. Aus Bayern, Berlin und Bukarest.

Epilog

Otto hatte den Weihnachtsmann zweifelsfrei identifiziert. Der spendable Blumenbote war Constantin gewesen. Constantin hatte gestanden. Hatte die Namen der Hundehenker preisgegeben. Hatte Gheorghe ans Messer geliefert. Bei Ionela konnte man ihm nun schwere Körperverletzung nachweisen. Ionela lag immer noch im künstlichen Koma, aber sie würde wieder gesund werden. Bei Lepipfa! war es Mord, kurz vor der Vernissage hatte Constantin die Dekorationen geliefert und seelenruhig auf dem Klo gewartet. Er hatte Lepipfa! in der Garderobe gestellt, die Bilder der erhängten Hunde präsentiert, herausgepresst, wo die Ikonen waren. Lepipfa! war in die Damentoilette geflüchtet, wo er sie erschlagen hatte, er, der Linkshänder. Er hatte also drei Männer zu einer Straftat im Sinne des Tierschutzgesetzes angestiftet, er war in einen internationalen Kreis von Kunstdieben verwickelt. Die Drahtzieher saßen in Sankt Petersburg, in Bukarest und in Wien. Die drei Ikonen waren zurück nach Russland gegangen, Diebesgut aus einem Museum. Der Wert: unschätzbar! Und er war ein Mörder. Das Urteil über Constantin war noch nicht gesprochen. Er hatte gute Anwälte.

Reiber war wieder in Berlin, wurde aber am Wochenende erwartet. Er würde mit Jo auf Evis Geburtstagsparty kommen.

Gerhard saß am Schreibtisch, Bürokram und so. Er schrieb eine Mail, mühsam schrieb er, denn Englisch war in Wort schon schwer, in Schrift aber? Er stockte.

»Evi, was heißt ›vorstellen‹ auf Englisch?«

»›*Introduce*‹, warum?«

»Ach, nur so.«

»*Hi, Wilhelmine! What do you think of a visit in Bavaria? I have a dog I want to introduce to you. You will like him. Gerhard*«.

War das so richtig? Sir Sebastian stupste ihn unter dem Schreibtisch an. Sie würde den Hund sicher mögen, vielleicht würde sie auch ihn mögen. Man würde sehen.

Evi sah zu ihm herüber.

»Was grinst du so dämlich? Der Fall ist gelöst, der Abschlussbericht geschrieben. So lustig finde ich das alles trotzdem nicht. So, dass mir zum Grinsen wäre.«

Evi seufzte tief. »Frau Pfaffenbichler hat doch letztlich nur das Beste gewollt.«

Gerhard nickte. »Ja, und es dabei mit den Schlechtesten zu tun bekommen.«

DANKE!

Eigentlich ist mir diese letzte Seite eines Buches die liebste. Weil es geschafft ist und weil einmal mehr viele liebe Menschen sich weit mehr engagiert haben, als sie gemusst hätten. Ohne sie wäre so ein Buch eben einen Tick weniger fundiert und weit weniger authentisch. Ich danke Herrn Fischer von der Polizei in Schongau, »Franken-Rudi« nicht bloß für seinen hinreißenden Dialekt, sondern auch fürs Wissen um Evis Heimat. Ich danke Mechthild Merz und vor allem Alexander Dobrinth für sein Engagement, der so viel Courage und Humor hat, mich in Berlin morden zu lassen. Ich danke all den Menschen, die Tierschutz frei von Egozentrik betreiben. Die auch darum wissen, dass man loslassen muss, dass keine Kreatur um jeden Preis am Leben erhalten werden kann: Danke an Daggi und Siggi, danke an Frau Fasching. Danke an die »wuiden Weiber« aus Garmisch. Und ich danke Mihnea Tonescue für eine eindrückliche Führung durch ein Land voller Dissonanzen und vibrierendem Leben.

GLOSSAR

Des san Irre – das sind Verrückte
Waschgluppen – Wäscheklammern
Speis – Speisekammer
Da huift koa Stacheldraht ned – da hilft kein Stacheldraht
Großkopferte – Mächtige, Einflussreiche, Reiche
Pfia Gott – Auf Wiedersehen
Des isch it verboten – das ist nicht verboten
it – nicht
Du Leffel! – eigentlich: »du Löffel«, Beschimpfung, aber eher gutmütig gemeint
Wo im Sommer die Goaßln schnoalzen – Wo im Sommer die Peitschen knallen (Goaßlschnalzn = Brauchtum)
Es Saukrippl – eigentlich: »Ihr Saukrüppel«, meint in etwa: Gesindel / Lumpen, wird eher für Kinder/Jugendliche verwendet
schiache und hübsche – hässliche und hübsche
halbscharig – halbherzig
Heit isch heit und morga isch morga – heute ist heute und morgen ist morgen
Besser als in d' Hosen gschissen – besser als in die Hosen gemacht, meint: besser als nichts, lieber den Spatz in der Hand als die Taube auf dem Dach

Diese stade Zeit – die ruhige Zeit, meint: die Zeit vor Weihnachten, die Zeit der frühen Dunkelheit

Der Kas war bissn – eigentlich: »der Käse war gebissen«; meint: Der Zug ist abgefahren / das lässt sich nicht mehr ändern

„**Authentische** Protagonisten, **Lokalkolorit** und *jede Menge Leichen,* das ist die **geschickte Mixtur** von Nicola Förgs Erfolg."

Bayerischer Rundfunk

Alle spannenden Fälle mit *Kommissar Weinzirl*:

Schussfahrt
Ein Allgäu-Krimi
978-3-442-46913-0

Funkensonntag
Ein Allgäu-Krimi
978-3-442-47018-1

Kuhhandel
Ein Allgäu-Krimi
978-3-442-47015-0

Gottesfurcht
Ein Oberbayern-Krimi
978-3-442-47014-3

Eisenherz
Ein Oberbayern-Krimi
978-3-442-47017-4

Nachtpfade
Ein Oberbayern-Krimi
978-3-442-47016-7

Hundsleben
Ein Oberbayern-Krimi
978-3-442-47591-9

www.goldmann-verlag.de
www.facebook.com/goldmannverlag

Um die ganze Welt des
GOLDMANN Verlages
kennenzulernen, besuchen Sie uns doch
im Internet unter:

www.goldmann-verlag.de

Dort können Sie
nach weiteren interessanten Büchern *stöbern*,
Näheres über unsere *Autoren* erfahren,
in *Leseproben* blättern, alle *Termine* zu Lesungen und
Events finden und den *Newsletter* mit interessanten
Neuigkeiten, Gewinnspielen etc. abonnieren.

Ein *Gesamtverzeichnis* aller Goldmann Bücher finden
Sie dort ebenfalls.

Sehen Sie sich auch unsere *Videos* auf YouTube an und
werden Sie ein *Facebook*-Fan des Goldmann Verlags!

www.goldmann-verlag.de
www.facebook.com/goldmannverlag